古代文史名著选译丛书

主编 章培恒 安平秋 马樟根

北史选译

修订版

译注 刁忠民
审阅 段文桂

凤凰出版传媒集团 凤凰出版社

图书在版编目（C I P）数据

北史选译 / 刁忠民译注. -- 南京 : 凤凰出版社,
2011.5
（古代文史名著选译丛书）
ISBN 978-7-5506-0345-5

Ⅰ. ①北… Ⅱ. ①刁… Ⅲ. ①中国历史－北朝时代－纪传体 Ⅳ. ①K239.204.2

中国版本图书馆CIP数据核字(2011)第045905号

书　　名　北史选译
译 注 者　刁忠民
责任编辑　韩凤冉
出版发行　凤凰出版传媒集团
　　　　　凤凰出版社(原江苏古籍出版社)
　　　　　南京市中央路165号　邮编 210009
　　　　　发行部电话 025-83223462
集团网址　凤凰出版传媒网　http://www.ppm.cn
照　　排　江苏凤凰制版有限公司
印　　刷　江苏凤凰通达印刷有限公司
　　　　　南京市六合区冶山镇　邮编 211523
开　　本　960×1304毫米　1/32
印　　张　9.875
字　　数　160千字
版　　次　2011年5月第1版　2011年5月第1次印刷
标准书号　ISBN 978-7-5506-0345-5
定　　价　20.00元
（本书凡印装错误可向承印厂调换，电话:025-57572508）

《古代文史名著选译丛书》编委会

《古代文史名著选译丛书》修订版出版说明

呈献在读者面前的这套《古代文史名著选译丛书》是2011年的修订版。全书共134册,包括了中国从先秦至清末两三千年间的著名典籍。每部典籍都选其精粹(《论语》《老子》则全文收录),收录原文,加以简明的注释,力求准确地译为现代汉语,并于每一篇之前写有对该文的提示性说明。这是近一个世纪以来,规模最大、收录种类相对齐全、译注质量较高的一套普及传统文化的今译丛书。

这套丛书,原在1992年—1994年由巴蜀书社分三批出齐,印行过万套;不久,又由台湾的出版机构买去海外版权在台湾及海外发行,可见这套丛书当年在两岸受欢迎的程度。时隔17年,丛书编委会决定重新修订，改由江苏凤凰出版集团所属的凤凰出版社出版。

这套丛书是由教育部属下的全国高等院校古籍整理研究工作委员会（简称古委会）于1985年策划的。古委会组织了全国18所大学的古籍整理研究所的所长任编委会编委，由我们三人任主编，在全国范围内选请学有专长的学者承担各书的译注。从1986年—1992年，历时7年完成。当时，编委会制订了严明、可行的体例和细则，译注者按要求完成书稿。每部书稿完成后，都在全国范围内请编委会之外的专门研究这一学术领域的两位专家初审，合格后再请两位编委参照初审意见审改，然后退还原译注者改正。待原译注者改正后，再由编委会集中常务编委和部分编委、相关专家在一地将每部书稿从头至尾审改。这样的集中审稿会一般都在8—15天，7年中开了12次审改会。审改后，三位主编再集中在一起逐一审定，交付出版社。这一工作程序，使得这套丛书的译注质量有了一定的提高。所以，这套丛书，在一定程度上是个人与多人合作的结果。关于这套丛书的编纂始末，我们曾在1992年4月全书交稿后写有一篇文章，这次附在修订版书末，便于读者了解。

这次修订，是交由原译注者自己修改。少数译注者已去世，则书稿一仍其旧。个别译注者已联系不上，也保持原貌。

1992年—1994年出版时，书前有当时古委会主任周林先生写的序。周林先生是这一丛书的发起者。他已于1997年6月去世，至今已14年了。为了尊重历史，也为了纪念他，修订版仍用他的序。

我们三人在1985年—1992年主持这套丛书工作时，年龄大的是从51岁到58岁之间，年龄小的是从44岁到51岁之间，那时尚有精力组织、参与这一工作，今天我们都已年逾古稀。全书修订版出版之际，心情似乎比当年更惴惴不安地期待着读者的评头品足，期待着不要对读者贻误太多。

回想这套丛书，真应该感谢我们的祖先为我们留下了这样深厚、丰富的思想、文化遗产，使我们今天仍然受用无穷。应该感谢这套丛书的全体译注者、审阅者、编委和当年的出版者巴蜀书社、今天的出版者凤凰出版社，是他们的学识、辛勤与真诚使得这套丛书得以面世。

章培恒　马樟根　安平秋

2011年3月15日

序

《古代文史名著选译丛书》与广大读者见面了。这是丛书编委会的同志与众多专家学者通力协作、辛勤耕耘的结果。

中华民族在五千年漫长的岁月里，创造了光辉灿烂的文化，给人类留下了丰富的精神财富。“观今宜鉴古，无古不成今”。今天，以马克思主义的科学理论为指导，整理研究我国古代文化典籍，做到汲取精华，剔除糟粕，古为今用，推陈出新，使人们在正确认识民族历史的同时，得到爱国主义的教育，陶冶道德情操，提高全民族的文化素质，促进社会主义文化的繁荣，使文明古国的历史遗产得以发扬光大，这是我们每个炎黄子孙的责任。而要做到这样，对古籍进行整理与研究是重要的基础工程。但是，整理与研究古籍仅作标点、校勘、注释、辑佚还不够，还要有今译，使老年人、中年人、青年人都愿意去读，都能读懂，以便从中得到教益。

基于以上认识，全国高等院校古籍整理研究工作委员会于1986年5月组成了以章培恒、安平秋、马樟根三位同志为主编的《古代文史名著选译丛书》编委会，确定了以全国十八所大学的古籍整理研究所为主力承担这一看似轻易、实则艰巨的今译任务。在第一次编委会议上，拟定了《凡例》、《编写与审稿要求》、《文稿书写格式》和一百余种书目。以每一种书为十万至十五万字计算，这套丛书大约有一千余万字，应该说是一项大工程。经过一年的努力，完成了第一批三十六部书稿的译注任务。在各研究所的专家与所长把关的基础上，于1987年5月和7月，先后在复旦大学、北京大学召开了部分编委参加的审稿会，通过了二十五部书稿，作为《古代文史名著选译丛书》与广大读者见面的第一批作品。与此同时，在1987年7月6日，邀请了在京的十几位专家教授与编委会十几位编委一起座谈这套丛书与古籍今译的问题。专家们肯定了今译工作的必要性与深远意义,并以他们数十年的教学科研和创作的经验,说明今译是一项难度很大的工作,是培养人才,使之打下坚实基本功的一种有效方法;专家们还对《古代文史名著选译丛书》提出了宝贵的建议,这对当时的审稿工作和保证《丛书》的质量起了很好的作用。

实践证明,古籍的今注不易,今译更难。没有对作品的深入、透彻的研究,没有准确、通俗、生动的语言表达能力,要想做好今译是不可能的。两年多来,全国高等院校古籍整理研究工作委员会在探索古籍的今注、今译的道路上,做了一些工作。这部丛书的出版,是系统今译的开始,说明古籍整理研究工作有了新的进展。更可喜的是,一批中青年学者参加了今注今译工作,为古籍整理增添了新生力量,相信他们会在实践中,在学习中,成长成熟。我希望,这套丛书的编委会和高校各古籍整理研究所要敞开大门,加强同国内外专家学者的联系,征求他们和广大读者的意见,并向有真才实学而又适宜做今译工作的专家学者约稿,以提高古籍译注的水平,使《古代文史名著选译丛书》的第二批、第三批作品的质量更上一层楼。

这是一套以文史为主的大型的古籍名著今译丛书。考虑到普及的需要,考虑到读者对象,就每一种名著而言,除个别是全译外,绝大多数是选译,即对从该名著中精选出来的部分予以译注,译文力求准确、通畅,为广大读者打通文字关,以求能读懂报纸的人都能读懂它。我希望这套丛书能成为中小学教师的语文、历史教学的参考书,成为大专院校学生的课外读物,成为广大文史爱好者的良师益友。由于系统的古籍今译工作还刚刚起步,这套丛书定会有不少缺点、错误,也诚恳地希望读者批评指正。

巴蜀书社要我为这套丛书写序,我欣然接受了。我相信这套丛书不仅会使八十年代的人们受益,还将使子孙后代受益,它将对祖国的繁荣昌盛起到点滴的作用。最后借此机会向曾给予我们支持、帮助的专家学者和巴蜀书社的同志表示衷心的感谢!并殷切地希望台湾同胞、港澳同胞、海外侨胞和我们一同做好祖先留给我们的文化遗产的整理工作,为中华民族灿烂的文化再放异彩而努力!

周 林

1987年10月于北京

目　录

前　言

一

唐代史学家李延寿所撰《北史》是一部著名史书，后人把它列入“正史”，为“二十四史”之一。

《北史》主要记载了北朝和隋朝的历史。需要说明的是，由于古代文史名著选译丛书拟增入《隋书选译》，故本书定稿时删掉了有关隋史部分的篇幅，以免重复。为了帮助读者阅读本书，下面先将北朝史作一概略介绍。

所谓北朝，一般是指公元 439 年北魏政权灭掉北凉，结束“五胡十六国”纷争，统一中国北部之后，南北政权对峙时期的一段历史。但我们讲述这一段历史，总是要上溯北魏之初，下迄隋朝统一之际（即含隋前期历史）。

公元386年，鲜卑族拓跋部首领拓跋珪在牛川（今内蒙古锡拉木林河）即代王位，同年改国号为魏，史称北魏，亦称后魏，以别于三国时期的曹魏。公元398年，拓跋珪定都于平城（今山西大同），即皇帝位，他就是北魏王朝的始祖道武帝。北魏王朝的初期历史是和“五胡十六国”历史交织在一起的，当时在我国北方还先后存在和建立过前秦、后秦、夏、北燕、北凉等十多个政权，相互间不断地进行着兼并战争。在数十年的混战中，北魏不断拓展着势力，到太武帝拓跋焘时，摧毁夏国，兼并北燕，并于公元439年灭掉北方最后一个分立政权北凉，统一了黄河流域。

拓跋部虽以武功显赫于世，但内部社会结构却是落后的。家长奴隶制下的生产方式、胡汉杂糅且不健全的国家机构、疯狂屠杀掠夺的野蛮习俗，都不利于对先进的中原地区实施统治。所以必须改弦更张，谋求新的途径，而完成这项历史使命的就是北魏中期的孝文帝。

孝文帝针对北方统一后民族矛盾渐趋缓和，而阶级矛盾却日益上升的情况，首先进行了吏治整顿，严格禁止官吏鱼肉百姓。接着又推行三长制、均田制，对战后农业生产的恢复和中央集权的加强起了积极作用。为了实行进一步的改革和增强对中原地区的控制，孝文帝于公元494年迁都洛阳。随后又进行了多方面的改革，包括改定官制并确立新的姓族门第序列，改鲜卑复姓为汉姓，禁断胡语、胡服，取缔荒诞不经的迷信活动等。这些改革加速了拓跋部自身的封建化进程，促进了北方各民族的大融合，具有深远的历史意义。

北魏王朝虽经过孝文帝的改革而走向极盛，但封建社会内部潜在的矛盾是不可避免的。孝文帝死后，这些矛盾便日趋尖锐激烈。这主要表现在两个方面。一方面，由于北魏统治者长期对南方进行战争，沉重的赋税、兵役、劳役压得人民喘不过气来；而统治阶级又日益奢淫，“帝族王侯、外戚公主，擅山海之富，居川林之饶，争修园宅，互相竞夸”，“高台芳榭，家家而筑，花林曲池，园园而有”，这就必然加深阶级矛盾。另一方面，统治阶级内部的分化也日趋明显。随孝文帝迁都洛阳的鲜卑贵族和汉族人士的地位有了很大提高，而原为鲜卑拓跋部基本力量的部族武士却受到扼制。尤其是戍守北方六镇的兵士，“一生推迁，不过军主”，而兵员的补充，往往是犯罪流配的囚徒。因此地位低落的鲜卑部族武人对汉化政权怀有仇恨。北魏后期的统治者不但未能调整各种矛盾，反而骄奢淫逸，争权夺利，卖官鬻爵，贿赂公行，愈趋腐败。风已满楼山雨来，一场反抗北魏王朝统治的斗争不可避免地展开了。

公元524年，爆发了以破六韩拔陵为首的六镇起义。随后，各地义军风起云涌，会集成以葛荣为代表的各族人民大起义。这次起义最后虽被镇压，但它也动摇了北魏统治。在镇压起义过程中发家的尔朱荣、高欢先后把持朝政，手握重兵，废立皇帝，北魏朝廷形同虚设，名存实亡。

公元534年，拥兵晋阳的高欢挥师南下，逼走孝武帝，拥立元善见为帝，并迁都邺城，史称东魏。次年，占据关中的宇文泰拥戴元宝炬为帝，史称西魏。至此，东、西魏与南朝形成了三足鼎立之势。

公元550年，高欢之子高洋代东魏称帝，建立齐国，史称北齐、后齐或高齐。公元557年，宇文泰之子宇文觉取代西魏，国号为周，史称北周或后周。北周到了武帝宇文邕执政时期，他励精图治，采取许多有效措施，发展了经济，加强了军力，于公元577年灭掉北齐。接着周武帝又大败南方陈国的军队，把势力发展到长江沿岸，并立志北扫突厥，南定江南，完成统一大业。可惜他壮志未酬，便于578年病逝。其后因后人不肖，大权旁落，终被隋文帝杨坚取代。公元589年，隋文帝灭陈，历经战乱的中国才重新得到统一。

从汉末军阀割据到隋统一，历时四百载，其间除西晋二十余年的短期统一外，其余都是分裂动乱的年代，故被人们称作"乱世"。而北方尤因民族关系十分复杂，民族间充满着歧视、仇杀和战争，所以青年读者对北朝史大都不甚了解。其实只要我们客观地实事求是地来观察整个历史进程，就会发现在那些动乱之中往往孕育着新的因素，为盛世的出现准备了条件，北朝时期正是如此。从制度设施来讲，北魏的均田制、赋役制、西魏北周的府兵制都一直沿用到唐代中叶，再如唐代的职官制度、礼乐典章、刑书法令，也多取法北朝。至于科技文化方面，贾思勰的《齐民要术》、郦道元的《水经注》、杨衒之的《洛阳伽蓝记》，在农学、地志学等方面都具有重大价值和深刻影响，特别是以云冈、龙门、敦煌为代表的石窟艺术和这一时期盛行的魏碑书法，更是中华民族文化宝库的璀璨明珠。更应着重指出的是，这一时期北方各族人民的大融合，为中华民族增添了新的血液，成为隋唐号称盛世的一个重要因素。据专家们的考证，隋唐时期许多有贡献的宰相、名将、文化名人，都源出少数民族。如宰相中的高颎（高丽族）、长孙无忌、元稹（鲜卑）、白敏中（龟兹）等，名将中的尉迟敬德（吐谷浑）、高仙芝（高丽）、哥舒翰（突骑施）、李光弼（契丹）、浑瑊（铁勒）等，诗人中的元结、元稹（鲜卑）、白居易（龟兹）、刘禹锡（匈奴）等。以上所引只是其中少数。我们试想，如果隋唐史中没有这些人物，这段历史岂不大大减色么！

以上略述北朝脉络，下面我们再简介李延寿和《北史》。

二

李延寿字遐龄，大约生于隋开皇中（581—600年），死于唐仪凤中（676—679年）。其先祖为陇西狄道(今甘肃临洮)人,后移居相州(治邺,今河北临漳西南)。祖名仲举,博涉经史,父亲李大师,更以史学见长。李大师生活于隋代、唐初。当时已是“海内为家,国靡爱憎,人无彼我”的大一统局面。旧有的南北朝史书,大多详己略彼,甚至互相诋毁;当代所修之史,又往往曲笔回护,褒贬任情;而后人撰著之书,也常常美言近代而诋诬前朝。这些作法都是不公允的,已不符合时代的需要。李大师卓有识见,“常以宋、齐、梁、陈、魏、齐、周、隋,南北分隔,南书谓北为‘索虏’,北书指南为‘岛夷’。又各以其本国周悉,书别国并不能备,亦往往失实”。所以他立意加以改正,改撰成一部编年体的南北朝史书。他弃官不仕,专以修史为务,惜书未完成,就于贞观二年(628年)病逝,临终以此为恨。

李延寿从小受其父亲影响,受到史学熏陶,成年后便立志撰史,并颇具史才。他开始做官,便担任史职,参与多种史书的编撰。贞观三年,李延寿佐颜师古、孔颖达修隋史;贞观十五年,又以崇贤馆学士预修《晋书》;贞观十七年,又参与《五代史志》的修撰。以修史有功,转任御史台主簿、兼直国史,后又升任符玺郎、兼修国史。在参与修撰各书的过程中，李延寿有机会接触到大量秘阁图籍，遂于编撰之暇，不分昼夜地抄录有关南北史实之书，为完成其父遗志作准备。这时官修的《梁书》、《陈书》、《北齐书》、《周书》、《隋书》虽已完成，但李延寿对前四种并不大满意，对先已流行的《魏书》、《宋书》、《南齐书》，更认为有必要改修。于是就以上述八书为基础，参考其他典籍一千余卷，删繁就简，补充订正，又改变其父原拟编年史体例，撰成纪传体南北二史。前后历时16载，始成其事。唐高宗对此二史很看重，于显庆四年(659年)亲为作序颁行。

此外，李延寿还参与初唐史的修撰，成书81卷，并独立完成《太宗政典》30卷。这部《政典》得到了唐高宗的赏识。李延寿死后，唐高宗还曾下诏褒扬他“艺文该洽，材兼良史，撰《政典》一部，词殚直笔”。下面我们主要介绍他修撰的《北史》。

三

《北史》100卷，其中本纪12卷，列传88卷。叙事上起北魏立国之初，下迄隋朝灭亡，包括北魏、北齐(含东魏)、北周(含西魏)、隋四朝233年史事，其范围比我们常说的北朝广一些。据说,李延寿把《隋书》列入《北史》,含有尊崇唐朝,贬低隋朝大一统的意思。《北史》在体例上是把通史和国别史编组合一,很有特色。它既把各个政权的历史作贯通叙述,使其具有《史记》通史的体例;又把各个政权作分别叙述,互相照应,使其具有《三国志》那样的国别史体例。这种方法很适宜于叙述多国分立时期的历史,所以宋代薛居正修《旧五代史》、欧阳修撰《新五代史》,大都采用这种办法。

除了体例创新以外,《北史》还以文笔简洁见长。而是否文略事详,是我国传统史学判断一部史著优劣的重要标准。《北史》能做到这一点,主要是通过大量删削来实现的。在旧史之中,往往详载官样文字和文学作品,占了很大篇幅。如政权禅让之际,常有让位皇帝的九锡文、告册文、告天下文和受位皇帝的三让表、告天文、告宗庙文、大赦文以及群臣的劝进表等,《北史》都仅存一二,其余全都删掉,文学作品也不载入。至于其他诏令、朝臣奏疏,则根据情况,有关大政者或一字不改,无关事要者或一文不取,对大多数则撮其精义而弃其杂言。这样就省略不少篇幅,使叙事部分更加突出,读起来事情连贯，清晰醒目。

参考别史、杂传，增补实质内容，这是《北史》的又一个贡献。李延寿撰《北史》时，其所依据的除几部史书外，还有多种北朝的断代史和其他杂史。他将其中珍贵材料都选入《北史》，故能增加不少内容。如魏收所编《魏书》不载西魏史事，《北史》则补充了西魏三帝本纪、帝后传，还增加了不少列传。对于原来已有的纪传，也补充了不少有价值的材料。如在卷六十的传论后，补充了大段府兵制材料，对我们研究中古时期的兵制至为重要。又如《斛律光传》中描述东、西双方守河捶冰事，虽仅增寥寥数语，却生动地反映了双方实力的消长。

除了删削、增补之外，李延寿还对诸书异同、记事不实、曲笔回护之处，作了一些考订补正，这也是应予肯定的。

因为《北史》有以上长处，所以后人多褒扬它，甚至认为它远远超过原书；但它确也存在不少缺陷，所以又有人贬低它，甚至认为它的作者是“无学术之陋儒”，“强操史笔”。这两种认识都有其片面性。平心而论，《北史》的上述贡献是不可磨灭的，而它的缺陷也不容否认。首先，它删削不尽恰当，漏掉了一些有关政治、经济等制度的重要内容。有时还因删削一语数字而使时间、地点不明，文气不接，词义晦涩，甚至直接出错或容易造成理解错误。其次，在增补方面，加入了相当多的谣言、谶语、因果报应、神灵鬼怪等内容。如在高欢的一篇本纪中，这类文字竟出现十余次，累计近千言，这连封建文人都认为是“殊属可厌”的。再次，在史实的考订方面也不够精审，尤其对前史曲笔回护之处，仍多沿用。如尔朱荣意欲称帝，《周书·贺拔岳传》称是高欢怂恿，贺拔岳劝谏，并要求杀掉高欢以谢天下，因左右说情才作罢。李延寿却取《魏书》、《北齐书》回护之说，记作高欢劝阻尔朱荣称帝，并在《北史·贺拔岳传》中删去他进谏和要求杀掉高欢的内容，仅称“岳乃从容致谏，荣寻亦自悟”。对如此重大的是非问题都未加详考，不能不说是失误。至于学者们还有其他批评意见，这里就不一一详述了。

从上述情况看，《北史》在删削、增补、考订三个方面既有重大贡献，也有严重失误，加以它只有纪、传，而无表、志，更不可能取代前史。我们研究北朝史，可以把它视作一部重要史籍而与诸史相互印证，斟酌取舍。

四

《北史》流传较广，但为它作补注的却不多。清末汪士铎曾作《南、北史补志》30卷，仅存残本。明代李清曾以八书（书名见前）注《南史》、《北史》，撰成《南、北史合注》180卷。其书从未刊行，仅存一全一残两抄本，分藏故宫博物院和北京大学图书馆。至于对《北史》的考订、纠缪、评述，则清人用力甚勤，成绩不小。他们的研究成果，大都为中华书局标点本《北史》所吸收。但总的来说，历代对《北史》的整理研究，较《史记》、《汉书》、《三国志》等远为逊色，普及读物更为罕见。所以可资本书借鉴的材料不多，且限于水平，疏误不免，尚祈专家学者及广大读者不吝赐教。

为了便于读者阅读，我们这个选本未依原书卷次排列，而是按北魏、北齐（含东魏）、北周（含西魏）、文化名人四个部分各选数篇，大致以人物活动时代先后为序。正文以标点本《北史》为据，对个别标点和段落分合有所改动。《北史》各本有误而标点本校勘记言之有理者，径从改正，不予注出；各本有误而标点本未曾表见者，则予补正并作说明。文中涉及年号、官称、地名处很多，凡前后互见者，一般只在首见处作注。又李延寿作史，避讳改字太多，如避唐先祖李虎讳，改“虎”为“武”、“彪”等；避高祖李渊讳，改“渊”为深；避太宗李世民讳，改“民”为“人”；避高宗李治讳，改“治”为“理”、“修”、“政”等。这些字有时可作同义词看，有时含义差别也较大，我们在译文中都按原字释义，为省篇幅，一般未加说明，读者自当留意。

本书中有关民族问题的叙述，多遵用缪钺先生若干论文中阐发之精义，而《前言》中对《北史》的评介，则参考杨耀坤老师所撰《李延寿评传》。文中未能一一注明，谨附识于此，并致谢意。

刁忠民（四川大学古籍整理研究所）

崔 浩 传

公元386年到451年，是北魏王朝历史发展的前期，其间经历了道武帝、明元帝和太武帝的统治。在此时期，北魏王朝一方面凭借武力统一了黄河流域而与南朝政权对峙，一方面又联合汉族士人而进行胡汉杂糅的统治。崔浩即是这一时期最具代表性的汉族人士。崔浩出自清河崔氏，是北方的第一高门。他历仕道武、明元、太武三朝，由近侍到宰相，处于清要显赫的地位。他博学多才，通晓百家，为北魏王朝制订典章、创立法制；他长于谋划，智略过人，运筹于帷幄之中而决胜千里之外，为北魏王朝累建勋劳。他的政治理想是要实现西周的五等分封贵族政治，为此他汲引了见解相似的道教首领寇谦之，并提拔了许多有儒学修养的汉族人士担任重要职位。但是他的理想未能实现，太平真君十一年(450年)，被太武帝满门抄斩。崔浩的死因，传记中说是他修国史，直书鲜卑人丑事，并把国史刻在石碑上立于路旁，触怒鲜卑贵族所致。近现代史学家们认为这只是一种假象，崔浩真正的死因，在于他的政治施为损害了鲜卑贵族的利益。这是颇具真知灼见的。也有某种记载，说崔浩在当年太武帝南征时，连络北方人士，暗通南朝，企图颠覆北魏政权。是否真有其事呢？通览本传，凡是魏帝南征，他都极力劝阻，凡是北伐西讨其他地域的民族，他都竭力鼓动并出谋划策。这是全心全意地替北魏作先北后南的战略考虑呢，还是出自暗存华夏一脉的民族意识呢？颇令人玩味。

浩字伯深①，少好学，博览精史，玄象阴阳百家之言，

---

① 伯深：按《魏书·崔浩传》，浩字伯渊，《北史》避唐高祖李渊讳改。又崔浩为清河东武人，《北史》仿家传，籍贯只列传首，浩籍贯见其父《崔宏传》。清河：郡名，治甘陵，今山东临清市东。东武：县名，今山东武城县西。

无不该览，研精义理，时人莫及。弱冠为通直郎[①]，稍迁著作郎[②]，道武以其工书，常置左右。道武季年，威严颇峻，宫省左右，多以微过得罪，莫不逃隐，避目下之变。浩独恭勤不怠，或终日不归。帝知之，辄命赐以御粥。其砥直任时，不为穷通改节若此。……

神瑞二年[③]，秋谷不登，太史令王亮、苏坦因华阴公主等言[④]："谶书云[⑤]：国家当都邺[⑥]，大乐五十年。"劝帝迁都于邺，可救今年之饥。帝以问浩。浩曰："非长久策也。东州之人[⑦]，常谓国家居广漠之地，人畜无算，号称牛毛之众。今留守旧都，分家南徙，恐不满诸州之地。参居郡县，处榛林之下，不便水土，疾疫死伤，情见事露，则百姓意阻。四方闻之，有轻侮之意，屈丐及蠕蠕必提挈而来[⑧]。

① 通直郎：侍从官名，即员外散骑侍郎。因与散侍郎通直(换班侍奉皇帝)，故称通直散骑侍郎，简称通直郎。 ② 著作郎：官名，掌国史资料和撰述。 ③ 神瑞：北魏明元帝年号，神瑞二年即公元415年。 ④ 太史令：官名，掌观天象、修改历法等。华阴：县名，今陕西华阴市。 ⑤ 谶书：一种收集预言性歌谣的书籍，多为方士所编造。 ⑥ 邺：邺城，今河北临漳县西南。 ⑦ 东州：指当时北魏已占有的太行山以东各州。 ⑧ 屈丐：指夏国主匈奴人赫连勃勃；蠕蠕：即柔然，亦译作芮芮，是5世纪初叶亚洲东北部强盛的游牧国家，族属当为鲜卑一支。

云中、平城则有危殆之事①，阻隔恒、代②，千里之际，须欲救援，赴之甚难。如此，则声实俱损矣。今居北方，假令山东有变③，轻骑南出，耀威桑梓之中，谁知多少？百姓见之，望尘震伏。此是国家威制诸夏之长策也。至春草生，乳酪将出，兼有菜果，足接来秋。若得中熟，事则济矣。”帝深然之。……

泰常元年④，晋将刘裕伐姚泓⑤，欲泝河西上，求假道。诏群臣议之。外朝公卿咸曰⑥：“函谷天险⑦，裕何能西入？扬言伐姚，意或难测。宜先发军断河上流，勿令西过。”内朝咸同外计⑧，帝将从之。浩曰：“此非上策也。司马休之之徒扰其荆州⑨，刘裕切齿久矣。今兴死子幼⑩，乘其危亡而伐之，臣观其意，必自入关。劲躁之人，不顾后患。今若塞其西路，裕必上岸北侵。如此则

---

① 云中：今内蒙托克托县东北之云中古城。平城：今山西大同市北。② 恒：指恒山一带。代：代郡，治平城。③ 山东：指太行山以东地区。 ④ 泰常：北魏明元帝年号，泰常元年即公元416年。 ⑤ 刘裕：即后来南朝宋武帝。姚泓：后秦国主，羌族人。 ⑥ 外朝：指以宰相为首的一套办事机构。 ⑦ 函谷：关名，设于河南崤山至陕西潼关的狭窄山谷中，初在河南灵宝县东北，后移河南新安东。 ⑧ 内朝：指由皇帝直接控制，多由近侍人员组成的决策机构。 ⑨ 司马休之之徒：原脱一“之”字，据《魏书·崔浩传》补。荆州：治江陵，今湖北江陵。 ⑩ 兴：姚泓之父姚兴。

姚无事而我受敌矣。蠕蠕内寇，人食又乏，发军赴南，则北寇进击；若其救北，则南州复危。未若假之水道，纵裕西入，然后兴兵塞其东归之路。所谓卞庄刺虎[①]，两得之势也。使裕胜也，必德我假道之惠；令姚氏胜也，亦不失救邻之名。纵裕得关中[②]，悬远难守。彼不能守，终为我物。今不劳兵马，坐观成败，斗两虎而收长久之利，上策也。……”议者犹曰：“裕西入函谷，则进退路穷，腹背受敌；北上岸，则姚军必不出关助我。扬声西行，意在北进，其势然也。”帝遂从群议，遣长孙嵩拒之。战于畔城[③]，为晋将朱超石所败。帝恨不用浩言。……

会闻宋武帝殂，帝欲取洛阳、武牢、滑台[④]。浩曰：“陛下不以刘裕歘[⑤]起，纳其使贡，裕亦敬事陛下。不幸今死，乘丧伐之，虽得之，不令。《春秋》晋士丐侵齐，闻齐侯卒，乃还。君子大其不伐丧，以为恩足以感孝子，义足以动诸侯。今国家未能一举而定江南，宜遣人吊祭，恤其凶灾，布义风于天下，令德之事也。且裕新死，党与未离，不如缓之，待其恶稔。如其强臣争权，变难必起，

① 卞庄：春秋时鲁大夫，他曾让两虎争食相斗，待其一死一伤，然后杀其伤者。 ② 关中：本泛指函谷关以西、秦岭以北的战国秦地，这里指后秦统治区，范围不及战国时大。 ③ 畔城：在今山东聊城县界。 ④ 武牢：即虎牢，城名，今河南荥阳县西北汜水镇。滑台：城名，今河南滑县东。 ⑤ 歘：xū 须。

然后命将扬威，可不劳士卒而收淮北之地。”帝锐意南伐，诘浩曰：“刘裕因姚兴死而灭其国，裕死，我伐之，何为不可？”浩固执曰：“兴死，二子交争，裕乃伐之。”帝大怒，不从。

遂遣奚斤等南伐，议于监国之前曰①：“先攻城，先略地？”斤请先攻城。浩曰：“南人长于固守，苻氏攻襄阳②，经年不拔。今以大国之力，攻其小城，若不时克，挫损军势，危道也。不如分军略地，至淮河为限，列置守宰，收敛租谷。滑台、武牢反在军北，绝望南救，必沿河东走。若或不然，即是囿中之物。”公孙表请先图其城。斤等济河，先攻滑台，经时不拔，表请济师。帝怒，乃亲南巡，拜浩为相州刺史③，随军谋主。

及车驾还，浩从幸西河、太原④，下临河流，旁览川城，慨然有感。遂与同僚论五等郡县之是非⑤，考秦皇、汉武之违失。时伏其言。

---

① 监国：皇帝出征，太子留守，或皇帝指令代管国事，称监国。此指副国主拓跋焘，即后来的太武帝。 ② 襄阳：郡名，治襄阳，今湖北襄阳市。 ③ 相州：治邺城。 ④ 幸：皇帝到某一地方称幸某地。西河：郡名，治兹氏，今山西汾阳市。太原：郡名，治晋阳，今山西太原市西南。 ⑤ 五等：指西周按公、侯、伯、子、男五等分封的制度。郡县：指秦汉以来的郡县制。

天师寇谦之每与浩言①，闻其论古兴亡之迹，常自夜达旦，竦意敛容，深美之，曰："斯人言也惠，皆可底行，亦当今之皋陶也②。但人贵远贱近，不能深察之耳。"因谓浩曰："吾当兼修儒教，辅助太平真君，而学不稽古。为吾撰列王者政典，并论其大要。"浩乃著书二十余篇，上推太初，下尽秦、汉变弊之迹，大旨先以复五等为本。

太武即位，左右忌浩正直，共排毁之。帝虽知其能，不免群议，故浩以公归第。及有疑议，召问焉。浩纤妍白晰如美妇人。性敏达，长于谋计，自比张良，谓己稽古过之。……

始光中③，进爵东郡公④，拜太常卿⑤。时议伐赫连昌⑥，群臣皆以为难，唯浩曰："往年以来，荧惑再守羽林⑦，皆成钩己，其占秦亡。又今年五星并出东方⑧，利以西伐。天应人和，时会并集，不可不进。"帝乃使奚斤等击蒲坂⑨，而亲率轻骑掠其都城⑩，大获而还。后复讨

---

① 寇谦之：北方道教首领，自言由太上老君封为天师。 ② 皋陶(gāo yáo 高摇)：传说为舜之贤臣，善理刑狱。 ③ 始光：太武帝年号，共 4 年(424—427 年)。 ④ 东郡：治滑台，今河南滑县。 ⑤ 太常卿：高级文臣，掌祭祀礼乐。 ⑥ 赫连昌：夏国创立者赫连勃勃之子，公元 425 年继位。 ⑦ 荧惑：即火星。羽林：星群名，有四十五星，号羽林天军。 ⑧ 五星：即金木火水土五星。 ⑨ 蒲坂：地名，在今山西永济蒲州镇。 ⑩ 夏国都城在统万，今内蒙乌审旗南白城子。

昌，次其城下，收众伪退。昌鼓噪而前，舒阵为两翼。会有风雨从东南来，扬沙昏冥，宦者赵倪进曰："今风雨从贼后来，我向彼背，天不助人。又将士饥渴，愿陛下摄骑避之，更待后日。"浩叱之曰："是何言欤！千里制胜，一日之中，岂得变易？贼前行不止，后已离绝，宜分军隐山，掩击不意。风道在人，岂有常也？"帝曰："善。"分骑奋击，昌军大溃。

神䴥二年①，议击蠕蠕，朝臣内外尽不欲行，保太后亦固止帝，帝皆不听。唯浩赞成之。尚书令刘洁、左仆射安原等乃使黄门侍郎仇齐推赫连昌太史张深、徐辩说帝曰②："今年己巳，三阴之岁③，岁星袭月，太白在西方，不可举兵。北伐必败，虽克不利于上。"又群臣共赞深等云："深少时常谏苻坚不可南征，坚不从而败。今天时人事都不和协，如何举动？"帝意不快，乃召浩与深等辩之。

① 神䴥：太武帝年号，神䴥二年即公元 429 年。 ② 尚书令：尚书省首脑。左仆射(yè)：尚书令之副职。黄门侍郎：近侍官，掌封玺书，规谏违失，传宣诏令。 ③ 三阴：指易卦三阴爻(☷)。《周易》否卦对这一卦象的解释大体是天地不交而万物不通，阴盛阳衰，小人道长而君子道消。针对外国而言，对本国不利；针对臣下而言，对君王不利。所以只能修德避祸，不能妄动。以纪年比附易卦，当属阴阳家的推演之法。

浩难深曰："阳者德也，阴者刑也，故月蚀修刑①。夫王者之用刑，大则陈之原野，小则肆之市朝。战伐者，用刑之大者也。以此言之，三阴用兵，盖得其类，修刑之义也。岁星袭月，年饥人流，应在他国，远期十二年。太白行苍龙宿②，于天文为东，不妨北伐。深等俗生，志意浅近，牵于术数③，不达大体，难与远图。臣观天文，比年以来，月行掩昴④，至今犹然。其占，三年天子大破旄头之国。蠕蠕、高车⑤，旄头之众也。夫圣明御时，能行非常之事。古人语曰：'非常之原，黎人惧焉，及其成功，天下晏然。'愿陛下勿疑。"

深等惭曰："蠕蠕荒外无用之物，得其地不可耕而食，得其人不可臣而使，轻疾无常，难得而制，有何汲汲而劳苦士马？"

---

① 这是儒家糅和阴阳五行之说，以日为阳，主德，月为阴，主刑。人君以德政为主，辅以刑政。月蚀显示刑政有损，当修举之。② 苍龙宿：即东方苍龙七星，角亢氐房心尾箕，因排列得像条龙，故名，是二十八宿之一部分。③ 术数：指占卜推卦，预测吉凶等手段。④ 昴：星名，二十八宿之一。一称"髦头"，又作"旄头"。《史记·天官书》说："昴曰髦头，胡星也。"这大概是因昴星和附近群星组成图形散乱的星团，而胡族人大多有披头散发的习惯，所以用昴星象征胡人。⑤ 高车：西北古民族之一，汉代称丁零，后亦称狄历、敕勒，因其俗多乘高轮车，故又称高车。

浩曰："深言天时，是其所职，若论形势，非彼所知。斯乃汉世旧说常谈，施之于今，不合事宜。何以言之？夫蠕蠕者，旧是国家北边叛隶[1]，今诛其元恶，收其善人，令复旧役，非无用也。漠北高凉，不生蚊蚋[2]，水草美善，夏则北迁，田牧其地，非不可耕而食也。蠕蠕子弟来降，贵者尚公主[3]，贱者将军、大夫，居列满朝，又高车号为名骑，非不可臣而畜也。夫以南人追之，则患其轻疾；于国兵则不然。何者？彼能远走，我亦能远逐，非难制也。往数入塞，国人震惊。今夏不乘虚掩进，破灭其国，至秋复来，不得安卧。自太宗之世，迄于今日，无岁不警，岂不汲汲乎哉？世人皆谓深、辩通解数术，明决成败。臣请试之，问其西国未灭之前[4]，有何亡征？知而不言，是其不忠；若实不知，是其无术。"

时赫连昌在坐，深等自以无先言，惭不能对。帝大悦，谓公卿曰："吾意决矣。亡国之臣不可与谋，信哉！"而保太后犹疑之。复令群臣至保太后前评议，帝命浩善晓之令寤。

---

① 叛隶：叛逃的奴隶。据《魏书》记载，蠕蠕（柔然）汗国的始祖木骨闾原是拓跋人捉获的奴隶，逃亡后才开始组建部落。② 蚋：ruì 锐。③ 尚：古籍中称娶公主为妻叫尚。④ 西国：指赫连氏统治的夏国，地处北魏之西，故称西国。

既罢朝，或有尤浩曰：“吴贼侵南①，舍之北伐，师行千里，其谁不知？蠕蠕远遁，前无所获，后有南侵之患，此危道也。”浩曰：“今年不摧蠕蠕，则无以御南贼。自国家并西国以来，南人恐惧，扬声动众，以卫淮北。彼北我南，彼征我息，其势然矣。北破蠕蠕，往还之间，故不见其至也。何以言之？刘裕得关中，留其爱子，精兵数万，良将劲卒，犹不能固守，举军尽没，号哭之声至今未已。如何正当国家休明之世，士马强盛之时，而欲以驹犊齿虎口也？设国家与之河南，彼必不能守之。自量不能守，是以必不来。若或有众，备边之军耳。夫见瓶水冻，知天下之寒；尝肉一脔，识镬②中之味。物有其类，可推而得。且蠕蠕恃远，谓国家力不能至，自宽来久。故夏则散众放畜，秋肥乃聚，背寒向温，南来寇抄。今掩其不备，大军卒③至，必惊骇，望尘奔走。牡马护牧，牝④马恋驹，驱驰难制，不得水草，未过数日，朋聚而困弊，可一举而灭。暂劳永逸，时不可失也。唯患上无此意，今圣虑已决，如何止之？”遂行。天师谓浩曰：“是行可果乎？”浩曰：“必克。但恐诸将琐琐，前后顾虑，不能乘胜深入，使不全举耳。”

① 吴贼：此指当时的刘宋王朝，因其国之中心为春秋战国吴地，故称。② 镬：huò 货。③ 卒：cù 促。④ 牝：pìn 聘。

及军到，入其境，蠕蠕先不设备，于是分军搜讨，东西五千里，南北三千里，所虏及获畜产车庐数百万。高车杀蠕蠕种类归降者三十余万落。虏遂散乱。帝沿弱水①，西至涿邪山②，诸大将果虑深入有伏兵，劝帝止。天师以浩曩日言，固劝帝穷讨，帝不听。后有降人言："蠕蠕大檀先被疾，不知所为，乃焚穹庐，科车自载，将百人入山南走。人畜窘聚，方六十里，无人统领。相去百八十里，追军不至，乃徐西遁，唯此得免。"闻凉州贾胡言③："若复前行二日，则尽灭之矣。"帝深恨之。

大军既还，南军竟不能动，如浩所料。……

俄而南藩诸将表宋师欲犯河南，请兵三万，先其未发逆击之，因诛河北流人在界上者，绝其乡④导，足以挫其锐气，使不敢深入。诏公卿议之，咸言宜许。浩曰："此不可从也。往年国家大破蠕蠕，马力有余。南贼丧精，常恐轻兵奄至，故扬声动众，以备不虞，非敢先发。又南土下湿，夏月蒸暑，非行师之时。且彼先严有备，必坚城固守。屯军攻之，则粮食不给；分兵肆讨，则无以应敌。未见其利。就使能来，待其劳倦，秋凉马肥，因敌取

---

① 弱水：当即今额济纳河，亦即今黑河自甘肃金塔县到额济纳旗湖西新村段之别称。 ② 涿邪山：在今蒙古人民共和国满达勒戈壁附近一带。 ③ 凉州：治姑臧，今甘肃武威市，十六国中前凉、后凉、北凉皆建都于此。 ④ 乡：xiàng 向。

食，徐往击之，万全之计。在朝群臣及西北守将，从陛下征讨，西灭赫连，北破蠕蠕，多获美女珍宝，马畜成群。南镇诸将，闻而生羡，亦欲南抄，以取资财。是以妄张贼势，披毛求瑕，冀得肆心。既不获听，故数称贼动以恐朝廷。背公存私，为国生事，非忠也。”帝从浩议。

南镇诸将复表贼至，而自陈兵少，求简幽州以南戍兵佐守①，就漳水造船②，严以为备。公卿议者佥然，欲遣骑五千，并假署司马楚之、鲁轨、韩延之等③，令诱引边人。浩曰：“非上策也。彼闻幽州已南，精兵悉发，大造舟船，轻骑在后，欲存立司马，诛除宋族，必举国骇扰，惧于灭亡，当悉发精锐，来备北境。后审知官军有声无实，恃其先聚，必喜而前行，径来至河，肆其侵暴。则我守将，无以御之。若彼有见机之人，善设权谲④，乘间深入，虞我国虚，生变不难。非制敌之良计。今公卿欲以威力攘贼，乃所以招令速至也。夫张虚声而召实害，此之谓矣。不可不思，后悔无及。我使在彼，期四月前还，可待使至，审而后发，犹未晚也。楚之之徒，是彼所忌，将夺其国，彼安得端坐视之？故楚之往则彼来，楚之止则彼

---

① 幽州：治蓟（jì 计）县，今北京市西南。 ② 漳水：即漳河，卫河支流，流经河北河南两省边境。 ③ 假署：暂时任命。司马楚之等人皆为降将，亲族为刘裕所害，力图复仇。 ④ 谲：jué 决。

息，其势然也。且楚之等琐才，能招合轻薄无赖，而不能成就大功。为国生事，使兵连祸结，必此之群矣。”……

帝不能违众，乃从公卿议。浩复固争，不从。遂遣阳平王杜超镇邺①，琅邪王司马楚之等屯颍川②。于是寇来遂疾，到彦之自清水入河③，泝流西行，分兵列守南岸，西至潼关④。

帝闻赫连定与宋县分河北⑤，乃先讨赫连。群臣皆曰：“义隆军犹在河中⑥，舍之西行，前寇未必可克，而义隆乘虚，则东州败矣。”帝疑焉，问计于浩。浩曰：“义隆与赫连定同恶相连，招结冯跋⑦，牵引蠕蠕，规肆逆心，虚相唱和。义隆望定进，定待义隆前，皆莫敢先入。以臣观之，有似连鸡，不得俱飞，无能为害也。臣始谓义隆军来当屯住河中，两道北上，东道向冀州⑧，西道冲邺，如此则陛下当自致讨，不得徐行。今则不然，东西列兵，径二千里

---

① 阳平：郡名，治馆陶，今河北馆陶县。 ② 琅邪（láng yá 郎牙）：王国名，治开阳县，今山东临沂市北。颍川：郡名，治许昌，今河南许昌市。 ③ 清水：此指泗水，亦称清泗，源出山东中部，流入江苏入淮河。 ④ 潼关：关名，在陕西省潼关北。 ⑤ 赫连定：赫连昌之弟，赫连昌战败被俘后，他逃到平凉（县名，今甘肃平凉市西北），自称皇帝。县：xuán 悬。
⑥ 河中：指黄河中段，以洛阳、滑县等城为中心的黄河两岸地区。 ⑦ 冯跋：汉人，北燕的建立者，定都龙城（今辽宁朝阳市），公元430年病死。 ⑧ 冀州：治信都，今河北冀州。

中，一处不过千，形分势弱。以此观之，佇①儿情见，正望固河自守，免死为幸，无北度意也。赫连定残根易摧，拟之必仆。克定之后，东出潼关，席卷而前，威震南极，江淮以北无立草矣。圣策独发，非愚近所及，愿陛下必行无疑。”

平凉既平，其日宴会，帝执浩手以示蒙逊使曰②：“所云崔公，此是也。才略之美，当今无比。朕行止必问，成败决焉，若合符契③。”

后冠军安颉军还④，献南俘，因说南贼之言云：“宋敕其诸将，若北国兵动，先其未至，径前入河。若其不动，住彭城勿进。”如浩所量。帝谓公卿曰：“卿辈前谓我用浩计为谬，惊怖固谏。常胜之家，自谓逾人远矣，至于归终，乃不能及。”迁浩司徒⑤。……

时河西王沮渠牧犍内有贰意⑥，帝将讨焉，先问于浩。浩对曰：“牧犍恶心已露，不可不诛。官军往年北伐，虽不克获，实无所损。于时行者，内外军马三十万匹，计在道死伤，不满八千。岁常羸死，恒不减万，乃不

① 佇：níng 宁。 ② 蒙逊：沮渠蒙逊，卢水胡人，北凉国的建立者，定都姑臧。 ③ 符契：作为凭证的信物，多指朝廷遣使调兵的符节。 ④ 冠军：武官名，即冠军将军。 ⑤ 司徒：官名，自东汉以来，即与太尉、司空合称三公。 ⑥ 沮渠牧犍：沮渠蒙逊之子，继位为北凉国主，称河西王。

少于前。而远方承虚，便谓大损，不能复振。今出其不图，大军卒①至，必惊惧骚扰，不知所出，擒之必矣。牧犍劣弱，诸弟骄恣，争权纵横，人心离解。加以比年以来，天灾地变，都在秦、凉②，成灭之国也。"

帝命公卿议之，恒农王奚斤等三十余人皆表曰③："牧犍西垂下国，虽心不为纯臣，然继父修职贡，朝廷接以蕃礼。又王姬釐降，罪未甚彰，谓且羁縻而已。今士马劳止，可宜小息。又其地卤斥，略无水草，大军既到，不得久停。彼闻军来，必完聚城守，攻则难拔，野无所掠。"于是尚书古弼、李顺之徒皆曰④："自温闬河以西至于凉州⑤，地纯枯石，了无水草，不见流川。皆言姑臧城南天梯山上⑥，冬有积雪深一丈，至春夏消液，下流成川，引以灌溉。彼闻军至，决此渠口，水不通流，则致渴乏。去城百里之内，赤地无草，不任久停军马。斤等议是也。"帝乃命浩以其前言与斤共相难抑。诸人不复余言，

---

① 卒：cù促。 ② 秦、凉：指秦州、凉州之间地区。秦州治上邽（guī圭），今甘肃天水市。凉州已见前。 ③ 恒农：郡名，即弘农（汉灵帝刘宏改，后两名常互改。）治弘农县，今河南灵宝市北。 ④ 尚书：官名，自魏晋以来，为尚书省下各部的负责人。北魏前期官制混乱，结构完整的尚书省尚未建立，先后设置的某部、某曹，其长官多称尚书。 ⑤ 温闬河：不详。 ⑥ 天梯山：在今甘肃武威南80里。

唯曰彼无水草。浩曰："《汉书·地理志》称'凉州之畜，为天下饶'，若无水草，何以畜牧？又汉人为居，终不于无水草之地筑城郭立郡县也。又雪之消液，裁不敛尘，何得通渠引漕，灌溉数百万顷乎？此言大诋诬于人矣。"李顺等复曰："吾曹目见，何可共辩？"浩曰："汝曹受人金钱，欲为之辞，谓我目不见便可欺也①！"帝隐听，闻之乃出，亲见斤等，辞旨严厉，形于神色。群臣乃不敢复言。于是遂讨凉州，平之，多饶水草，如浩所言。

乃诏浩总理史务，务从实录。于是监秘书事，以中书侍郎高允、散骑侍郎张伟参著作②，续成前纪。至于损益褒贬，折衷润色，浩所总焉。浩有鉴识，以人伦为己任。明元、太武之世，征海内贤才、起自仄陋，及所得外国远方名士③，拔而用之，皆浩之由也。至于礼乐宪章，皆归宗于浩。……

初，道武诏秘书郎邓彦海著国记十余卷④，编年次事，体例未成，逮于明元，废不著述。神䴥二年，诏集诸

---

① 李顺多次出使北凉，收受许多珍宝，所以他自称亲眼所见而崔浩以此抵他。 ② 中书侍郎：中书监、令的副职。散骑侍郎：官名，为近侍之官，掌规谏违失、顾问应对等。③ 外国远方：这里主要指北凉。此地区是中原大乱时比较安定的地方，许多学者避难来此，故学术空气浓厚，名士甚多。④ 秘书郎：官名，掌管图书，考校脱误。

文人摭录国书。浩及弟览、高谠、邓颖、晁继、范亨、黄辅等共参著作，叙成国书三十卷。著作令史太原闵堪、赵郡郄标素谄事浩①，乃请立石，铭载国书，以彰直笔。并勒浩所注五经。浩赞成之，景穆善焉②。遂营于天郊东三里③，方百步，用功三百万乃讫。浩书国事备而不典，而石铭显在衢路，北人咸悉忿毒④，相与构浩于帝。帝大怒，使有司案浩，取秘书郎及长历生数百人意状⑤。浩服受赇，真君十一年六月⑥，诛浩。清河崔氏无远近，及范阳卢氏、太原郭氏、河东柳氏⑦，皆浩之姻亲，尽夷其族。其秘书郎史以下尽死。……

【翻译】

崔浩字伯渊，从小好学。他广泛地阅读了儒学和史学著作，对于天文、阴阳以及诸子百家的著作，也无不涉

① 著作令史：著作郎之佐吏，掌文案。赵郡：治平棘，今河北赵县。郄：xì 戏。 ② 景穆：即太武帝长子拓跋晃，未继位而先死，后追尊为景穆皇帝。 ③ 天郊：郊外祭天的地方，在平城西郊。（汉族传统是南郊，如北京天坛。） ④ 北人：此指拓跋氏及随拓跋氏南迁而来的北方人。 ⑤ 长历生：不详。疑当为协助修史编制长历的学生生员。 ⑥ 真君：即太平真君的省称，太武帝年号。真君十一年即公元450年。 ⑦ 范阳：郡名，治涿县，今河北涿州。河东：郡名，治蒲坂，今山西永济西蒲州。

猎。在精心研讨各家宗旨和深刻含义方面，当时没人能和他相比。当他还不到20岁时，就出任了通直散骑侍郎，随后又升任著作郎。道武皇帝因他擅长书法，常把他安排在自己身边。道武帝晚年用法很严，许多内廷亲近的人，都因细小的过失而受到惩处，于是大家无不逃走躲了起来，以避免眼前的不测之祸。只有崔浩一人慎守职事，努力不懈，有时还成天不回家。道武帝知道后，就派人把自用的饭食赏给他。崔浩就是这样心胸坦荡，任凭时事变化，不因仕途的阻滞顺利而改变节操。……

神瑞二年，京都平城地区秋季庄稼无收，太史令王亮、苏坦通过华阴公主等进言说："谶书上说国家应该建都邺城，可以康乐五十年。"劝明元帝迁都邺城，说这样可以拯救今年的饥荒。明元帝以这事征求崔浩的意见，崔浩说："这不是长远的打算。山东各州的人，常认为国家占有着广阔无边的土地，人口牲畜难以数计，常夸称人众和牛毛一样多。现在除留守旧都外，只能分出一部分人畜迁移到南方去，这样恐怕充实不了山东各州；且杂居郡县之中，处于丛林之下，不习水土，会因疾病瘟疫而出现死伤。这种人口不多的真情暴露、因病死伤的事情发生，那么各州百姓敬畏朝廷的心便会减退。四方外国知道后，就会产生轻视怠慢之心，夏国和柔然国必会相约统兵来犯。那么云中、平城就会发生危急的战争。

而中间隔着恒山、代郡，相距千里，就算朝廷打算救援，却很难赶到。这样一来，就会使威望实利都受到损失。今居于北方，即便是山东地区有叛乱，派骑兵轻装南下，显耀武威于民众居处之间，谁能知道有多少兵马呢？百姓见到强大的兵马往来，必定望尘畏惧，顺服听命。这才是国家以武威制服中原的远大策略啊。等到明年春天草长，乳制品将可生产出来，加上蔬菜果类，足以维持到来年秋天。假如来秋获得中等收成，难关就算度过，事情就好办了。”明元帝认为崔浩的意见非常正确。……

泰常元年，东晋将领刘裕征伐姚泓，打算由黄河逆流西上，向北魏请求借路，明元帝令群臣议论可否。外朝的公卿大臣都说：“函谷关是天险之地，刘裕怎么能破关西入？他声言征伐姚泓，真实的意图还难以预料。我们应该抢先发兵在黄河上游加以阻截，不要让他得以西去。”内廷的官员和外廷大臣意见一致，明元帝打算采纳。崔浩说：“这不是最好的策略。司马休之等人侵扰刘裕镇守的荆州，刘裕对他恨得咬牙切齿已是很长时间的事了。现在姚兴已死，儿子年幼，趁姚泓危急存亡的关头兴兵去征伐，我看到刘裕的心思，必定是要想攻入关中。大凡刚猛躁急的人，他们只看到眼前的事情，不考虑今后的忧患。现在如阻断刘裕西去的道路，他必定上岸向北侵犯，这样就成了姚泓平安无事而我国却招致敌人了。柔然人来入侵，我方兵马粮食又都不足，发兵南下，那么北敌就会深入进攻；如果去救援北方，南部各州又会发生危险。倒不如将水路借给他，让他西进，然后发兵阻断他东归的道路。这就是所谓卞庄刺虎，一举而两得的局势啊。如果刘裕得胜，一定会感激我们借路的恩惠；要是姚泓得胜，我们也不失救援邻邦的美名。刘裕就算取得关中，远离本土，难于固守。刘裕不能固守，最终会是我们的囊中之物。现在不用兵马劳顿，坐观成败，使两虎相斗而我获长远的利益，这才是最好的策略。……”持前见的人又说：“刘裕西入函谷关，就会进退无路，腹背受敌；刘裕上岸北侵，姚泓的兵马绝不会出函谷关来援助我国。刘裕声称西行，意在北进，这是形势所决定的。”明元帝于是采纳群臣的意见，派长孙嵩率兵阻拦刘裕，双方在畔城交战，结果被晋将朱超石打败。这时明元帝才遗憾没用崔浩的策略。……

当听到宋武帝刘裕逝世的消息，明元帝打算攻取洛阳、虎牢、滑台。崔浩说：“皇上不计较刘裕这样暴发的皇帝，接纳了他的使者和贡物，刘裕也诚敬地奉承皇上。现在他不幸死了，乘别人之死而去讨伐，即使成功也没有好名声。《春秋》记载晋国大夫士丐进攻齐国，听说齐国君主死了，于是就班师回国。有道德的人都称赞他不征伐丧君之国，认为他的恩惠足以使孝子感激，道义足以使诸侯感动。当今国家还没有力量能一举而平定江南，应派人吊唁祭祀，抚慰宋国丧君的灾难，在天下树立仁义的声誉，这是德行高尚的人所做的事啊。况且刘裕刚死，他的党羽还没有二心，不如稍缓一些时候，等他们恶贯满盈时再说。假如宋国的重臣争权夺利，四分五裂、互相争斗的局面必然产生，然后我们命将率军，耀武扬威，可以不用战斗就取得淮河以北地区。”明元帝已决心南征，就责问崔浩说：“刘裕趁姚兴死而灭掉他的国家，刘裕死，我去征伐宋国，又为何不可呢？”崔浩固执地说：“姚兴死，两个儿子互相争斗，刘裕才出兵征讨。”明元帝十分气愤，没有接受崔浩的意见。

于是明元帝就派遣奚斤等人率军南征。大臣们又在副国主太子拓跋焘面前商议策略，提出了这样一个问题：“是先攻城池呢？还是先夺取地盘呢？”奚斤请允许攻城池。崔浩说：“南方的人擅长固守，前秦苻氏进攻襄阳，一年多都没能攻克。现在以我们一个大国的兵力去攻取对方的一座小城，如不能短时间攻克，就会挫伤军威，这是一条败亡之路。不如分兵夺取地盘，到淮河北岸为止，分别建置郡守县令，收取租谷。这样滑台、虎牢反而在我军北边，这些地方的守军等待南方救援的希望破灭了，必定沿着黄河向东逃窜。如不逃走，也就等于我们的园中之物了。”另一位南征将领公孙表要求先攻占城池。奚斤等渡过黄河，先攻滑台，用了很长时间都没攻下来，又上奏朝廷，要求增加兵力。明元帝十分生气，就亲率大军南征，任命崔浩为相州刺史，并做随军南征的主要策划人。

当明元帝南征回师，崔浩又随同他巡视西河、太原。当崔浩俯视河流蜿蜒，旁观原野城郭，不由得情绪激昂，十分感慨。于是他与同僚们讲论五等分封和郡县制度的优劣，推论秦皇、汉武的过失。他的见解精到，当时的人都很信服。

天师寇谦之常与崔浩交谈，每当听到他谈论古代兴盛衰亡的过程，常常是通宵达旦、满怀敬意、仪容肃穆地听他讲述。寇谦之对崔浩深为赞美，说：“这人的言论仁厚，都可以依照施行，也算是当代的皋陶啊。只是人心以远古之人为圣贤，以近世之人为平庸，不能深切地了解他罢了。”于是他对崔浩说：“我应该兼习儒学，辅助太平盛世的英明君主，但没有考索古义的学问，请为我分条撰述古先帝王的政书，并讲解其中的关键。”崔浩于是著书20多篇，上溯到开天辟地之始，下迄秦、汉变革衰败的过程，主要的观点是先要恢复五等分封制作为政治基础。

太武帝即位，他身边的人顾忌崔浩正直，合谋诋毁排斥他。太武帝虽然知道崔浩的才干，但又不能消除众人的议论，所以崔浩就以公爵的身份回家闲居。当有疑难不决的问题时，太武帝又召他前去咨询。崔浩身材纤细，容貌漂亮，皮肤洁白，好像一位美丽的妇人。他向来机智通达，善于思考分析、出谋划策。他自比张良，还说自己考索古义的能力超过他。……

始光年间，崔浩进爵为东郡公，任太常卿。此时朝廷议讨伐赫连昌的事，群臣都认为很困难，只有崔浩说："往年以来，火星两次居于羽林星群，环绕移动的迹象，都成'己'字状的钩形，这种天象预示秦地国家灭亡。再说今年金木水火土五星同出现东方，正利于西征。今天意人事相感应，天时机遇都凑集，不可不进取。"太武帝于是命奚斤等攻击蒲坂，亲率轻骑略取赫连昌的都城，获得了很多战利品，然后就班师回朝了。后来再次征讨赫连昌，到达他的都城之下时，集合队伍伪装退却。赫连昌率军击鼓呐喊而进，展开阵势，分两翼进攻。这时恰好有风雨从东南方向而来，尘土飞扬，天昏地暗。宦官赵倪向太武帝进言说："现在风雨从敌人背后来，我方迎风，敌方背风，这是上天不助我们。再说将士又饥又渴，请陛下收兵回避，以后更作打算。"崔浩大声斥责他说："这是什么话呢！我们制订战略，不惜奔波千里，前来战胜敌人，就看这一天的功夫，怎么能改变？敌人的先头部队不停地行进，与后续部队已经脱离，我们正当分别将兵马隐于山后，出其不意地发动进攻。风的方向在于人们的运用，难道是一成不变的吗？”太武帝说：“不错。”然后分派骑兵，奋力攻击，赫连昌的人马溃不成军。

神䴥二年，朝廷商议攻击柔然的问题，内廷外朝的官员都不愿出征，保太后也竭力劝阻太武帝，而太武帝都置之不顾。只有崔浩一人表示赞同。尚书令刘洁、左仆射安原等于是唆使黄门侍郎仇齐推荐赫连昌的太史张深、徐辩劝告太武帝。张深等说：“今年是己巳年，属三阴之年，又岁星掩月，太白星出现在西方，不可以用兵。北伐必定失败，就算取胜也不利于君王。”群臣也赞赏张深等人说：“张深年轻的时候就曾劝告苻坚不可南征，苻坚不听而败亡。当今天时人事都不和谐，怎么能轻举妄动呢？”太武帝心中很不乐意，就召来崔浩与张深等辩论。

崔浩反驳张深说：“阳意味着德，阴意为着刑，所以出现日食就要完善刑政。作为帝王用刑，大刑就是用兵平乱，陈尸于原野，小刑就是陈尸于朝门或街市。征战就是用大刑。照这样说来，三阴之年用兵，可以和用刑相比，都是完善刑政的意思。岁星掩月，庄稼无收，人民流亡，这种情况应验在其他国家，最迟不出12年。太白金星运行于苍龙宿，就天文上说属东方，不关北伐的事。

张深等平庸书生，胸无大志，目光短浅，拘泥于算卦测象，不识大体，不足以参与长远规划。我观察天象，近年以来月球运行而遮盖了昴宿，至今还是这样。这种天象预言，3年内皇帝大破那些人们披头散发如牦牛的国家。柔然、高车的民众就是这样的啊。圣明的君主统治天下，能够干一番非同寻常的事业。古人有这样的话说：'那片荒远陌生的原野，是百姓感到恐惧的地方，待到成功地获得，天下清平安乐。'愿陛下不要再有什么顾虑。"

张深等人很惭愧，只好换了个话题说："柔然是八荒以外的无用之物，取得他的土地又不可能耕种而获粮食，掠得他的民众又不可作为臣民而使用，加之他们往来疾速，又无固定的居处，难于捉摸和制服，有什么必要兴师动众呢？"

崔浩又批驳张深等说："张深谈论天时，倒还是他职责以内的事，如讲论天下形势，就不是他所能识见的。他的这种说法是汉代的老生常谈，用于当今是不知时务的生搬硬套。为什么这样说呢？柔然本是国家北边叛逃的奴隶，现在铲除首恶，收容良民，让他们依旧服役，并不是无用。大漠以北地势高而气候凉，蚊虫不生，水肥草茂，夏季就北迁，在这片土地上耕种放牧，是可以耕种而获取粮食的。柔然的子弟前来归顺，地位尊贵的可以娶公主，地位低下的做将军、大夫，居官列位，布满朝廷，又况高车人号称名骑，并不是不可作为臣民而备用的。说到他们来往不定，假如用南方人去追逐，那么就会顾忌到他们的行动敏捷迅速；对我国兵马来说就不是这样了。为什么呢？他能远逃，我也能远追，并不是难以制服的。往年柔然人频频入塞，我国的人震惊不安。今年夏季不乘虚突袭，灭掉柔然国，到秋季他再来侵扰，我们就连觉也睡不安稳。自从太宗皇帝朝到现在，边境上没有哪年不发警报，征伐柔然难道不是迫切的事吗？现在有许多人都说张深、徐辩通晓推卦测象之术，明确判断成功失败。我请求考查他们一下，问他们赫连昌未灭之前有什么败亡的征兆。如他知道而没说，是他为臣不忠；如他确实不知，是他不学无术。”

这时赫连昌也在座，张深等以自己先前没有进言，心中有愧，无话可答。太武帝很是高兴，对公卿大臣们说：“我的决心下定了。有人说不可与亡国之臣共谋大计，确实是这样的啊！”但是保太后还是有疑虑。太武帝又命群臣到保太后面前评议，令崔浩深入浅出地讲明道理，使他们能够醒悟。

退朝以后，有人责难崔浩说：“江南的敌人侵犯我国南方，置之不顾而进行北伐，部队千里行军，谁会不知道呢？柔然逃往远方，我军前去没有什么收获，而后方却有南敌侵扰的忧患，这是用兵的大忌啊。”崔浩回答说：

“今年不摧毁柔然，就无法抵御南敌。自从我国吞并夏国以来，南方的敌人恐惧不安，虚张声势，调动人马，以捍卫淮河以北地区。到敌人北上侵犯之时，我军已经回师南还，敌方征战劳苦，我军却安然休养，这是必然的形势。所以我军北上破灭柔然，往返之间，敌人肯定是来不了的。为什么这样说呢？刘裕取得关中，留下他的爱子和数万精兵，良将精兵，还是没能守住，全军覆没，哀痛悲泣的声音至今不绝。怎么能在我国家处于政治安定的时代、兵马强壮的时刻，想以自己弱小的力量侵犯我强大的国家，这不是把马崽送到虎口吗？假使国家把河南之地让给他，他也必不能坚守住。自己审知不能守，所以必定不会来。如果说南方有兵马聚集，那不过是应付边防的部队罢了。我们看到瓶里的水结冰，就知道普天下气候的寒冷；尝一小块肉，就知道大锅中肉的味道。事物之间有类似的地方，可以推求而得到答案。况且柔然依仗游居远方，认为国家无力控制这片区域，以此自我宽慰，这是由来已久的事了。所以夏季他们就分散部众而游牧，秋季马肥才又聚集，力图摆脱寒冷的威胁而向往温暖的地方，于是南下侵扰抄掠。现在我们趁他们没有戒备突施袭击，大军从天而降，柔然人众必定心惊胆战，望尘而逃。可是雄马护群，雌马恋子，仓惶驱驰，很难控制，加上得不到水草，用不了几天就会一帮一群地窘困在一起，可以一举而歼灭掉。一劳永逸，这样的时机不可错过啊。唯一担心的是皇上没有这种打算，现在皇上决心已下，为什么要阻止呢？”于是，部队就进发了。天师寇谦之问崔浩说：“这次用兵果能成功吗？”崔浩回答说：“必然获胜。只不过担心众将领平庸无识，瞻前顾后，不能乘胜深入，以致不能一举全歼柔然罢了。”

当魏军到齐，深入柔然活动的区域，柔然人事先没有布置防御，于是魏军分兵四出搜讨，铁蹄踏遍东西五千里、南北三千里的广大地区，俘虏柔然民众及缴获牲畜、车辆、庐帐达数百万。高车人击杀柔然族人，然后前来归顺的有30多万家。柔然人于是零乱散逃，全无统属。太武帝率军沿弱水而行，到达西部的涿邪山，诸大将果然顾忌继续深入会有伏兵，劝太武帝停止前进。天师寇谦之用崔浩先前说的话坚持劝告太武帝全力追讨，太武帝没有采纳。后来有归降的人说：“柔然可汗大檀先已生病，不知怎么办才好，最后只有烧毁庐帐，自乘一辆无盖小车，带着百来人入山南逃。窘困的民众、牲畜聚集在方圆十里的土地上，无人统领。只与魏军相距180里，追兵不到，这才慢慢向西逃匿，只有这部分人溜掉了。”后又听到凉州经商的胡人说：“假若继续行进两天，就能全部消灭柔然了。”于是太武帝深为懊悔。

大军北征回师后，南方刘宋的军队居然没能有所行动，正如崔浩预料的那样。……

不久，戍守南边各镇的将领上报朝廷，说刘宋的军队将要侵犯黄河以南地区，要求发兵3万，趁他们还未行动时，先下手进行攻击，趁便杀掉边界上的河北流民，让他们找不到向导，这样足以挫伤对方的锐气，使他们不敢深入。太武帝令公卿大臣商议，大家都说应该同意边将的建议。崔浩说："这事不可听允。往年我国大破柔然，获马众多，配备骑兵绰绰有余。南方的敌人闻风丧胆，常怕我们的快速部队突从天降，所以虚张声势，部署军兵，以防意外，并不敢首先发难。再者南方地势低下潮湿，夏季闷热如蒸烤，不是用兵的好时节。何况对方先已整肃有备，必定加固城池而坚守。我军屯集兵马去攻坚城，粮食不能供给；分兵野战，又无法对付敌军。我没看到这样做会有什么便宜。就算刘宋的兵马能入我境，等他们劳乏倦怠，到了秋高气爽、战马肥壮的时刻，趁敌人四出取办粮食，从容发兵攻击，这是万无一失的策略。朝廷群臣和西、北边境的守将，跟随陛下征战讨伐，西灭赫连昌的夏国，北破柔然，得到许多美女珍宝、成群的马匹和其他牲畜。南方各镇将领得知，产生羡慕之心，也想南去掠夺，以取得资财珍宝。所以随意夸大敌情，故意挑剔对方毛病，以图自己心愿得逞。既没获得朝廷应允，所以又多次宣称敌人兴兵以使朝廷震怖。不顾朝廷利益，暗存利己之心，为国家惹事生非，这不是忠正的啊。”太武帝采纳了崔浩的意见。

镇守南方的众将领又上表称敌人压境，而自言兵少，要求选派幽州以南的戍卫兵协助防御，又要求在漳河赶造船只，作好严密的防备。参与商议的公卿大臣都认为很对，打算派遣骑兵5000人，暂时授予降将司马楚之、鲁轨、韩延之等官职，命他们招引边境之人。崔浩说：“这不是最好的谋略。刘宋听到我国幽州以南的精兵全部出动，大造船只，轻骑在后，打算保全和支持司马氏复国，消灭刘宋皇族，必然全国震动，惧于亡国的威胁，定会出动全部精锐来防御北方边境。尔后确知我方军队是有声无实，依仗他先于我们聚集兵马，必会喜出望外而进兵，长驱直达黄河，竭力侵犯杀掠，那么我方守将无法抗拒。假如对方有高明的谋士，善于运用机巧诡诈的策略，抓住我军的缝隙乘机长驱直入，预料我国内空虚，挑起大乱不是很困难的。所以说这样做不是对付敌人的最好策略。现在公卿大臣想用威力退敌，却造成迅速招致敌人的后果。所谓张扬虚声而招致实害，就是指的这种情况啊。不能不认真考虑，后悔是来不及的。现我国使者正在刘宋，预计四月前返回，可等使者回朝，了解实情后再行动，也还不算迟。司马楚之等是刘宋所忌恨的人，这些人企图夺取他的国家，别人怎么能等闲对待呢？所以楚之一去对方就必来，楚之不动对方也就息事宁人，这是必然的形势。何况楚之等人实属平庸之才，只能纠集一些品行不端的小人，而不能成就大功。给国家惹事生非，使战事不断、灾祸连连的必是这一帮人。”……

太武帝不好违背众人的意见，于是依从了公卿大臣的建议。崔浩再三争执，太武帝仍未听允。于是就派遣阳平王杜超镇守邺城，琅邪王司马楚之等屯驻颍川。这一来，敌军来势就很迅疾，刘宋大将到彦之由清水泛舟入黄河，又逆流西进，分派兵马布列于黄河南岸戍守，防线直达西部的潼关。

太武帝听说赫连定与刘宋遥相呼应，预谋瓜分黄河以北地盘，于是就决定先讨伐赫连定。群臣都说：“宋帝刘义隆的兵马还在黄河中游，置之不顾而西行，前面的敌人还不一定能攻克，而刘义隆乘虚而入，那么山东诸州战场上我们必败。”太武帝犹豫了，就向崔浩咨询办法。崔浩说：“刘义隆与赫连定都是居心不良的人，他们相互串通，勾结冯跋，拉拢柔然，求逞凶狂之心，其实只是表面上相互应和。刘义隆盼着赫连定进兵，赫连定等待刘义隆上前，谁都不敢率先踏入我国境地。在我看来，他俩有如套在一起的鸡，不可能协调行动，同时起飞，也就不能对我们有什么危害。我起初认为刘义隆兵马屯集在黄河中游，分两路北上，东路奔向冀州，西路进攻邺城，这样陛下就得亲自加以讨伐，不能有所迟延。现在却不然，刘义隆将军队布勒在东西二千里长的防线上，一个据点不足千人，阵形松散，气势衰弱。从这种布局看来，此弱小子的内心就昭然若揭了，正是想巩固黄河防线以自守，免于灭亡就算幸运，没有渡河北上的考虑。赫连定是夏国残余势力，如腐朽的树桩，易于摧毁，一推必倒。战胜赫连定后，再东出潼关，如卷席一般向前推进，威声足以震撼整个南方地区，长江、淮河以北将是每根草都被压倒，难道还有敌人立足之地么！陛下征伐赫连定是英明的策略独发于心，不是愚昧浅见的人所能考虑到的，愿陛下坚决实施而不要有顾虑。”

赫连定的都城平凉被攻克的这一天，太武帝举行宴会，他拉着崔浩的手介绍给沮渠蒙逊的使者说：“你们所听说的崔公，就是他啊。他才华谋略的高妙，当今无人可比。我所有的行动都必先咨询，他对成功失败的判定，就同验证信物，分毫不差。”

后来冠军将军安颉班师还朝，在献纳俘获南人的凯旋典礼上，他就转述刘义隆的话说：“宋帝命令他的各个将领，假如魏国兵马出动，在他未到之前，直向黄河岸边上船。假如魏国兵马不动，守住彭城就行了，莫再向前。”这正如崔浩所预料的一样。太武帝对公卿大臣们说：“你等先前认为我用崔浩的计谋是不明智的，惊慌恐怖，一再劝阻。经常打胜仗的人，自以为超过别人很多，到最后看结局，这才知道比不上。”太武帝升任崔浩为司徒。……

这时河西王沮渠牧犍还有二心，太武帝将要讨伐，先向崔浩征求意见。崔浩回答说：“牧犍叛逆之心已暴露，不能不铲除。朝廷的兵马往年北征，虽然没有什么大的收获，但确实也没有什么消耗。当时出征，动用了京师和地方的军马30万匹，总计死伤于征途的不到8000。而每年都有战马老弱而死，通常不下万匹，也就是说不比征途死伤的少。但远方的人听信谣传，便认为我军元气大伤，不能再振作起来。现在出其不意，大军从天而降，牧犍的人一定会惊慌恐惧，盲动不安，想不出应付的办法，必然被我擒获。牧犍拙劣而无实力，诸弟又骄横放纵，彼此你来我往地争权夺利，国内人心涣散。加以近年来天灾、地震等异常现象都出现在秦州、凉州一带，河西已是一个行将灭亡的王国。”

太武帝命公卿大臣讨论这个问题，恒农王奚斤等30多人都上表说：“牧犍所统为西边小国，虽然心中不甘作驯服的臣子，但表面上还是继承父职，备办一方贡品，朝廷用附属国礼遇对待他，又把公主下嫁给他作王妃。现在他的罪行还不很明显，我们认为暂时笼络住就行了。当今士兵、战马都疲惫不堪，应该稍事休养。再说他的国土多属盐碱地，几乎没有水草，大军进入之后，不能长期停留。牧犍的人众听到大军要来，必定会修葺城垒，聚集民众，凭仗城垒而坚守，我们进攻就难以取胜，野外也无物可掠夺。”这时尚书古弼、李顺等人都说：“从温闱河以西直到凉州，地面全是干硬的石块，一点水泽草地都没有，看不到河流。人们又都说姑臧城南的天梯山上，冬天有积雪厚达一丈，到春夏时融化，下流成渠，引作灌溉之用。牧犍的人听说大军到来，截断这道渠口，使水不能顺渠道而下流，那么就会造成士兵干渴困乏。离开姑臧城，百里之内都是一片光秃秃的土地，连草也不生，不容许兵马长时间停留。奚斤等人的意见是正确的。”太武帝于是命崔浩以先前的意见与奚斤互相辩驳。后来众人不再有其他说法，只是强调那地方无水草。崔浩说：“《汉书·地理志》称‘凉州的畜产是天下最多的’，如无水草，用什么来饲养呢？再说汉代的人辟置居住之地，总不会在没水草的地方筑城郭、设郡县吧？还有一个问题，积雪融化的水有限，还不够收敛地上的灰尘，怎么能畅行于河渠、分流于沟漕，灌溉数百万顷土地呢？这种说法是上了别人的大当了。”李顺等又说：“这是我等亲眼所见，你怎么可以凭空和我们争辩呢？”崔浩说：

“你等收受了别人的金钱，想替他说话，以为我没亲眼看见就可欺骗么？”太武帝先在暗中听他们议论，听到崔浩说这话时才走了出来，亲自召见奚斤等人，语意严厉地加以斥责，不满的情绪从神态上显示出来。群臣这才不敢再说什么。于是就征伐凉州，将其平定，很多地方的水草都很富足，正和崔浩预言的一样。

于是太武帝就命崔浩总负责修史工作，并强调一定要照实记载。崔浩于是就提督秘书事务，以中书侍郎高允、散骑侍郎张伟参与撰著，接着前史所载而继续完成。至于内容的增减、人事的褒贬、异说的折中、言词的润色，全由崔浩负责。崔浩有鉴察识别人物的眼光，将论人选才当作自己的责任。明元帝、太武帝统治时期，征求天下贤才，从出身卑微的人中起用，以及从所得的外国远方名士中选拔任用的人，都是由崔浩推荐的。至于礼乐制度、法律条例，都由崔浩裁决。……

最初，道武帝命秘书郎邓彦海撰成《国记》10多卷，只是按年月叙列史实，没有撰成一部有体例的史书。到明元帝时，停罢史务而未能继续撰著。神䴥二年，太武帝下令召集众文人采集资料，编著国史。崔浩及弟崔览、高谠、邓颖、晁继、范亨、黄辅等共同参与撰述，著成国史30卷。著作令史太原人闵堪、赵郡人郄标向来对崔浩阿谀奉迎，于是请立石碑，刻写国史于其上，以表彰直笔而书的史德，并刻写崔浩所注解的五种儒学经典。崔浩赞成这样做，景穆皇帝也认为不错。于是就兴造于祭天坛东面3里的地方，方圆百步，用了300万个人工才完成。崔浩记载魏国史事很完备但不典雅，而刻石又显在大道一边，以拓跋人为主南迁而来的北人都很愤恨，于是相互勾连，在太武帝面前编造了崔浩的种种罪状。太武帝大发雷霆，令有关部门追究崔浩，收集了秘书郎和长历生数百人的意见书。崔浩自认有收受贿赂之罪。太平真君十一年六月，太武帝杀掉了崔浩。清河郡的崔氏无论远亲近亲，以及范阳郡卢氏、太原郡郭氏、河东郡柳氏，都是崔浩的姻亲，全被满门抄斩。秘书监所属的郎官、令史以下都处以死刑。……

魏高祖孝文皇帝本纪

北魏前期以武功开国，当其历史演进到中期，则以文治著称，而振兴文治的代表人物就是孝文帝。北魏高祖孝文皇帝元宏(467—499年)本姓拓跋，改姓元，孝文是他的谥号，高祖则是他的庙号。从太武帝去世(451年)到孝文帝即位(471年)的20年间，北方民族矛盾虽渐趋缓和，但阶级矛盾却日见上升，农民暴动此伏彼起。造成阶级矛盾加剧的原因，主要在于当时吏治混乱、腐败，贪官悍将对人民敲骨吸髓，竭泽而渔。而残酷地镇压，更激起大规模的反抗。面对这种情况，统治者不得不改弦更张，谋求新的统治方法，孝文帝的改革就是在这种背景下产生的。他首先进行吏治整顿，以求缓和阶级矛盾，并借此整顿官僚机构，为其他改革创造条件。接着又推行三长制，重建乡官系统，打击豪强势力；颁布均田令，以恢复农业生产，增加赋税收入。为了加速北魏政权的封建化进程，孝文帝毅然迁都洛阳，并继续进行多方面的改革。其中重要的改革有：改定官制、法律和祭祀制度；改鲜卑姓为汉姓，改鲜卑服为汉服，禁止在朝廷说鲜卑语；与汉族高门联姻并把传统的门第观念制度化。孝文帝的一系列改革，不仅适应了当时政治的需要，稳定了社会秩序，恢复发展了生产，更促进了北方各民族的融合，为中华民族增加了新鲜的血液。所以他既是一位杰出的政治家，也是中华民族的功臣。

高祖孝文皇帝讳宏，献文皇帝之太子也。母曰李夫人。皇兴元年八月戊申①，生于平城紫宫②，神光照室，天地氛氲，和气充塞。帝洁白有异姿，襁褓岐嶷，长而弘

① 皇兴：北魏献文帝年号，皇兴元年即公元476年。

② 紫宫：即皇宫、禁宫。本为星座名，古人认为是天帝所居之处，人间帝王效法天帝而作宫室，故称紫宫。

裕仁孝，绰然有人君之表。献文尤爱异之。三年六月辛未，立为皇太子。五年，受禅。……

太和元年春正月乙酉①，改元。……三月……丙午，诏曰："去年牛疫，死伤太半。今东作既兴②，人须肄业，其敕在所督课田农，有牛者加勤于常岁，无牛者倍庸于余年。一夫制田四十亩，中男二十亩，无令人有余力，地有遗利。"……

八月壬子，大赦。丙子，诏曰："工商皂隶，各有厥分③，而有司纵滥，或染清流④。自今户内有工役者，唯止本部丞，已下准次而授。若阶藉元勋以劳定国者，不从此制。"戊寅，宋人来聘。九月乙酉，诏群臣定律令于太华殿。……

二年，……五月，诏曰："乃者人渐奢尚，婚葬越轨；又皇族贵戚及士庶之家，不惟氏族高下，与非类婚偶。先帝亲发明诏，为之科禁，而百姓习常，仍不肃改。朕念宪章旧典，永为定准，犯者以违制论。"……

七年春正月庚申，诏曰："朕每思知百姓疾苦以增修宽政，故具问守宰苛虐之状于州郡使者。今秀孝、计掾

---

① 太和元年：即公元477年。 ② 东作：指春耕生产。 ③ 分：fèn奋。 ④ 清流：清要流品，多指不处理繁杂事务的文官。

对多不实①，甚乖朕虚求之意。宜案以大辟②，明罔上必诛。然情犹未忍，可恕罪听归，申下天下，使知后犯无恕。”……三月甲戌，以冀、定二州饥③，诏郡县为粥于路以食之，又弛关津之制。……十二月乙巳朔，日有食之。癸丑，诏曰：“夏、商不嫌一族之婚，周氏始绝同姓之娶。斯皆教随时设、政因事改者也。皇运初基，日不暇给，古风遗朴，未遑釐改。自今悉禁绝之，有犯者以不道论。”……

八年，……六月丁卯，诏曰：“置官班禄，行之尚矣，自中原丧④乱，兹制中绝。先朝因循，未遑釐改。朕顾宪章旧典，始班俸禄，罢诸商人，以简人事。户增调三匹，谷二斛九斗，以为官司之禄。均预调为二匹之赋，即兼商用⑤。虽有一时之烦，终克永逸之益。禄行之后，赃满一匹者死⑥，变法改度，宜为更始，其大赦天下，与之惟

① 秀孝：秀才、孝廉，汉代以来的两种选举科目，也指应两科选的人。计掾：地方计吏，负责地方财政收支统计，并向朝廷汇报，亦称上计掾。 ② 大辟：死刑。 ③ 定：定州，治卢奴，今河北定州。冀：冀州，已见前注。 ④ 丧：sāng 桑。⑤ 商用：用作交换之物。北魏前期货币不流行，多以物物交换。 ⑥ 这段文字叙述班禄之事，是孝文帝整顿吏治的重要措施。在此之前，百官都无俸禄，任意搜刮民膏民脂。班禄之后，百官经济有了保证，就无借口掠夺民财，而国家有充足的理由惩治贪官污吏。

新。”……秋八月甲辰，诏以班制俸禄，更兴刑书，宽猛未允，人或异议，制百辟卿士工商吏人各上便宜，勿有所隐。……

九年春正月戊寅，诏禁图谶秘纬及名《孔子闭房记》①，留者以大辟论。又诸巫觋②假称神鬼，妄说吉凶。及委巷诸非坟典所载者③，严加禁断。……

八月庚申，诏曰：“数州水灾，饥馑荐臻，致有卖鬻男女者。天谴在予一人，百姓横罹艰毒。今自太和六年已来，买定、冀、幽、相四州饥人良口者，尽还所亲。虽娉为妻妾，遇之非理，情不乐者，亦离之。”

冬十月丁未，诏使者循行州郡，与牧守均给天下之田，还受以生死为断。劝课农桑，兴富人之本④。……

十年春，……二月甲戌，初立党、里、邻三长，定人户籍⑤。……

---

① 图谶：谶是伪托神灵的预言，常附有神秘的图画，故称图谶。秘纬：对神秘图记加以解释的书籍。这些都是盛行于东汉的神秘主义哲学的产物。 ② 觋：xí 习。 ③ 委巷：偏陋曲折的小巷，泛指民间。坟典：三坟五典的省称。据说三坟、五典都是远古图书名，这里泛指先贤经典著作。 ④ 此令即历史上著名的均田令，标志着均田制的开始。 ⑤ 此即三长制开始建立。它的作用在于把豪强所隐庇的劳动者直接纳入国家户籍，从而抑制了豪强的势力，加强了国家对地方的控制。

六月己卯，名皇子曰恂，大赦。……

十一年春正月丁亥朔，诏定乐章，非雅者除之。……

冬十月辛未，诏罢起部无益之作①，出宫人不执机杼者。甲戌，诏曰："乡饮之礼废②，则长幼之序乱。孟冬十月，人闲岁隙，宜于此时，导以德义。可下诸州，党、里之内，推贤而长者，教其里人父慈、子孝、兄友、弟顺、夫和、妻柔。不率长教者，具以名闻。"

十一月丁未，诏罢尚方锦绮绫罗之工③，百姓欲造，任之无禁。其御府衣服金银珠玉绫绌锦、太官杂器、太仆乘具、内库弓矢④，出其太半，班赉⑤百官及京师人庶，下至工商皂隶，逮于六镇戍士⑥，各有差。戊申，诏今寒

---

① 起部：尚书诸部之一，属临时建置，主要负责宗庙、宫室等的修建。② 乡饮之礼：古时乡间推举本乡贤德的人于君王，乡大夫设宴送行，饮酒酬酢，并有一定的仪式。③ 尚方：官署名，负责造作皇室需用的器具、珍玩，主官称尚方令、尚方丞。④ 太官：官署名，即太官署，长官为太官令、丞，掌百官膳食。太仆：官署名，即太仆寺，长官称太仆卿，负责皇室车马及有关器械。内库：皇宫府库。⑤ 赉：lài 赖。⑥ 六镇：设置在平城北边一线的六个军事重镇，即沃野镇，今内蒙古五原县东北；怀朔镇，今内蒙古固阳县西南；武川镇，今内蒙古武川县西南；抚冥镇，今内蒙古四王子旗东南；柔玄镇，今内蒙古兴和县西北；怀荒镇，今河北张北县北。

气劲切，杖箠难任。自今月至来年孟夏，不听栲问罪人。又岁饥，轻囚宜速决了，无令薄罪久留狱犴。十二月，诏秘书丞李彪、著作郎崔光改析《国记》①，依纪传体。

十四年春正月己巳朔，日有蚀之。三月戊寅，初诏定起居注制②。……八月，诏议国之行次③。

九月癸丑，太皇太后冯氏崩④。诏听藩镇曾经内侍者，前后奔赴。冬十月戊辰，诏将亲侍龙舆，奉诀陵隧，诸常从之具，悉可停之。其武卫之官，防侍如法。癸酉，葬文明太皇太后于永固陵。……

十二月壬午，诏依准丘井之式⑤，遣使与州郡宣行条制。隐口漏丁，即听附实。若朋附豪势，陵抑孤独，罪有常刑。

---

① 秘书丞：官名，秘书监之副职，管文籍，领著作，掌国史。 ② 起居注：专门记录皇帝饮食起居、所言所行的材料。由起居令史记录，另有专人整理，作为今后修史的重要资料。宋代以后起居注记载的范围更广泛。 ③ 行次：五行（金木水火土）次第。 ④ 太皇太后冯氏：即孝文帝的祖母，死后谥作文明太皇太后。孝文帝即位年仅五岁，由太上皇献文帝和太后先后听政。在此之前的许多重要改革，都是太后主持或支持进行的。所以太后冯氏也是一位值得肯定的政治家。 ⑤ 丘井之式：此当是仿古代井田形式。古以一男子为单位分配一块土地，九个男子分得的土地，中间由沟渠隔开，形如“井”字状，这就是所谓九夫为井，又四井为邑，四邑为丘。

十五年春正月丁巳，帝始听政于皇信东室。初分置左右史官①。……

秋七月乙丑，谒永固陵，规建寿陵②。己卯，诏议祖宗③，以道武皇帝为太祖。乙酉，车驾巡省京邑，听讼而还。八月壬辰，议养老④；又议“肆类上帝、禋⑤于六宗”礼⑥，帝亲临决。……

十六年春正月戊午朔，朝飨群臣于太华殿。帝始为王公兴县而不乐⑦。己未，宗祀显祖献文皇帝于明堂⑧，以配上帝。遂升台以观云物，降居青阳左个⑨，布政事。每朔依以为常。辛酉，始以太祖配南郊⑩。壬戌，诏定行次，以水承金。……乙丑，制诸远属非太祖子孙及异姓

---

① 左右史：左史和右史，官名。左史负责记皇帝行迹，右史记言语。 ② 寿陵：生前所造之陵墓。 ③ 祖宗：特指对前辈皇帝的尊称，一般开国皇帝称太祖，以下皆称宗。也有把功德很高的皇帝称作祖，如孝文帝追尊高祖即是。 ④ 养老：养老之礼。这是一种古礼，各代进行的方式、对象、内容都不同，所以需讨论斟酌。 ⑤ 禋：yīn 因。 ⑥ 肆类句：肆：遂、于是。类：古祭名，指祭天。禋：烟祭，指祭天，也泛指祭祀。六宗：孝文帝释作天皇大帝及五帝之神，因此他认为“肆类上帝”和“禋于六宗”是一码事。见《魏书》礼志一。 ⑦ 兴县：张挂钟磬一类乐器。县：xuán 玄。 ⑧ 明堂：据说最早为君王布政之地，后主要是皇帝举行祭典的地方。 ⑨ 青阳左个：明堂的东厢房。 ⑩ 南郊：指在京城南郊举行祭天仪式。

为王者，皆降为公，公为侯，侯为伯，子男仍旧。皆除将军之号。戊辰，帝临思义殿，策问秀、孝。……夏四月丁亥朔，颁新律令，大赦。甲寅，幸皇宗学①，亲问博士经义。五月癸未，诏群臣于皇信堂更定律条，流徒限制，帝亲临决之。……八月……癸丑，诏曰："国家虽崇文以怀九服②，修武以宁八荒③，然于习武之方，犹为未尽。将于马射之前④，先行讲武之式⑤。可敕有司豫修场埒⑥，其列阵之仪，五戎之数，别俟后敕。"……

十七年……六月庚辰朔，日有蚀之。丙戌，帝将南伐，诏造河桥。乙未，讲武。乙巳，诏曰："比百秩虽陈，事典未叙。自八元树位⑦，躬加省览，作职员令二十一卷。事迫戎期，未善周悉，须待军回，更论所厥。权可付外施行。"立皇子恂为皇太子。……

八月……己丑，发京师南伐，步骑三十余万。太尉

① 皇宗学：专为皇族子弟开设的学校。 ② 九服：古人把京都以外的地方按远近分为九等，称九服，此泛指天下之人。 ③ 八荒：八方荒远之地，此当指魏国边陲及其外尚未平定的地区。 ④ 马射：跑马射箭。本是一种武艺项目，也用于礼典，南北朝时一般在九月九日举行。 ⑤ 讲武：讲解武事，操习武艺，在上古是定期举行的制度。 ⑥ 场埒（liè 劣）：讲武的场地和习射的驰道，驰道两侧有矮墙，使马不跑出道外。埒：矮墙。 ⑦ 八元：传说为尧之父高辛时期的八个才子，舜为尧臣，把他们举荐给尧而任职。

丕奏请以宫人从，诏以临戎不语内事，不许。壬寅，车驾至肆州①。人年七十已上，赐爵一级②。路见眇跛，停驾亲问，赐衣食，复终身。戊申，幸并州③，亲见高年，问疾苦。

九月……丁巳，诏车驾所经，伤人秋稼者，亩给谷五斛。戊申，济河。诏洛、怀、并、肆所过四州④，赐高年爵，恤鳏寡孤独各有差；孝悌廉义文武应求者，皆以名闻。又诏厮养户不得与庶士婚，有文武之才积劳应进者，同庶族例，听之。庚午，幸洛阳，周巡故宫基迹。帝顾谓侍臣曰："晋德不修，荒毁至此！"遂咏《黍离》诗⑤，为之流涕。壬申，观洛桥⑥。幸太学，观石经。丙子，六军发轸。丁丑，帝戎服执鞭，御马而出。群臣稽颡⑦于马前，请停南伐，帝乃止。仍议迁都计。

冬十月戊寅朔，幸金墉城⑧。诏征司空穆亮与尚书

---

① 肆州：治九原，今山西忻州。 ② 爵：此指秦汉以来的二十级爵位，与西周以来的五等爵不同。 ③ 并（bīng 兵）州：治晋阳，今山西太原市西南。 ④ 洛：洛州，治洛阳，孝文帝迁都于此，改称司州，东魏初又改称洛州。怀：怀州，治野王，今河南沁阳。 ⑤ 黍离：《诗经·王风》中的一篇。旧说周大夫经故都，见宗庙宫室生了禾黍，悯周朝的衰败东迁，彷徨而不忍离去，因作此诗。 ⑥ 洛桥：架于洛阳城附近洛水之上的浮桥。 ⑦ 稽颡：qǐ sǎng 启嗓。 ⑧ 金墉城：洛阳西北角小城，城小而固，为重镇之一。

李冲、将作大匠董爵经始洛京①。……癸卯，幸邺城。乙巳，诏安定王休率从官迎家口于代②，车驾送于漳水上。

初，帝之南伐，起宫殿于邺西。十一月癸亥，宫成，徙御焉。十二月戊寅，巡省六军。乙未，诏隐恤军士，死亡疾病，务令优给。……

十八年春正月丁未朔，朝群臣于邺宫澄鸾殿。癸亥，南巡。诏相、兖、豫三州赐高年爵③，恤鳏寡孤老各有差，孝悌廉义文武应求者，皆以名闻。戊辰，经殷比干墓④，祭以太牢⑤。乙亥，幸洛阳西宫。二月己丑，行幸河阴⑥，规建方泽之所⑦。……甲辰，诏喻天下以迁都意。……壬申，至平城宫。癸酉，临朝堂，部分迁留，甲戌，谒永固陵。三月庚辰，罢西郊祭天⑧。壬申，帝临太极殿，喻在代群臣迁移之略。……

---

① 司空：官名，三公之一。将作大匠：官名，负责宫室、宗庙、陵园、都城等的土木工程。 ② 安定：郡名，治安定，今甘肃泾川北。代：此指代都，即平城。 ③ 兖：兖州，治瑕丘，今山东兖州。豫：豫州，治悬瓠，今河南汝南。 ④ 殷：商王朝的别称。比干：商朝忠臣。 ⑤ 太牢：牢为盛祭品的食器，大者盛牛、羊、猪三牲，称太牢。 ⑥ 河阴：县名，今河南孟津县东。 ⑦ 方泽：即地潭，祭地神之地，建于都城北郊，今北京地坛即是。 ⑧ 西郊祭天：按汉族习惯，帝王祭天在南郊，且仪式庄重。北魏前期每年于西郊祭天，但颇简陋，有奏伎为乐，女巫装神等活动。孝文帝仿照汉族礼仪，可说是一种重要改革。

八月癸卯，皇太子朝于行宫。甲辰，行幸阴山①，观云川。丁未，幸阅武台，临观讲武。因幸怀朔、武川、抚冥、柔玄等四镇②。乙丑，南还。所过皆亲见高年，问人疾苦，贫窘孤老者，赐以粟帛。庚午，谒永固陵。辛未，还平城宫。

九月壬申朔，诏曰："三载考绩，自古通经，三考黜陟，以彰能否。朕今三载一考，考即黜陟。欲令愚滞无妨于贤者，才能不拥于下位。各令当曹，考其优劣者为三等。六品已下，尚书重问；五品已上，朕将亲与公卿论其善恶。上上者迁之，下下者黜之，中中者守其本任。"壬午，帝临朝堂，亲加黜陟。……

冬十月甲辰，以太尉、东阳王丕为太傅③。戊申，亲告太庙，奉迎神主④。辛亥，车驾发平城宫。壬戌，次于中山之唐湖⑤。乙丑，分遣侍臣，巡问疾苦。己巳，幸信都⑥。庚午，诏曰："比闻缘边之蛮，多有窃

---

① 阴山：山名，在今内蒙古中部。 ② 四镇：见前六镇注。 ③ 东阳：古城名，今山东益都北，为齐郡、青州的治所。 ④ 太庙：天子的祖庙。神主：在宗庙内为已故之人所立的牌位。 ⑤ 中山：郡名，治卢奴，今河北定州。唐湖：中山所属有唐县（今河北唐县），县境内唐水，疑即所谓唐湖。 ⑥ 信都：县名，今河北冀州。

掠，致有父子乖离，室家分绝。可诏荆、郢、东荆三州[①]，勒诸蛮人，勿有侵暴。”是月，齐萧鸾杀其主昭文而自立[②]。

十一月……丁丑，幸邺。甲申，经比干墓，亲为吊文，树碑刊之。己丑，车驾至洛阳。

十二月辛丑朔，分命诸将南征。壬寅，革衣服之制[③]。癸卯，诏中外戒严。……戊辰，车驾至悬瓠[④]。……

十九年春正月辛未朔，朝飨群臣于悬瓠。癸酉，诏禁淮北人不得侵掠，犯者以大辟论。壬午，讲武于汝水西[⑤]。大赉[⑥]六军。平南将军王肃、左将军元丽并大破

---

① 郢：郢州，治真阳，故城在今河南正阳县北。东荆州：治沘阳，今河南泌阳。 ② 公元494年（魏太和十八年、南齐延兴元年）十月，南齐宣城王萧鸾废齐帝萧昭文为海陵王（后又将他杀掉），自立为帝，改元建武，是为齐高宗明皇帝。
③ 革衣服之制：即禁止穿戴鲜卑和其他少数民族服饰，一律改用汉人的装束，这是改变鲜卑旧俗的一项措施。 ④ 悬瓠：古城名，在今河南汝南县，为军事重镇之一。 ⑤ 汝水：古水名，在今河南省境，为淮河支流之一。 ⑥ 赉：lài 赖。

齐军[1]。己亥，车驾济淮。二月甲辰，幸八公山[2]。路中雨甚，诏去盖。见军士病者，亲隐恤之。戊申，车驾巡淮而东，人皆安堵，租运属路。丙辰，幸钟离[3]。戊午，军士禽齐人三千。帝曰："在君为君，其人何罪？"于是免归。辛酉，发钟离，将临江水。司徒冯诞薨。壬戌，诏班师。丁卯，遣使临江，数齐主罪恶。三月戊子，太师冯熙薨[4]。

夏四月丁未，曲赦徐、豫二州[5]，其运转之士，复租三年。辛亥，诏赐高年爵，恤孤寡老疾各有差；德著丘园者，具以名闻；齐人降者，给复十五年。癸丑，幸小沛[6]，使以太牢祭汉高祖庙。己未，幸瑕丘[7]，使以太牢祠岱

---

① 平南将军：武官名。汉、魏以来，将军名号增多，其中重要而常见的有四征（征东、征西、征南、征北）、四镇、四安、四平，地位都很高，如四征是从一品中（孝文帝改制时），四平最低，也是从二品上。若将军前面加上"大"字，则官位还要升两阶。（时各品分正、从，正、从各分上、中、下，实际上每品有六阶。）其方位依征战或戍守的地理位置而定，与官品无关。以上四四一十六个将军名号，一并在此略作说明，以后出现不再作注。左将军：亦属高级武官，此外还有右将军、前将军、后将军，都与四平同阶而列位在前，后不再注。 ② 八公山：山名，在今安徽省淮南市西。 ③ 钟离：县名，在今安徽凤阳东北。 ④ 太师：官名，与太傅、太保合称三师，地位崇高，官品第一。 ⑤ 曲赦：特免罪犯。徐州：治彭城，今江苏徐州市。 ⑥ 小沛：沛县的别称，汉高祖刘邦的故乡，今江苏沛县。 ⑦ 瑕丘：县名，今山东兖州。

嶽[①]。诏宿卫武官增位一级。庚申，幸鲁城[②]，亲祠孔子庙。辛酉，诏拜孔氏四人、颜氏二人为官。诏兖州刺史举部内士人堪军国及守宰政绩者，具以名闻。诏赐兖州人爵及粟帛如徐州。又诏选诸孔宗子一人封崇圣侯，邑一百户，以奉孔子祀。命兖州为孔子起园柏，修饰坟陇，更建碑铭，褒扬圣德。……

六月己亥，诏不得以北俗之语，言于朝廷[③]，违者免所居官。辛丑，诏复军士从驾渡淮者租赋三年。癸卯，诏皇太子赴平城宫。壬子，诏济州、东郡、荥阳及河南诸县车驾所经者[④]，赐高年爵，恤孤寡老疾各有差；孝悌廉义文武应求者，具以名闻。癸丑，求天下遗书。秘阁所无，有裨时用者，加以厚赏。乙卯，曲赦梁州[⑤]，复人田租三岁。丙辰，诏迁洛人，死葬河南，不得还北。于是代人南迁者，悉为河南洛阳人。戊午，诏改长尺大斗，依《周礼》制度，班之天下。

秋八月[⑥]，幸西宫。路见坏冢露棺，驻辇埋之。乙

① 岱嶽：山名，即泰山的别称。 ② 鲁城：鲁县城，在今山东省曲阜，孔子的故乡。 ③ 北俗之语：主要指朝卑语。这是孝文帝推进民族融和的又一项改革。 ④ 济州：治碻磝城，今山东茌平县西南。荥阳：郡名，治荥阳，今河南荥阳。 ⑤ 梁州：治南郑，今陕西汉中。 ⑥ 八月：《北史》月下无日，据《魏书》当有甲辰二字。

巳，诏选天下勇士十五万人为羽林、武贲①，以充宿卫。丁巳，诏诸从兵从征被伤者，皆听还本。金墉宫成。甲子，引群臣历宴殿堂。

九月②，六宫及文武尽迁洛阳。……

冬十月……辛酉，诏州郡举士。壬戌，诏诸州牧考属官为三等之科以闻③，将加亲览，以定升降。诏徐、兖、光、南青、荆、洛六州严纂戎备④，应须赴集。……十二月乙未朔，引见群臣光极堂，宣下品令⑤，为大选之始。……

二十年春正月丁卯，诏改姓元氏⑥。……

---

① 羽林、武贲：都是禁卫军，兵士身份比一般士兵高。武贲当作虎贲，《北史》避李唐先祖李虎的讳而改。 ② 九月：《北史》此下无日，据《魏书》当有庚午二字。 ③ 州牧：即州刺史。东汉灵帝时，为了对某些重要地区加强控制，派朝廷重臣出任州的长官，称州牧，权力加重。这里只是借用习惯说法。④ 光：光州，治掖县，今山东莱州。南青：南青州，治团城，今山东沂水附近。 ⑤ 品令：即官品令。北魏前期职官是鲜、汉杂用，机构亦不健全。孝文帝重用从南朝归来而又熟谙典章制度的王肃，仿照魏晋南朝的官制洗刷了其中的鲜卑成分，使其更有利于鲜汉联合的统治。这也是孝文帝改革的重要内容之一。 ⑥ 元氏：即帝族拓跋氏所改之姓，其他鲜卑复姓改为汉姓的还有100多个。这也是孝文帝推进民族融和的一项改革内容。

冬十月戊戌，以代迁之士，皆为羽林、武贲。司州之人①，十二夫调一吏，为四年更卒②，岁开番假，以供公私力役。……十二月甲子，以西北州郡旱俭，遣侍臣巡察，开仓振恤。乙丑，开盐池禁。丙寅，废皇太子恂为庶人③。……

二十一年春正月丙申，立皇子恪为皇太子。……

夏四月庚申，幸龙门④，使以太牢祭夏禹⑤。癸亥，幸蒲坂，使以太牢祭虞舜⑥。修尧、舜、夏禹庙。辛未，幸长安。……五月……己丑，车驾东旋，泛渭入河。……壬申，使以太牢祭周文王于酆⑦，祭周武王于镐⑧。癸卯，遣使祭华岳⑨。六月庚申，车驾至自长安。壬戌，诏

---

① 司州：司隶州的省称。汉代以司隶校尉监察京都及附近地区，后来就建置司隶州。北魏司州治洛阳，即由原洛州改称。 ② 更卒：轮番服役的兵卒，此指役吏。 ③ 据记载，太子元恂对其父迁都改制不满，谋叛逃北方，故孝文帝将他免为平民。由此亦可见孝文帝改革的决心。 ④ 龙门：县名，今山西河津县。又即禹门口，河津西北和陕西韩城东北，黄河经此，两岸峭壁对峙，形如阙门，故名。 ⑤ 夏禹：即禹，为夏朝始祖，故称。 ⑥ 虞舜：即舜，传说舜为古部落有虞氏首领，故称。 ⑦ 酆：古地名，今陕西长安境内，周文王建都于此。 ⑧ 镐：古地名，亦长安境内，与酆隔沣河，周武王迁都于此。 ⑨ 华岳：即西岳华山。

冀、定、瀛、相、济五州发卒士二十万①，将以南讨。癸亥，司空穆亮逊位。

秋七月甲午，立昭仪冯氏为皇后②。甲寅，帝亲为群臣讲《丧服》于清徽堂③。八月丙辰，诏中外戒严。……甲戌，讲武于华林园。庚辰，车驾南讨。

九月丙申，诏司州洛阳人年七十以上无子孙，六十以上无期亲④，贫不自存者，给以衣食。及不满六十而有废痼之疾，无大功亲⑤，穷困无以自疗者，皆于别坊，遣医救护，给太医师四人⑥，豫请药物疗之。辛丑，帝留诸将攻赭阳⑦，引师南讨。丁未，车驾发南阳⑧，留太尉咸阳王禧、前将军元英攻之⑨。己酉，车驾至新野⑩。

冬十月丁巳，四面进攻不克，诏左右军筑长围以守之。……

---

① 瀛：瀛州，治赵都军城，在今河北河间县。 ② 昭仪：嫔妃的称号，为嫔妃中的第一级，有左右之分。孝文帝定内官，昭仪位比大司马。 ③ 丧服：儒家经典《仪礼》中的一篇，讲居丧的衣着规定。丧：sāng 桑。 ④ 期(jī 机)亲：为服丧一年的亲属，如兄弟姊妹，侄子嫡孙，已嫁之女等。 ⑤ 大功亲：指服丧期为 9 个月的亲属，如堂兄弟、已婚的姊妹、儿媳等。 ⑥ 太医师：指朝廷医官所管领的医师。 ⑦ 赭阳：县名，今河南叶县西南。 ⑧ 南阳：郡名，治宛县，今河南南阳市。 ⑨ 太尉：三公之一。 ⑩ 新野：县名，今河南新野。

十一月丁酉，大破齐军于沔北①。于是人皆复业。九十以上，假以郡守②；六十五以上，假以县令。

十二月丁卯，诏流、徒之囚，皆勿决遣，登城之际，令其先锋自效。庚午，车驾临沔，遂东还。戊寅，还新野。己卯，亲行营垒，恤六军。……

二十二年春正月癸未朔，飨群臣于新野行宫。丁亥，拔新野，斩其太守刘忌于宛③。二月庚午，至新野。辛未，诏以穰人首归大顺始终若一者④，给复三十年，标其所居曰归义乡；次降者，给复十五年。

三月壬午朔，大破齐将崔慧景、萧衍军于邓城⑤。庚寅，行幸樊城⑥，观兵襄沔⑦，耀武而还。……辛亥，行幸悬瓠。……秋七月……齐明帝殂。……九月己亥，帝以礼不伐丧，诏反旆⑧。丙午，车驾发悬瓠。冬十月己酉朔，曲赦二豫州殊死已下⑨，复人田租一岁。十一月辛

---

① 沔：沔水，即汉水。有二源，一名沔，一名汉，合流后通称汉水，古籍中常汉沔连称。② 假：借。这里指给予一个空头官名。③ 宛：县名，今河南南阳市。④ 穰：县名，今河南邓县。⑤ 邓城：县名，在今湖北襄阳市北。⑥ 樊城：县名，今属襄阳市。⑦ 襄沔：襄阳城外沔水边。⑧ 旆：pèi 沛。⑨ 二豫州：豫州和东豫州。豫州已见前，东豫州治所不详，其大致范围在今河南省东南角的信阳市以东、固始县以西的淮河流域。

巳，幸邺。

二十三年春正月戊寅朔，朝飨群臣于邺。……二月……癸酉，齐将陈显达攻陷马圈戍①。三月庚辰，车驾南伐。癸未，次梁城②。丙戌，帝不豫。丁酉，车驾至马圈。戊戌，频战破之。己亥，收其戎资亿计。诸将追奔汉水，斩获及赴水死者十八九。庚子，帝疾甚，车驾北次谷塘原③。甲辰，诏赐皇后冯氏死④。诏司徒勰征太子于鲁阳践阼⑤。以北海王详为司空⑥，王肃为尚书令，广阳王嘉为左仆射⑦，尚书宋弁为吏部尚书，与太尉咸阳王禧、右仆射任城王澄等六人辅政⑧。

夏四月丙午朔，帝崩于谷塘原之行宫，时年三十三。秘讳至鲁阳发丧⑨。还京师，上谥曰孝文皇帝，庙曰高祖。五月丙申，葬长陵。

---

① 马圈：城名，今河南邓县东北。 ② 梁城：梁县城，当在今河南襄城县西南。 ③ 谷塘原：地名，今属不详。 ④ 据《魏书》皇后列传记载，冯皇后不修妇德，又阴谋害孝文帝，然后效法文明太后执掌朝政，所以孝文帝遗令赐死以绝后患。 ⑤ 鲁阳：县名，今河南鲁山县。 ⑥ 北海：郡名，治平寿，今山东平度市西南。 ⑦ 广阳：县名，故城在今北京市房山东北。 ⑧ 咸阳：郡名，治池阳，今陕西泾阳县西北。任城：郡名，治任城县，今山东济宁。 ⑨ 秘讳：此指封锁孝文帝去世的消息。

帝幼有至性。年四岁时，献文患痈，帝亲自吮脓。五岁受禅，悲泣不自胜①。献文问其故，对曰："代亲之感，内切于心。"献文甚叹异之。文明太后以帝聪圣，后或不利冯氏，将谋废帝，乃于寒月，单衣闭室，绝食三朝，召咸阳王禧将立之。元丕、穆泰、李冲固谏乃止。帝初不有憾，唯深德丕等。抚念诸弟，始终曾无纤介。惇睦九族②，礼敬俱深。虽于大臣，持法不纵。然性宽慈，进食者曾以热羹覆帝手，又曾于食中得虫秽物，并笑而恕之。宦者先有谮帝于太后，太后杖帝数十，帝默受，不自申明。太后崩后，亦不以介意。

听览政事，从善如流。哀矜百姓，恒思所以济益。天地、五郊、宗庙、二分之礼③，常必躬亲，不以寒暑为倦。尚书奏案，多自寻省，百官大小，无不留心，务于周洽。每言，凡为人君，患于不均，不能推诚遇物。苟能均诚，

---

① 胜：shēng 生。 ② 九族：一说以本身加上上辈的父、祖、曾祖、高祖和下辈的子、孙、曾孙、玄孙为九族。一说以父族四、母族三、妻族二为九族。 ③ 五郊：指立春、立夏、立秋、立冬及立秋前十八日分别在东、南、西、北、中五个方位举行迎节气之礼。二分：春分、秋分。春分日早上祭日，秋分日夕祭月。

胡越之人①，亦可亲如兄弟。常从容谓史官曰："直书时事，无讳国恶。人君威福自己，史复不书，将何所惧！"南北征巡，有司奏请修道。帝曰："粗修桥梁，通舆马便止，不须去草刬②令平也。"凡所修造，不得已而为之，不为不急之事，重损人力。巡幸淮南，如在内地。军事须伐人树者，必留绢以酬其直。人苗稼无所伤践。诸有禁忌禳厌③之方非典籍所载者，一皆除罢。

雅好读书，手不释卷。五经之义，览之便讲。学不师受，探其精奥。史传百家，无不该涉。善谈庄、老，尤精释义。才藻富赡，好为文章，诗赋铭颂，在兴而作。有大文笔，马上口授，及其成也，不改一字。自太和十年已后，诏册皆帝文也。自余文章，百有余篇。

爱奇好士，情如饥渴。待纳朝贤，随才轻重。常寄以布素之意，悠然玄迈，不以世务婴心。又少善射，有膂力，年十余，能以指弹碎羊髆④骨，射禽兽，莫不随行所至而毙之。至十五，便不复杀生，射猎之事悉止。性俭素，常服澣濯之衣，鞍勒铁木而已。帝之雅志，皆此类也。

论曰：有魏始基代朔，廓平南夏，辟土经世，咸以威武为业，文教之事，所未遑也。孝文纂承洪绪，早著睿圣

---

① 胡越：泛指处于边远的少数民族。 ② 刬：chǎn 产。 ③ 厌：yā 压。 ④ 髆：bó 博。

之风。时以文明摄事，优游恭己，玄览独得，著自不言，神契所标，固以符于冥化。及躬总大政，一日万机，十许年间，曾不暇给，殊途同归，百虑一致。夫生灵所难行，人伦之高迹，虽尊居黄屋，尽蹈之矣。若乃钦明稽古，协御天人，帝王制作，朝野轨度，斟酌用舍，焕乎其有文章。海内黔黎，咸受耳目之赐。加以雄才大略，爱奇好士，视下如伤，役己利物，亦无得而称[①]之。其经纬天地[②]，岂虚谥也！

【翻译】

高祖孝文皇帝名宏，是献文皇帝的长子。他的母亲姓李，称作李夫人。皇兴元年八月戊申，孝文帝诞生于平城禁宫，那时宫中映照着神奇祥瑞的光彩，而天地间充满了祥和之气。孝文帝肌肤洁白，姿态特异，虽在婴儿时，就显得十分聪慧，长大更是宽厚容人，事亲知孝，颇具有帝王的风度。献文帝非常喜爱和看重他。皇兴

---

① 称：chèn 趁。 ② 经纬天地：这四字实际上指的是孝文帝的谥号“文”。经纬本指织物的纵线和横线。纵横交错形成纹理，正是“文”字的本义。古人引伸其义，喻为事有条理。经纬天地就是把天下治理得井井有条。在古代谥法中规定，经纬天地就称作“文”。这里不称“文”而用“经纬天地”代指，这样使文章含蓄典雅一些。

三年六月辛未，献文帝立他为皇太子。五年，献文帝让位，孝文帝登上皇帝宝座。……

太和元年春正月乙酉，改年号为太和。……三月……丙午，下令说："去年遇到牛疫，耕牛死伤大半，现在春耕生产已经开始，农人都当从事本业。令各地官吏督促耕种，有牛之家应比常年更加用力，无牛之家更要比往年加倍地努力。一成年男子规定耕种40亩，未成年的中男20亩，要使人力得到充分发挥，地利得到充分使用。"……

八月壬子，赦免天下罪犯。丙子，下令说："工、商、奴仆人等，各有各的职分，而有关部门纵容不察，以致有的混入了清要流品。自今有役使人工的各部门，最高只能授本部门的副职，副职以下，按其劳绩依次授职。至于凭借战功、对国家有贡献的人，就不受这项规定的限制。"戊寅，宋朝使者来访。九月乙酉，令群臣于太华殿改定律令。

太和二年……五月，下令说："往昔，人们逐渐滋长了铺张浪费的习惯，婚嫁丧葬的仪式超出了规范；还有的皇族、贵戚和士族、庶族之间，不按门第尊卑，相互婚配。所以先皇帝亲自下达明确的诏令，对此严加禁止。然而人们习以为常，仍不认真改正。我现在重申前代这一法制，把它作为永远遵守的准则，如有再犯的，以违犯国法论罪。”……

太和七年春正月庚申，下令说：“我常常想了解百姓的疾苦，以便使为政更加宽厚，所以向州郡进京的人使询问郡守县令残害百姓的情况。现在那些秀才、孝廉、上计掾等所言多与事实不符，大违我虚怀求言的本意。按理本当处以死刑，以昭示欺君之人格杀勿论。但我于心不忍，可免罪让他们回去，布告天下，使后来的知道再犯绝不宽容。”……三月甲戌，因冀、定两州闹饥荒，令所属郡县在路旁熬粥给饥民吃，又罢除渡口关卡限制往来的禁令。……十二月乙巳一日，出现日食。癸丑，下令说：“夏、商二代不排除本族内的婚配，自周代才开始禁止同姓之间的嫁娶，这都是随当时的习俗而施教化、因当时的事态而更改政令啊。自我大魏初立国统，事务浩繁，时间短促，对远古遗留的粗俗习尚，未来得及纠正。从今以后，严格禁止血亲通婚，如有违犯，以不守伦理道德论处。”……

太和八年……六月丁卯，下令说：“建置官吏，颁给俸禄，施行这种制度是由来已久的事了。自从中原地区国破世乱，这项制度便已中断施行。我国家前朝沿袭乱世，没来得及整顿。所以我遵循远古法制，重新颁发俸禄，解雇商人，省人省事。现规定每户增收调三匹、谷二斛九斗，用作百官俸禄；将以前数额不定的‘预调’均定为常赋两匹，则可兼作各部门换取他物的开支。这样办虽然不免费力一时，但最终能获得长期安定的好处。俸禄颁发之后，官吏贪污达到绢帛一匹的处以死刑。变革法制，应作为一个新的开端，可大赦天下罪犯，给他们以重新做人的机会。”……秋八月甲辰，下诏颁行俸禄、更改增修刑律，有宽有严，不完全妥当，人们因此议论纷纷，于是令各部门官员以至工、商、役吏、平民，各抒己见，上报朝廷，不要言而不尽。……

太和九年春正月戊寅，孝文帝下令销毁图谶、秘讳一类书籍和一种名叫《孔子闭房记》的书，私藏不交者判处死刑。还有一些女巫男巫，冒充鬼神，妄说吉凶祸福，以及民间其他非经典所载的方伎，都要严加禁止。……

八月庚申，孝文帝下令说：“近年来好些州遭受水灾，庄稼连年无收，以致有人卖儿卖女。上天之所以降灾，是谴责我一人的过失，而百姓无辜遭受祸殃。现令自太和六年以来，凡于定、冀、幽、相四州饥民中买有良家子女者，全部送还他们的亲人。虽娶作妻妾，但待遇不好，本人不满意的，也当任其离异。”

冬十月丁未，下令派遣使臣巡行地方，与州郡长官一起，将天下田地均分给百姓耕种，受田还田以生死为限。各地要督促鼓励民户栽桑种田，振兴富民的本业。

太和十年春……二月甲戌，开始设立党、里、邻三长，将民户注册入籍。……

六月己卯，为皇子命名恂，大赦罪犯。……

太和十一年春正月丁亥一日，下令审定乐曲、歌词，凡属不典雅纯正的都舍去不用。……

冬十月辛未，令起部停止不必要的兴造，遣散宫人中不从事纺织的人。甲戌，下令说："乡饮酒之礼如果废弛不行，那么长幼尊卑的秩序就会紊乱。初冬十月，是一年中农事告毕、农人清闲的空隙日子，应当在这段时间，用礼义道德去诱导他们。可告喻各州，从党、里之内推选年长而有修养的人，以教育乡人，使他们懂得做父亲要慈祥，做儿女要孝敬，做兄长要友爱，做弟弟要顺从，做丈夫要和气，做妻子要温柔。如有不听从长者教诲的人，可开列姓名上报。"

十一月丁未，令停止尚方锦绣绫罗的织造，如百姓自愿织造的，听其自便，不得禁止。凡是皇室所有的衣服金银珠玉绫绌锦、太官署所管的各种器具、太仆寺所管的车马配件、宫中府库的弓箭，都拿出一大半，颁赐给文武百官及京师平民，下至工商仆从及戍守北方六镇的将士，各按等级高下得到不同的赐予。戊申，下令说："今当严冬时节，寒气逼人，棍打鞭抽，难以承受。从本月到明年四月，不准用刑审讯犯人。又今年收成不好，犯有轻罪的囚犯应尽快判决发遣，不要让人犯点轻微的罪过就长期关押狱中。”十二月，令秘书丞李彪、著作郎崔光将编年体《国记》的内容重加整理，改写成纪传体的国史。……

太和十四年春正月己巳一日，发生日食。三月戊寅，首次下令建立修起居注的制度。……八月，令群臣讨论国家在五行中当处的次第。

九月癸丑，太皇太后冯氏逝世，下令准许各地曾任内侍官者先后赴京吊唁。冬十月戊辰，下令说：“我将亲自护送太皇太后灵柩，至陵墓诀别，往常讲究的那些随从仪仗，全都撤除。负责警卫的将士，按常规防御护卫。”癸酉，葬文明太皇太后于永固陵。……

十二月壬午，下令按照丘井的形式，派使臣互助州郡长官传达并施行有关的条文规定。过去隐匿未报的人口，这次就允许照实附籍。如有人合伙附豪强贵势之家，欺压势单力弱的人，那就要按律治罪。

太和十五年春正月丁巳，孝文帝首次在皇信东室听政，开始分置左史和右史。……

秋七月乙丑，孝文帝拜谒永固陵，并计划在这里修建自己的陵墓。己卯，令讨论前代皇帝的尊称，结果以道武帝为北魏的太祖。乙酉，孝文帝巡察京都，亲自审问了狱案后才回宫。八月壬辰，讨论养老之礼，又讨论“肆类上帝，禋于六宗”之礼，孝文帝亲临裁决。……

太和十六年春正月戊午一日，孝文帝在太华殿宴集王公大臣，为他们布列了钟磬等乐器，但并没有鼓奏，就这样还是文明太后去世以来的第一次呢。己未，孝文帝在明堂举行显祖献文皇帝的庙祭，并作为五方上帝的配祀。接着登上高台，观览天空景象，下台后进坐东厢房，安排政务。以后每月一日都按这种仪式举行庙祭。辛酉，首次以太祖作为南郊祭天的配祀。壬戌，令议定国家当处的五行次第，结果决定北魏为水运，以承接晋代的金运。……乙丑，规定凡皇族不属太祖的子孙及非皇族封王的人，一律降爵为公，公降为侯，侯降为伯，子、男二爵不变，都授予将军名号。戊辰，孝文帝亲自登上思义殿策问秀才、孝廉。……夏四月丁亥一日，颁布新修的刑律、法令，大赦天下罪犯。甲寅，孝文帝到了皇族子弟的学校，亲自询问博士有关儒学著作的义蕴。五月癸未，令群臣在皇信堂重新修订法律条文，决定流配、劳役二刑的极限，孝文帝亲临裁决。……八月……癸丑，下令说："国家虽然崇尚文教以使天下归向，整治武备以使八方安宁，但对于练习武事的方法，还不很完善。现准备在举行马射之前，先进行战事的讲解演习。可令有关部门预先修筑场地和矮墙，至于布列战阵的程式及各种人员兵器的数额，另候指挥。"……

太和十七年……六月庚辰一日，发生日食。丙戌，孝文帝准备南征，令于黄河上架桥。乙未，讲习武事。乙巳，下令说："近来各种职官虽已建置，但有关职责的规定还没有一一说明。我从尧帝时代的八个才子任职起，对历代官制职责之事亲自加以考察，编成《职员令》21卷。这事由于南征军期迫近，不可能搞得周密详备，需等班师回朝后，再研究订正它的缺失，现可暂时颁发执行。"这天，孝文帝立儿子拓跋恂为皇太子。……

八月……已丑，由京都出发南征，步兵骑兵共计30余万。太尉拓跋丕奏请带宫人随行，孝文帝以临阵不言内事，下令不许。壬寅，孝文帝行至肆州，对当地70以上老年人赐给爵位一级。凡路途中遇见眼瞎肢残的人，必停车抚问，赐给衣服和粮食，免除他们终身劳役。戊申，孝文帝到达并州，亲自接见当地老年人，询问他们有何疾苦。

九月……丁巳，下令凡部队经过地区，有损伤农人庄稼的，要每亩赔给谷5斛。戊申，大军渡过了黄河。孝文帝下令部队所经过的洛、怀、并、肆四州，赐给老年人爵位，救济孤寡，按照不同情况各有等差；有孝悌廉义、文武才干并符合选拔条件的，都列名上报。又令奴仆之家不得与士民婚配，对其中有文武才干、累建功劳而当升进的，就视同平民，允许通婚。庚午，孝文帝进入洛阳，巡览西晋宫庭的遗址。他环视左右的侍臣，感叹地对他们说："晋代不实行德政，以致国家败亡，宫庭颓毁、荒芜成这个样子。"接着吟诵了《黍离》诗，为西晋的败亡感伤落泪。壬申，孝文帝观看了洛水浮桥，又到西晋的太学故地，观览了里面的经书石刻。丙子，部队又要由洛阳继续进发。丁丑，孝文帝身着戎装，手握马鞭，乘马而出。许多大臣不愿南征，他们在孝文帝马前跪地叩头，恳请停止南征。孝文帝这才作罢，但还是议定了迁都洛阳的计划。

冬十月戊寅一日，孝文帝至金墉城，令司空穆亮与尚书李冲、将作大匠董爵兴建洛阳京都。……癸卯，孝文帝到达邺城。乙巳，令安定王拓跋休带领随从官员去平城迎取族人家小，孝文帝亲自送到漳水河畔。

先前，孝文帝南征，在邺城西边修筑宫殿。十一月癸亥，宫殿建成，于是迁居新宫。十二月戊寅，孝文帝巡视各部队。乙未，令抚恤兵士，有死亡疾病的，一定要给予优厚待遇。……

太和十八年正月丁未一日，百官在邺宫的澄鸾殿朝见。癸亥，孝文帝巡视邺城以南地区，令相、兖、豫三州按不同等次授给老年人爵位，并救济孤寡老人，有孝悌廉义之行和文武才干，符合选举条件的，尽数列名上报。戊辰，行经商代忠臣比干的陵墓，用太牢进行祭祀。乙亥，孝文帝到了洛阳西宫。二月己丑，孝文帝行至河阴，规划建造方泽的场所。……甲辰，令将迁都洛阳的意图告谕天下。……壬申，孝文帝到达平城宫。癸酉，孝文帝登朝堂安排迁都和留守事宜。甲戌，拜谒永固陵。三月庚辰，废除西郊祭天的旧俗。壬申，孝文帝登坐太极殿，向在平城的百官解释迁都的意图。……

八月癸卯，皇太子到行宫朝见。甲辰，孝文帝行至阴山，观赏那云天相际的原野。丁未，孝文帝登上阅武台，检阅将士演练武事。接着先后巡视了怀朔、武川、抚冥、柔玄等四镇。乙丑，启程南返平城。每过一地，都亲自接见当地老人，询问民间疾苦，对贫困孤老的人，都赐给粮食布匹。庚午，拜谒永固陵。辛未，孝文帝回到平城宫。

九月壬申一日，孝文帝下令说："每3年考核一次官吏政绩，是自古以来不变的法则，经三次考核而升降品秩，是为了区别贤愚。我今3年一考，考毕就进行升降，这是想不让昏庸之辈阻碍贤才进用的道路，使贤才不埋没于下品群吏之中。各部门可责成有关下属机构，考核本部门官员政绩，按优劣分为三等。六品已下，尚书省复审，五品以上，我将亲与公卿大臣论证他们的优劣。上上等的升迁，下下等的罢免，中中等的保留原职。"壬午，孝文帝登坐朝堂，亲自裁决官员的升降。……

冬十月甲辰，太尉、东阳王拓跋丕进位为太傅。戊申，孝文帝亲自拜告太庙，奉迎祖宗牌位。辛亥，孝文帝由平城宫出发。壬戌，宿于中山境内的唐湖。乙丑，分遣侍臣，四出巡行，问民疾苦。己巳，到达信都。庚午，孝文帝下令说："近来听说沿边的蛮人常有盗窃虏掠行为，以致出现父子分离、家人隔绝的情景。可令荆、郢、东荆三州，约束蛮人，不得再行欺凌伤害。"这月中，南齐萧鸾杀掉国君萧昭文而自立为帝。

十一月……丁丑，孝文帝到达邺城。甲申，行经比干陵墓，孝文帝亲自写了一篇吊文，并树立石碑，把吊文刻在上面。己丑，孝文帝到达洛阳。

十二月辛丑一日，孝文帝派遣将领分路南征。壬寅，改革服饰制度。癸卯，令京师内外作好战备。……戊辰，孝文帝到达悬瓠。……

太和十九年春正月辛未一日，孝文帝在悬瓠宴集百官。癸酉，下令禁止侵扰掠夺淮河以北的民众，违犯者处以死刑。壬午，孝文帝在汝水之西演练部队，遍赏官兵。平南大将军王肃、左将军元丽都大败齐国的军队。己亥，孝文帝率军渡过淮河。二月甲辰，孝文帝到达八公山。在行进的途中，雨下得很大，孝文帝命去掉自己的车盖。看到兵士有病，必亲自抚恤劳问。戊申，孝文帝沿着淮河向东巡视，看到百姓都安居乐业，交运租粮的人们络绎不绝。丙辰，孝文帝到达钟离。戊午，魏军兵士俘获齐兵3000人。孝文帝说:“罪恶在于作为人主的君王不仁不义,他的臣民有什么罪呢?”于是就把被俘的齐兵放回去。辛酉,孝文帝率军由钟离进发,准备直抵长江。恰在此时,司徒冯诞去世。壬戌,孝文帝下令班师。丁卯,派遣使者至长江边,声讨齐国君主萧鸾,列举他的种种罪恶。三月戊子,太师冯熙又去世了。

夏四月丁未,特赦徐、豫二州罪犯,对担负转运以供军需的人,免除3年田租。辛亥,令授给老人爵位,救济孤寡老病之人,各因年龄和困难大小而有差别;又令有以德行著称于民间的人,列名上报;又令免除齐国降人15年劳役。癸丑,孝文帝行至沛县,令人用太牢祭祀汉高祖。己未,孝文帝到达瑕丘,令人用太牢祭泰山。又令给宿卫武官进位一级。庚申,孝文帝行至鲁县城,亲到孔子庙祭祀。辛酉,令授予孔姓四人、颜姓二人官位。又令兖州刺史举荐本州适合担当军国大任的人士以及所属郡守县令有政绩的人,开列姓名上报。又令兖州依徐州例赐给老人、贫困者爵位和粮食布匹。又令选孔子直系后代一人封崇圣侯,以民户一百供奉孔庙祭祀。又命兖州为孔子兴建陵园,种植柏树,培修装饰坟墓,重建碑铭,用以表彰孔子的高尚品德。……

六月己亥,令群臣在朝廷上不准讲鲜卑语,违者罢官。辛丑,令免除随孝文帝渡淮军士的3年租税和户调。癸卯，令皇太子赴平城。壬子，令济州、东郡、荥阳及黄河以南各县，凡属孝文帝南征经过的地方，赐给老人爵位，救济孤寡老病之人，各有不同等次；孝悌廉义、文武才干符合选拔条件的，列名上报。癸丑，征求民间收藏的书籍，凡是国家所未收藏的和对现时有用的书，都给予优厚的奖赏。乙卯，特赦梁州罪犯，免除州民3年田租。丙辰，令迁居洛阳的人死后安葬黄河以南地区，不准还葬北方，于是从平城南迁的人尽成了河南洛阳人。戊午，令改革长尺大斗，依《周礼》所载制度为准，颁行天下。

秋八月甲辰，孝文帝去西宫，路见坟墓颓塌、棺椁外露，于是停下车来，把它掩埋好。乙巳，令选天下勇士15万人充当羽林、虎贲，以充实禁卫军的力量。丁巳，令从征侍卫兵士中受伤的都允许回家务农。这时洛阳的金墉宫建成，甲子这天，孝文帝召集群臣，游历了各个殿堂并举行宴会。

九月庚午，六宫嫔妃和文武大臣尽数迁到洛阳。……

冬十月……辛酉，令各州郡推荐贤良之士。壬戌，令各州刺史考核属官政绩，按优劣分为三等上报，将亲自审查而决定升降。又令徐、兖、光、南青、荆、洛六州加紧战备，作到一有需要便能火速结集。……十二月乙未一日，孝文帝在光极堂召见群臣，公布官品令，这是大规模考核选拔官吏的开始。……

太和二十年春正月丁卯，下令皇族拓跋氏改为元姓。……

冬十月戊戌，孝文帝把平城南迁的兵士都纳入羽林、虎贲的行列。司州之民，12个丁壮中调1人为吏，充当为期四年的更卒，每年中轮番给假，以供官府和私家的劳作。……十二月甲子，因西北州郡旱灾欠收，派出侍臣前往巡察，开仓救济。乙丑，废除盐池禁民经营的限制。丙寅，将皇太子元恂免为平民。……

太和二十一年春正月丙申，立皇子元恪为皇太子。……

夏四月庚申，孝文帝行至龙门，派人用太牢祭祀禹帝。癸亥，孝文帝行至蒲坂，派人用太牢祭祀舜帝，又令为尧、舜、禹修筑庙宇。辛未，孝文帝到达长安。……五月……己丑，孝文帝东返，由渭水泛舟入黄河。……壬申，派人到酆以太牢祭祀周文王，又到镐祭祀周武王。癸卯，派人祭祀西岳华山。六月庚申，孝文帝结束长安之行，回到洛阳。壬戌，令冀、定、瀛、相、济五州调发兵士20万，准备南征。癸亥，司空穆亮辞职。

秋七月甲午，立昭仪冯氏为皇后。甲寅，孝文帝在清徽堂亲自为群臣讲《丧服》。八月丙辰，令京师和其他各州作好战备。……甲戌，孝文帝在华林园演练部队。庚辰，孝文帝亲自南征。

九月丙申，令司州救济洛阳老人及残疾人，其中年70以上无子孙、60以上连兄弟、侄辈都没有，贫困而不能自存的人，给予衣服粮食。又对那些年虽不满60，但患有顽症残疾、连堂兄弟一类的亲人都没有，贫穷无力医治的人，都要安置在专门的房舍中，派医生护理救治，配给太医师四人，替他们请领官府药物治疗。辛丑，孝文帝留下部分将领攻赭阳，自领大军南讨。丁未，孝文帝又由南阳进发，而留下太尉咸阳王元禧、前将军元英攻南阳。己酉，孝文帝到达新野城外。

冬十月丁巳，魏军分由四面向新野城发动进攻，仍未能奏效，孝文帝于是令左右二军筑起长围，坚守阵地。……

十一月丁酉，魏军在沔水以北的战场上大败齐军。于是当地百姓都安定下来恢复生产。为了表示抚慰，孝文帝授予那里老人一些空头官衔，90岁以上授郡太守，65岁以上授予县令。

十二月丁卯，下令当判流配、劳役的囚犯都不要判处发遣，在攻城的时候，命他们作先锋，立功赎罪。庚午，孝文帝来到沔水边巡视，接着沿沔水东还。戊寅，回到新野。己卯，孝文帝亲自巡视军营，抚慰部队官兵。

太和二十二年春正月癸未一日，孝文帝在新野行宫宴集群臣。丁亥，攻克新野，并在宛城将齐国的新野太守刘忌杀掉。二月庚午，孝文帝进入新野城。辛未，令穰民首先降顺而始终如一不变节的，给与免除劳役30年的优待，并标榜他们所居之地叫“归义乡”；次降者给与免除劳役15年的优待。

三月壬午一日，魏军在邓城大败齐国将领崔慧景、萧衍的部队。庚寅，孝文帝进至樊城，接着在襄阳城外的沔水之滨布勒阵势，大大地炫耀了一番武威后又回到樊城。……辛亥，孝文帝行至悬瓠。……秋七月……齐明帝萧鸾死。……九月己亥，孝文帝按照敌君死不加讨伐的古礼，下令班师还朝。丙午，孝文帝从悬瓠出发北还。冬十月己酉一日，特赦豫州、东豫州死刑以下罪犯，免除州民一年的田租。十一月辛巳，孝文帝到达邺城。

太和二十三年春正月戊寅一日，孝文帝在邺城宴集群臣。……二月……癸酉，齐国将领陈显达攻占了马圈城。三月庚辰，孝文帝亲自南征。癸未，驻军梁城。丙戌，孝文帝患病。丁酉，孝文帝率军抵达马圈城。戊戌，两军频频接战，魏军大败齐兵。己亥，收缴齐人军资，数以亿计。诸将乘胜追击到汉水边，齐兵十有八九都被斩杀、俘获及淹没水中。庚子，孝文帝病情严重，于是回车向北，宿谷塘原。甲辰，令赐冯皇后死，又令司徒元勰召太子于鲁阳即皇帝位。以北海王元详为司空，王肃为尚书令，广阳王元嘉为左仆射，尚书宋弁为吏部尚书，与太尉咸阳王元禧、右仆射任城王元澄等6人辅佐朝政。

夏四月丙午朔，孝文帝在谷塘原行宫逝世，终年33岁。群臣不动声色，直到鲁阳才举哀。接着回到京师洛阳，百官议上谥号，称作孝文皇帝，庙号叫高祖。五月丙申，葬于长陵。

孝文帝从小就有非同常人的纯厚性情。当他才4岁时，献文帝身长毒疮，他亲自用嘴吸出溃疮的脓汁。5岁时继承帝位，却伤心哭泣，不能自止。献文帝问他是什么原因，回答说："代亲为帝的感伤，深深地牢记在心里。"献文帝没想到他有如此情性，感叹不已。而文明太后以孝文帝聪明贤德，担心将来对冯家人不利，打算废掉他。于是在寒冬之月，只让他身穿单衣，关闭屋中，3天没给饭吃，并将咸阳王元禧召来，准备立为皇帝，因大臣元丕、穆泰和李冲竭力规劝才作罢。孝文帝对此一点也不记恨，只是心中深深感谢元丕等。他抚育诸弟，爱护备至，自始至终没有丝毫嫌隙。他厚待亲族，礼数、敬意都是十分周到和深切的。虽对朝廷重臣，以法令约束而决不纵容，但他心地仁慈，宽宏大量，曾有传送膳食的侍者把热汤倒在他手上，又曾在食物中发现虫子等脏东西，他都一笑置之，不加计较。再先有内侍在太后面前诬陷他，太后打了他好几十棍，他默默承受，不作解释。太后死后，他也不将此事放在心上。

孝文帝听取议论、审阅奏章，随时采纳臣僚们好的见解。他怜悯百姓，常常考虑怎样才能救济并使他们富足起来。天地、五郊、宗庙、二分等祭祀大礼，他都经常亲自参加，不因冬冷夏热而厌倦。汇集于尚书省的奏章、公牍，每每亲自检阅。百官不论品秩高下，无不关注，务求周密稳妥。他常说：凡做帝王，可忧的是不公平，不能用诚心待人。如能作到公平、有诚意，胡越之人也可亲如兄弟。他曾从容地对史官说："你们要如实记载时事，不要回避国朝的丑事。帝王操纵刑赏，由自己随心所欲，史官再不记载，那还有什么顾忌的呢？"当南北征战或巡视的时候，有关部门奏请修筑道路，孝文帝说："只对桥梁略略修缮一下，让车马能通行就可以了，不必为了使道路平整而除草铲地。"所有的兴建造作，都是迫不得已才进行的，不急需的事就不做，以免消耗过多的人力。巡视淮南地区，就如在内地一样。对因军事需要而砍伐了百姓的树木，必定留下绢帛作为补偿。对于百姓的庄稼也未加损坏践踏。凡不属经典记载的忌讳和祈福消灾等迷信活动，一概取缔。

孝文帝向来好学，手不释卷。《诗》、《书》、《易》、《礼》、《春秋》五种经典的义理，一看便能讲解。他不从先生受业，自能探索精微。对于史书杂传、诸子百家，也无不广泛涉猎。他善于纵谈庄子、老子的奥妙，尤其精于佛学义理。他才华横溢，文采斐然，喜欢写文章。至于诗赋铭颂之类，则随兴之所至而作。有时有重要的诏令，他骑在马上口授，当侍臣记录完毕，竟一字都不必改动。自太和十年以后，诏令册文都是孝文帝自作的。他所作的其他文章还有100多篇。

孝文帝喜欢接纳奇才异能之士，如同饥渴的人需要饮食一般。他对待和引进朝臣贤士，按才能高下而区别任用。他常抱着布衣素食的想法，心境闲逸高远，不为世俗杂务束缚。他还从小善于射箭，体力很强，10多岁时，能用手指弹碎羊的肩胛骨；箭射飞禽走兽，无不是随其所至便能就地射杀。到15岁时，就不再杀伤生灵，习射和打猎的爱好都放弃了。他有节俭朴实的习性，常穿多次洗涤过的旧衣服，马鞍和笼头不过用铁、木制成罢了。孝文帝的高尚志行，都是上面所述的这类事情。

史官评论说：魏国创业代北，平定中原，扩展疆土，治理国家，完全是凭强大的武力和刚猛的手段来进行的，对于文治风教还没来得及从事。孝文帝继承帝业，一开始就显示出明智贤德的风范。当时因文明太后掌握事权，他悠闲自处，不问政事，博览群书，洞察幽微，使自己很有收获，在没宣教行令的时期就明白了许多事理，而他所体现的对事理的深刻理解，便已经暗合于自然的化育了。当他亲掌朝政，日理万机，10来年间，没有一点闲暇，终于使不同道的人同来归附，各种不同的认识趋于统一。从平民都难以做到的事，到伦理道德方面的高尚行为，孝文帝虽处在帝王尊位，他都实践了。至于褒扬先贤，考求古制，合顺天意，统治人民，凡朝政大纲，内外法度，斟酌推敲，或用或舍，制成焕然一新、可以传世的一代大法，天下百姓都得到切身的利益。加以他具有非凡的才能和谋略，能敬重人才，结纳贤士；并爱怜下民，就像他们有伤一样；约束自己，使其施设有利于生民，这些也是没有人可与他相比拟的。那“经纬天地”的谥号，难道是虚假的么！

元 澄 传

孝文帝的改革无疑是适应了社会潮流，具有深远历史意义的大事。但改革的实现却不是一帆风顺的，其中的每一项措施，都遭到多种势力，尤其是鲜卑贵族保守势力的反对。一些元老重臣，甚至他的太子都背叛了他。孝文帝能在很大程度上获得成功，除了本人卓越的政治眼光和励精求治的决心外，也和一批支持者的努力分不开。任城王元澄就是其中一位。元澄(467—519年)是文成帝的弟子，与献文帝同辈，按族属关系是孝文帝的叔辈。他颇有识见，能断大事，先后协助孝文帝完成迁都大业和平定元老穆泰的叛乱，深得孝文帝赏识。历任抚军大将军、吏部尚书、尚书右仆射等文武要职，并为孝文帝遗命的六位辅政大臣之一。后来官至司徒公、尚书令。死于孝明帝神龟二年（519年），年五十三。这里我们节选他在孝文帝时期活动的内容，可从某些侧面弥补《孝文帝本纪》记载过略的不足。

长子澄①，字道镜，少好学，美鬓发，善举止，言辞清辩，响若县②钟。康王薨③，居丧④以孝闻。袭封，加征北大将军。以氐羌反叛⑤，除征南大将军、梁州刺史。文明太后引见诫厉之，顾谓中书令李冲曰："此儿风神吐发，当为宗室领袖，是行当不辱命，我不妄谈也。"澄至州，诱导怀附，西南款顺。加侍中，赐衣一袭，乘黄马一匹⑥，以旌其能。

---

① 长子澄：元云的长子名澄。元云生前姓拓跋，这里以后概前而称。元云始封任城王，子孙袭爵，《北史》合为一传。② 县：xuán 玄。③ 康王：即元澄的父亲任城王元云，死后谥作"康"，故亦称康王。④ 丧：sāng 桑。⑤ 氐羌：氐族和羌族。原处今青海、甘肃地区，魏、晋时期大量流入关中。⑥ 乘黄：远古传说中的神马，此可理解为御厩骏马。

转开府、徐州刺史[1]，甚著声绩。朝京师，引见于皇信堂。孝文诏澄曰："昔郑子产铸刑书而晋叔向非之。此二人皆贤士，得失竟谁?"对曰："郑国寡弱，摄于强邻，人情去就，非刑莫制，故铸刑书以示威。虽乖古式，合今权道。"帝方革变，深善其对，笑曰："任城当欲为魏子产也。朕方创改朝制，当与任城共万世之功。"后征为中书令，改授尚书令。齐庾荜来朝，见澄音韵遒雅，风仪秀逸，谓主客郎张彝曰[2]："往魏任城以武著称，今魏任城乃以文见美也。"……

后帝外示南讨，意在谋迁，斋于明堂左个，诏太常卿王谌，亲令龟卜易筮南伐之事[3]，其兆遇《革》。澄进曰："《易》言革者更也，将欲革君臣之命，汤、武得之为吉。陛下帝有天下，今日卜征，不得云革命，未可全为吉也。"帝厉声曰："此象云大人武变[4]，何言不吉也!"车驾还宫，

---

① 开府：建府置属。这里指以将军身份开建军府，与刺史的州府不同。 ② 主客郎：官名，即主客郎中，负责接待外国使节和处理某些外交事务。 ③ 龟卜：用火烧龟甲产生的迹象来预测吉凶。筮（shì是）：本指用草来预测吉凶。龟卜易筮，连起来讲是用龟甲出现的裂痕比附《易经》的卦象而阐释吉凶。 ④ 大人武变：语出《周易·革卦》，其中"武"当作"虎"，《北史》避李虎讳改。这句话意指圣德之人变法革制，焕然可观，如虎变身形，毛色斑斓。

便召澄，未及升阶，遥谓曰：“向者之《革》，今更欲论之。明堂之忿，惧众人竞言，沮我大计，故厉色怖文武耳。”乃独谓澄曰：“国家兴自北土，徙居平城，虽富有四海，文轨未一。此间用武之地，非可兴文。崤函帝宅①，河洛王里②，因兹大举，光宅中原，任城意以为何如？”澄深赞成其事。帝曰：“任城便是我之子房③。”加抚军大将军、太子少保④，又兼尚书左仆射。及车驾幸洛阳，定迁都之策，诏澄驰驿向北，问彼百司，论择可否。曰：“近论《革》，今真所谓革也。”澄既至代都，众闻迁诏，莫不惊骇。澄援引今古，徐以晓之，众乃开伏。遂南驰还报，会车驾于滑台。帝大悦曰：“若非任城，朕事业不得就也。”从幸邺宫。除吏部尚书⑤。

及车驾自代北巡，留澄铨简旧臣。初，魏自公侯以下，动有万数，冗散无事。澄品为三等，量其优劣，尽其能否之用，咸无怨者。驾还洛京，复兼右仆射。……

---

① 崤函：崤山和函谷关，为山西、陕西、河南往来要冲。② 河洛：黄河、洛水，此指二水之间的洛阳地区。③ 子房：即汉高祖刘邦的谋臣张良，字子房。④ 抚军大将军：高级武官，与四征将军同品。太子少保：东宫官，职在辅导太子，使他养成优秀的品质。⑤ 吏部尚书：尚书省诸部尚书之一，负责选举考核官员，于诸部中地位最高。

齐明帝既废弑自立，其雍州刺史曹武请以襄阳内附①，车驾将自赴之，引澄及咸阳王禧、彭城王勰、司徒冯诞、司空穆亮、镇南李冲等议之②。禧等或云宜行，或言宜止。帝曰："众人意见不等，宜有客主，共相起发。任城与镇南为应留之议，朕当为宜行之论，诸公坐听，长者从之。"于是帝往复数交，驾遂南征，不从澄及李冲等言。后从征至县③瓠，以疾笃还京。……后坐公事免官，寻兼吏部尚书。

恒州刺史穆泰在州谋反④，授澄节、铜武、竹使符，御仗左右⑤，仍行恒州事⑥。行达雁门⑦，遣书侍御史李焕先赴⑧。至即禽泰，穷其党与，罪人皆得。钜鹿公陆睿、安乐侯元隆等百余人并狱禁。具状表闻。帝览表，乃大

---

① 雍州：治襄阳，今湖北襄阳市。曹武：当作曹虎，此亦避唐讳改。 ② 彭城：郡名，治彭城县，今江苏徐州市。镇南：即镇南将军。 ③ 县：xuán 玄。 ④ 恒州：治平城，今山西大同市北，北魏旧都。 ⑤ 节：符节。这里当是指授予使者、代表朝廷巡察地方的符节。铜武：即铜虎。竹使符：长约5寸的竹箭。两者都是朝廷授予地方长官的信物，朝廷另存一套，需要调兵、代政时，则遣人到该处合符。御仗左右：持御仗守护皇帝的人。 ⑥ 行：临时代理。 ⑦ 雁门：郡名，治广武，今山西代县西。 ⑧ 书侍御史：官名，当作治书侍御史，此避唐高宗李治讳去"治"字。治书侍御史掌律令，纠察百官违失。

悦曰："我任城可谓社稷臣，正复皋陶[1]断狱，岂能过之？"顾咸阳王等曰："汝等脱当其处，不能办此也。"车驾寻幸平城，劳澄，引见逆徒，无一人称枉。时人莫不叹之。帝谓左右曰："必也无讼[2]，今日见之。"以澄正尚书。

车驾南伐，留澄居守，复兼右仆射。澄表请以国秩一岁租帛助供军资，诏受其半。帝复幸邺。见公卿曰[3]："朕昨入城，见车上妇人冠帽而著小襦袄者，尚书何为不察？"澄曰："著者犹少。"帝曰："任城欲令全著乎？一言可以丧邦，其斯之谓。可命史官书之。"又曰："王者不降佐于苍昊，拔才而用之。朕失于举人，任一群妇女辈[4]，当更铨简耳。任城在省，为举天下纲维，为当署事而已？"澄曰："臣实署事而已。"帝曰："如此，便一令史足矣[5]，何待任城？"寻除尚书右仆射。从驾南伐。孝文崩，

① 皋陶：gāo yáo 高摇。 ② 必也无讼：语出《礼记》大学篇所引孔子之言："听讼吾犹人也，必也使无讼乎？"又见《论语》颜渊篇。注释有两义：一种是说教化在先，使人无争讼；一种是说能明察事理，使无实情者不敢谎言诉讼。孝文帝援用此语，意与第二种解释相似，是赞叹元澄拘捕罪人都有真凭实据，使罪人甘心服罪或不能谎言上诉。 ③ 此句前《魏书》有"高祖还洛"句，《北史》误删，使人觉得此事发生在邺城。④ 此句《魏书》所载作"任许一群妇女辈奇事"，意指所见洛阳妇女装束不伦不类，《北史》此处删改失当，大违原意。⑤ 令史：尚书令史，为尚书各部皆设、掌管文簿的小官。

受顾命。……

【翻译】

任城王元云的长子名澄，字道镜，从小喜欢看书学习。他很考究鬓发样式，行为居止很慎重，言词清晰有条理，声音宏亮，如悬钟撞击。元云去世，在丧期内他守礼尽孝，以此闻名。他继承了任城王爵位，又被加任为征北大将军。因氐人和羌人反叛，朝廷任命他为征南大将军、梁州刺史，前去平息。临行前，文明太后召他前去加以诫告勉励，又回头对中书令李冲说："这小儿气宇轩昂，神采焕发，应是皇族中出类拔萃的人物，这次前往将不会辜负朝廷的重任，我的话不是随意乱说的。"元澄到达梁州后，对乱民加以劝诱开导、招纳安抚，西南一方的人都诚心归顺。朝廷为此加授他侍中，赐给衣一件、御厩骏马一匹，以嘉奖他的才干。

元澄后又转任开府将军、徐州刺史，建立了很高的声望和突出的政绩。入京师朝拜，在皇信堂受到召见。孝文帝问他："古代的郑国大夫子产铸造刑书，而晋国大夫叔向责备他。这两人都是大德大才之人，究竟谁对谁不对呢？"元澄回答说："郑国力微势薄，受到强大邻国的威胁，人心向背，除了刑律就没法控制，所以铸造刑书以示威严。虽然背离了远古的法度，却是适合当时的一种变通办法。”孝文帝正想变法改制，对他的回答十分欣赏，笑着说：“任城王定将成为魏国的子产。我正要改革创立朝廷制度，将同任城王共建万代不朽的功业。”后召元澄入朝，任命为中书令，改任尚书令。齐国使者庾荜来朝见，看到元澄言语格调遒劲优雅，容貌清秀，风度翩翩，就对主客郎张彝说：“魏国上辈的任城王以武臣著称，当今魏国的任城王竟以文才获誉啊。”……

后来孝文帝对外声称要南征，内心却是打算迁都洛阳。他斋戒于明堂东厢房内，召来太常卿王谌，亲自令他用裂龟求兆、易卦阐释的方法来预测南征的成败，龟卜得到的迹象与《易经》中的《革》卦相应。元澄进言说：“《易经》中称革就是改变，将要改变君臣的命运，商汤王、周武王遇到这卦就吉利。您已经统率天下，今天所要预测的是征讨之事，不能说是改变命运，因而不能认为全是吉祥的征兆。”孝文帝厉声斥责说：“这卦象明明说‘大人虎变’，怎能说不吉利呢！”孝文帝回到宫中，立刻召见元澄，没等元澄走上殿廷的台阶，还隔老远就对他说：“先前所论的《革》卦，现在想和你重新讨论。我在明堂发怒，是担心众人争言反对，坏了我的大事，所以作出严厉的姿态使文武百官有所畏慑。”于是命侍从退出，单独对元澄说：“国家从北方兴起，迁居平城，虽然拥有天下的土地财富，但法度还没统一。平城这地方是用武之地，不可能振兴文治。崤山、函谷关像帝王的居宅，黄河、洛水之间，是帝王的故土，趁这次大举南下，迁都中原，任城王意下如何？”元澄非常赞成这件事。孝文帝说：“任城王便是我的张良。”于是加授元澄抚军大将军、太子少保，又兼任尚书左仆射。孝文帝到达洛阳后，决定了迁都的大计，令元澄乘驿车返回平城，征求各部门意见，对迁都之事可行不可行加以讨论。孝文帝感慨地说：“近来议论《革》卦，现在是真正要进行变革啊！”元澄到平城后，文武百官等听说有迁都之令，无不惊诧骚动。元澄援古引今，耐心启发他们，众人才开悟心服。接着元澄又驰往洛阳回报，与孝文帝相遇在滑台。孝文帝欣喜地说：“要不是任城王，我的事业不能成功啊！”元澄又随孝文帝到达邺城，被任命为吏部尚书。

当孝文帝由平城向北巡视时，留下元澄考察任用旧时臣僚。先前，魏国官吏自公侯以下常有万人，庞杂闲散，无事可做。元澄按三等区别，根据他们才能高下，安排不同职事，使他们能各尽其才，官吏都无怨言。孝文帝回到京城洛阳，又任命他兼任尚书右仆射。……

南齐明帝既先后废、杀两帝而自立，齐国的雍州刺史曹虎请求以襄阳郡归附魏国。孝文帝打算亲自前往纳降，召来元澄和咸阳王元禧、彭城王元勰、司徒冯诞、司空穆亮、镇南将军李冲等商议。元禧等人有的说应当前往，有的说应按兵不动。孝文帝说："大家意见不一，应分成主客两方，互相启发。任城王与镇南将军发表应当留下不动的意见，我阐述应行的理由，各位坐听，谁的理由充分就听谁的。"于是孝文帝与元澄、李冲舌战好几个回合，最后还是亲自南征，没有依从元澄、李冲等人的意见。后来元澄随孝文帝南征，行至悬瓠，因病重返回洛阳。……后因处理公事不当被罢官，不久又兼任吏部尚书。

恒州刺史穆泰据州谋反，孝文帝授予元澄符节、铜虎符、竹使符，还将自己身边的警卫人员配给他，让其前往平乱，并代理恒州事务。元澄行至雁门，派治书侍御史李焕先往。元澄到达恒州就抓获了穆泰，穷追他的党羽，所有罪人都被捉拿归案。元澄把钜鹿公陆睿、安乐侯元隆等百多人都监禁狱中，随后又将情况写成表章报告孝文帝。孝文帝览阅表章后十分高兴地说："我的任城王可称是国家的栋梁之才，即使是皋陶处理案件，又怎能超过他呢？"又望了望咸阳王等人说："你等假如处于这种境地，定不能办理此事。"不久，孝文帝到了平城，亲自慰劳元澄。尔后提问叛逆之人，无一人称冤枉，当时的人无不叹服。孝文帝对身边的人说："圣人所说的断狱定要使罪人无言可辩，今天亲眼看到了。"任命元澄为正任吏部尚书。

孝文帝亲自南征，留元澄驻守洛阳，又命他兼任尚书右仆射。元澄上表请以自己王爵应得的一年租粮、布帛资助军用，孝文帝下令只接受一半。后来孝文帝又去了邺城，回到洛阳后他召见公卿大臣说："我昨天进都城，见车上妇女有头戴帽子而身穿短小棉袄的，尚书为什么不追究?"元澄说："像这样穿着的人还很少。"孝文帝说："任城王想让所有人都这样穿着么？一句话不妥，可能导致国家的灭亡，指的正是这一类的事，可命史官记载下来。"孝文帝又说："帝王不能企求从上天降下辅佐之人，要靠选拔人才来任用。我在选拔人才方面犯了错误，以致听任一群妇人倒行逆施，当重新选人罢了。任城王在尚书省供职，是为了管理好国家大事呢，还是仅仅为了签署例行公文呢?"元澄说："我确实只做了签署文书的工作。"孝文帝说："如果是这样，仅用一个小小的令史就足以应付了，还何须任城王呢?"不久，任命元澄为尚书右仆射。后来元澄又随同孝文帝南征。孝文帝去世，他受遗命作嗣皇帝的辅政大臣。……

宋弁传

魏晋南北朝是一个充斥着门第观念的历史时期。自西晋以来,逐渐形成以家族为单位的等级序列。居于这个序列前面的是所谓的高门大族,他们凭借远祖遗荫,享有优越的政治经济特权和崇高的社会地位。史籍中常见的琅邪王氏、陈郡谢氏、清河崔氏、范阳卢氏等,便是这一时期南北高门的代表。孝文帝为了加强鲜卑贵族和汉族高门的联合统治,按照近世和当时官位的高低,把鲜卑人和汉人都分成不同等级的姓族。这就是北朝史上的“大定四海士族”,是长期以来门第观念的制度化。当然,孝文帝完全依照官位来定姓族的制度,和汉族高门的传统还是有矛盾的。汉族高门除了高官厚禄之外，一般都讲究礼法门风、学术传统和本人的道德风范，这种意识不是短期能改变的，《宋弁传》中对此有所反映。

宋弁(426—499年)，广平郡列人县(今河北肥乡县东北)人。以才识为孝文帝所重，历任近侍之职。大定士族时，他兼任司徒左长史参与评定。孝文帝死于南征前线，临终任命他为吏部尚书，并作辅佐嗣皇帝的大臣，足见孝文帝对他的敬重。不过此时他已先孝文帝死于洛阳，终年38岁(《魏书》作48岁)。

弁字义和。父叔珍，娶赵郡李敷妹，因敷事而死①。

弁至京师，见尚书李冲，因言论移日②。冲异之，退曰："此人一日千里，王佐才也。"显卒，弁袭爵③。

弁与李彪州里④，迭相祗好。彪为秘书丞，请为著作

① 此事发生在皇兴四年(470年)，详《北史》卷三三、卷二七等。 ② 移日：日影移动，形容过了很长时间。 ③ 袭爵：这里指宋弁继承养父宋显的爵位。宋显是宋弁父亲之兄，无子，故以宋弁为后，他的封爵是列人子。 ④ 州里：此指为同州之人。李彪顿丘郡人，顿丘与广平当时同属相州。

佐郎。迁尚书殿中郎中①。孝文曾因朝会次，历访政道。弁年少官微，自下而对，声姿清亮，进止可观。帝称善者久之。因是大被知遇，赐名为弁②，意取弁和献玉，楚王不知宝之也。

迁中书侍郎兼员外散骑常侍③，使齐。齐司徒萧子良、秘书丞王融等皆称美之，以为志气謇④谔不逮李彪，而体韵和雅，举止闲邃过之。转散骑侍郎，时散骑位在中书之右。孝文曾论江左事⑤，问弁在南兴亡之数。弁以为萧氏父子无大功于天下，既以逆取，不能顺守，必不能贻厥孙谋⑥，保有南海。若物惮其威，身免为幸。后车驾南征，以弁为司徒司马、东道副将⑦。军人有盗马靽者，斩而徇，于是三军震惧，莫敢犯法。

黄门郎崔光荐弁自代⑧，帝不许，亦赏光知人。未

① 殿中郎中：官名，为殿中尚书下属的殿中曹长官，负责殿庭和殿内仓库的管理。 ② 据此宋弁之名为孝文帝所改，其原名史书失载。 ③ 员外散骑常侍：官名，即正员以外增置的散骑常侍，职与散骑同而位在其下。 ④ 謇：jiǎn 简。⑤ 江左：又称江东。长江入安徽省境后作东北向流，从北而视，以建康（今南京）为中心的地区正在长江之左（东）故以代指江南政权。 ⑥ 贻厥孙谋：语出《诗经·文王有声》篇："诒厥孙谋，以燕翼子。"意指为子孙作好长远打算，让他们得到安宁。贻同诒。 ⑦ 司徒司马：司徒府的高级属僚，综理府内事务，位次长史。 ⑧ 黄门郎：即黄门侍郎。

几，以弁兼司徒左长史[①]。时大选内外群官，并定四海士族，弁专参铨量之任，事多称[②]旨。然好言人之阴短。高门大族意所不便者，弁因毁之；至于旧族沦滞而人非可忌者，又申达之。弁又为本州大中正[③]，姓族多所降抑[④]，颇为时人所怨，迁散骑常侍，寻迁右卫将军、领黄门[⑤]。……

孝文在汝南不豫，大渐，旬余日不见侍臣，左右唯彭城王勰等数人而已。小瘳[⑥]，乃引见门下及宗室长幼诸人。入者未能皆致悲泣，惟弁与司徒司马张海歔欷流涕，由是益重之。

车驾征马圈，留弁以本官兼祠部尚书[⑦]，摄七兵

---

① 司徒左长史：司徒府百僚之长，协助司徒处理各种事务，相当于现代的秘书长。北魏司徒即丞相之任，掌民政，管天下户籍，故长史得参与姓族的评定。 ② 称：chèn 趁。 ③ 大中正：魏晋以来设置的一种专门评定士人高下的兼官，州郡皆置，郡称小中正，州称大中正，一般由中央官兼任。 ④ 姓族：这里可简单地理解为门第，但应知道姓和族在这里是有区别的。一般来讲是高官之家入姓，中级官宦之家入族，姓和族又各分数等，享受的特权也有区别。 ⑤ 右卫将军：禁卫军将领之一，与左卫将军合称二卫。 ⑥ 瘳：chōu 抽。 ⑦ 祠部尚书：尚书省属下诸部尚书之一，掌祭祀。

事[1]。及行，执其手曰："国之大事，在祀与戎，故令卿绾摄二曹。"弁顿首辞谢。

弁劬劳王事，恩遇亚于李冲。帝每称弁可为吏部尚书，及崩，遗诏以弁为之。与咸阳王禧等六人辅政，而弁先卒。年三十八。赠瀛州刺史，谥曰贞顺。

弁性好矜伐，自许膏腴。孝文以郭祚晋魏名门，从容谓弁曰："卿固当推郭祚之门。"弁笑曰："臣家未肯推祚。"帝曰："卿自汉魏以来，既无高官，又无俊秀，何得不推？"弁曰："臣清素自立，要尔不推。"侍臣出后，帝谓彭城王勰曰："弁人身自不恶，乃复欲以门户自矜，殊为可怪。"

【翻译】

宋弁字义和。父名叔珍，娶赵郡人李敷的妹妹为妻，因受李敷的牵连而被处死。

后来宋弁进都城，见到尚书李冲，就和他作了一次长谈。李冲认为宋弁的才识非同一般，事后对人说："宋弁这人才华横溢，如日行千里的骏马，真是辅助帝王的

[1] 七兵事：指七兵尚书之职事。七兵尚书为北魏特设，其他朝或称五兵尚书，隋唐后直称兵部尚书。七兵指左中兵、右中兵、左外兵、右外兵、骑兵、别兵、都兵。七兵尚书不是领兵将军，主要负责有关人事工作。

好人才啊。”宋弁的养父宋显去世，他就继承了宋显的爵位。

宋弁与李彪是同一州的人，相互友好敬重。李彪担任秘书丞，就奏请朝廷任命宋弁为著作佐郎。后来宋弁又升任尚书省属下的殿中郎中。孝文帝曾依朝会班次，一一咨询治国之道。宋弁虽年轻位卑，但站在殿下答问，神态自如，声音清晰宏亮，进退举止得当，孝文帝不住地称赞。宋弁因此大受赏识和宠待，孝文帝特为他改名为弁，取弁和献玉而楚王不知珍惜的意思。

不久宋弁升任中书侍郎，兼任员外散骑常侍，出使齐国。齐国司徒萧子良、秘书丞王融都赞誉他，认为他在意气亢直方面不及李彪，而在风度的和美优雅、举止的从容沉稳方面却有过之。后转任散骑侍郎，当时这职位还排名中书侍郎之前。孝文帝曾谈论到江东地区的问题，问宋弁南方齐国的命运如何。宋弁认为，齐国皇帝萧氏父子对天下人没有什么大功大德，既以卑劣的手段夺取帝位，就不能顺利地维持下去，绝不可能基业稳固，留传子孙，使世世代代统治南方。就如动物耗尽了力量，丧失了威风，自身能免一死就算幸运了。后来孝文帝南征，任命宋弁为司徒司马、东路军副将。有兵士盗窃套马的皮带，宋弁将他斩首示众，于是三军将士震惊畏惧，无人再敢犯法。

黄门侍郎崔光推荐宋弁代替自己的职务，孝文帝没有同意，但也欣赏崔光有鉴识人才的眼光。不久，任命宋弁代理司徒左长史。当时正大规模地选任京师和地方官员，并评定全国各地官宦之家的门第，宋弁专门从事权衡评定的工作，办事基本上都合符孝文帝的心意。但他也喜欢揭别人的隐私，指别人的短处。对于那些高门大族，凡他看不惯的就加以诋毁；而对家道中落的旧族，只要他觉得不令人讨厌的人，便会为其伸张推荐。宋弁又担任故乡相州的大中正，对相州人士的门第多有降低和压制，颇受当时的人怨恨。后来宋弁又升任散骑常侍，不久又升任右卫将军，兼任黄门侍郎。……

孝文帝在汝南患病，病情十分严重，10多天中连侍臣都没召见，身边只有彭城王元勰等数人而已。待病情稍微好转，孝文帝才召见门下省的近侍和皇族中人。入内看望的人都没有表现出悲伤的情感，只有宋弁和司徒司马张海悲叹落泪，因此孝文帝更看重他。

孝文帝准备征讨马圈城，留宋弁在京城，以原官兼任祠部尚书，又掌管七兵尚书的职事。临出发时，孝文帝拉着宋弁的手说："国家最重要的事在于祭祀和用兵，所以命你统管这两个部门。"宋弁叩头称谢。

宋弁对朝廷的事尽心尽力，所受到的恩宠仅次于李冲。孝文帝常说宋弁可担任吏部尚书，当他临死前，就遗令由宋弁担任此职，并与咸阳王元禧等六人辅佐朝政，而这时宋弁已先孝文帝而死了。宋弁死时38岁，朝廷追赠他为瀛州刺史，谥号叫贞顺。

宋弁喜欢自夸，自认为门第高贵。孝文帝因郭祚出自晋、魏以来名望很高的家族，从容地对宋弁说："你自然应当推许郭祚的门第。"宋弁笑了笑说："我家不肯推许郭门。"孝文帝说："你家从汉、魏以来，既无高官厚禄之人，又无出类拔萃之才，怎么能不推许别人呢？"宋弁说："我以清正廉洁自立于世，就为这不推许他。"当侍臣都退去以后，孝文帝对彭城王元勰说："宋弁本人自然是不错，却又想以门第自夸，真是滑稽。"

齐高祖神武皇帝本纪

北魏末年，出了一个戏剧性的人物。他既是六镇起义的参与者，又是镇压起义的刽子手，进而又摇身变作六镇残余的救世主；他既是尔朱荣叛逆魏朝的鼓动者，又是尔朱氏势力的翦灭者；他既是孝武帝的拥立者，又是逼走孝武帝的叛逆者；他机变巧诈，善于玩弄欺骗手法，但又真有点判断形势、用人治军的本事。最后，他终于成了烜赫一时的人物。他就是本篇的主人公高欢。

高欢(496—547年)自称出自中原名门勃海高氏，近现代学者认为这纯属假冒，他可能是鲜卑人或高丽人，也可能是鲜卑化程度极深的汉人。他长期生活的北方边镇怀朔，是鲜卑人的聚居之地。这些人在孝文迁洛之后，身份日益低落，与洛阳汉化政权的矛盾极深。高欢既利用这些人作中坚力量，也就注定了今后北齐政权中鲜汉矛盾的不可避免。本篇涉猎范围很广，大凡北魏末年朝政的更替、东西魏的分立和相互战争，以及后来北齐、北周的重要人物，大都展现其中，是一篇重要的史料。在纪传体史书里，皇帝的传记称“本纪”，或单称“纪”。高欢未曾即帝位，《北史》所以将他的传记列入本纪，是因他为北齐王朝的开拓者，后人又曾追尊帝号之故。这也是有先例可循的，如《三国志》中的曹操，《晋书》中的司马懿、司马师都是这样处理的。

齐高祖神武皇帝姓高氏，讳欢，字贺六浑，勃海蓨人也①。六世祖隐，晋玄菟太守②。隐生庆，庆生泰，泰生

① 勃海：郡名，治南皮，今河北南皮县。蓨：县名，今河北景县东。 ② 玄菟：郡名，西晋时治所在今辽宁沈阳东。

湖，三世仕慕容氏①。及慕容宝败②，国乱，湖率众归魏，为右将军。湖生四子。第三子谧，仕魏，位至侍御史③，坐法徙居怀朔镇。谧生皇考树生④，性通率，不事家业，住居白道南⑤，数有赤光紫气之异，邻人以为怪，劝徙居以避之。皇考曰："安知非吉？"居之自若。

及神武生而皇妣韩氏殂，养于同产姊婿镇狱队尉景家⑥。神武既累世北边，故习其俗，遂同鲜卑。长而深沉有大度，轻财重士，为豪侠所宗。目有精光，长头高权，齿白如玉，少有人杰表。家贫，及娉武明皇后⑦，始有马，得给镇为队主。镇将辽西段长常奇神武貌⑧，谓曰："君有康济才，终不徒然。"便以子孙为托。及贵，追赠长司空，擢其子宁而用之。

神武自队主转为函使⑨。尝乘驿过建兴⑩，云雾昼晦，雷声随之，半日乃绝，若有神应者。……及自洛阳

---

① 慕容氏：鲜卑族之一部，曾建立前燕、后燕、南燕国。② 慕容宝：后燕国的创建者。③ 侍御史：官名，掌纠察。④ 皇考：即父亲。考即父，皇为尊称。又下皇妣即母亲。⑤ 白道：地名，在今内蒙古呼和浩特市北土默特旗。⑥ 狱队：管理镇监狱的人员，队有队主。《通鉴》记作狱掾，恐即狱队之队主。⑦ 武明皇后：姓娄，鲜卑人。北齐文宣帝死后，她以太皇太后控制朝政。⑧ 辽西：郡名，治肥如，今河北卢龙县北。⑨ 函使：此指由边镇往来洛阳送公文的小吏。⑩ 建兴：郡名，治高都城，今山西晋城市。

还，倾产以结客。亲故怪问之，答曰："吾至洛阳，宿卫羽林相率焚领军张彝宅①，朝廷惧其乱而不问，为政若此，事可知也。财物岂可常守邪?"自是乃有澄清天下之志。与怀朔省事云中司马子如及秀容人刘贵、中山人贾显智为奔走之友②，怀朔户曹史孙腾、外兵史侯景亦相友结③。……

孝昌元年④，柔玄镇人杜洛周反于上谷⑤，神武乃与同志从之。丑其行事，私与尉景、段荣、蔡俊图之，不果而逃。……遂奔葛荣，又亡归尔朱荣于秀容。

先是刘贵事荣，盛言神武美，至是始得见。以憔悴故，未之奇也。贵乃为神武更衣，复求见焉。因随荣之厩，厩有恶马，荣命剪之，神武乃不加羁绊而剪，竟不蹄啮⑥。已而起曰："御恶人亦如此马矣。"荣遂坐神武于床

① 领军：为武臣名号，统率禁卫一军。若以侍臣兼代，则称中领军。若为领军将军，则位高一阶。 ② 省事：镇将属吏。秀容：郡名，治秀容，今山西忻州西北。 ③ 户曹史：镇将属吏，掌民政，管理户口簿籍。怀朔为边境重镇，兼管民事，所以设有此职。外兵史：亦为镇将属吏。 ④ 孝昌：北魏孝明帝年号，孝昌元年即公元525年。 ⑤ 杜洛周：北魏末年大起义的领导之一。他在参加六镇起义失败后，又发动了河北人起义，后被葛荣杀害。上谷：郡名，治沮阳，今河北怀来县东南。 ⑥ 啮：niè 聂。

下，屏左右而访时事。神武曰：“闻公有马十二谷，色别为群，将此竟何用也？”荣曰：“但言尔意。”神武曰：“方今天子愚弱，太后淫乱，孽宠擅命①，朝政不行。以明公雄武，乘时奋发，讨郑俨、徐纥而清帝侧，霸业可举鞭而成。此贺六浑之意也。”荣大悦，语自日中至夜半乃出。自是每参军谋。……

既而荣以神武为亲信都督②。于时魏明帝衔郑俨、徐纥，逼灵太后，未敢制，私使荣举兵内向。荣以神武为前锋。至上党③，明帝又私诏停之。及帝暴崩，荣遂入洛。因将篡位，神武谏恐不听，请铸像卜之，铸不成，乃止④。孝庄帝立，以定策勋，封铜鞮伯⑤。及尔朱荣击葛荣，令神武喻下贼别称王者七人。后与行台于晖破羊

① 太后句：太后即孝明帝母胡氏，与清河王元怿淫乱，以帝统嫡传来讲，元怿属旁支，故称“孽”；又郑俨淫乱后宫，与徐纥等并为太后所重，权倾一时，故称“宠”。 ② 亲信都督：即卫队长。 ③ 上党：郡名，治壶关，今山西长治市北。 ④ 高欢劝阻尔朱荣称帝事，司马光《通鉴》从《周书·贺拔岳传》所载，认为是高欢劝尔朱荣称帝，贺拔岳加以劝止，并请杀掉高欢。《通鉴考异》并认为这是魏收和北齐其他史官有意为高欢遮丑。甚是。 ⑤ 铜鞮：县名，今山西沁县南。鞮：dī 低。

侃于太山[1]。寻与元天穆破邢杲于济南[2]。累迁第三镇人酋长[3]。

尝在荣帐内，荣尝问左右曰："一日无我，谁可主军？"皆称尔朱兆。荣曰："此正可统三千骑以还。堪代我主众者，唯贺六浑耳。"因诫兆曰："尔非其匹，终当为其穿鼻。"乃以神武为晋州刺史[4]。于是大聚敛，因刘贵货荣下要人，尽得其意。时州库角无故自鸣，神武异之，无几而孝庄诛荣。

及尔朱兆自晋阳将举兵赴洛[5]，召神武，神武使长史孙腾辞以绛蜀、汾胡欲反[6]，不可委去，兆恨焉。腾复命，神武曰："兆举兵犯上，此大贼也，吾不能久事之。"自是始有图兆计。及兆入洛，执庄帝以北，神武闻之大惊，又使孙腾伪贺兆，因密觇[7]孝庄所在，将劫以举义，不果。乃以书喻之，言不宜执天子以受恶名于海内。兆不纳，

---

① 行台：因特殊需要设置于某地区，代表朝廷行政的机构，主官地位高者称大行台。羊侃：北魏泰山郡太守。太山：即泰山，郡名，治博平，今山东泰安市东南。 ② 邢杲：山东起义军首领。济南：郡名，治历城，今属山东济南市。 ③ 第三镇人酋长：此官《魏书》不载，当属未入正规流品的比视官。 ④ 晋州：治白马城，今山西临汾市。 ⑤ 晋阳：县名，今山西太原市西南。 ⑥ 绛蜀：指住在绛郡（今山西绛县一带）附近的少数民族人。汾胡：指住在汾水以西的匈奴族余部。两者都和高欢的守地白马城邻近。 ⑦ 觇：chān 掺。

杀帝而与尔朱世隆等立长广王晔，改元建明①，封神武为平阳郡公②。

及费也头纥豆陵步藩入秀容③，逼晋阳，兆征神武。神武将往，贺拔焉过儿请缓行以弊之。神武乃往往逗留，辞以河无桥，不得渡。步藩军盛，兆败走。初，孝庄之诛尔朱荣，知其党必有逆谋，乃密敕步藩，令袭其后。步藩既败兆等，以兵势日盛，兆又请救于神武。神武内图兆，复虑步藩后之难除，乃与兆悉力破之，藩死。兆深德神武，誓为兄弟。时世隆、度律、彦伯共执朝政，天光据关右④，兆据并⑤州，仲远据东郡，各拥兵为暴，天下苦之。

葛荣众流入并⑥、肆者二十余万，为契胡陵暴⑦，皆不聊生，大小二十六反，诛夷者半，犹草窃不止。兆患之，问计于神武。神武曰："六镇反残，不可尽杀，宜选王素腹心者，私使统焉，若有犯者，罪其帅，则所罪者寡。"兆曰："善！谁可行也？"贺拔允时在坐，请神武。神武拳

① 建明：长广王所改年号，他在位只有几个月时间。建明元年即公元530年。② 平阳：郡名，治平阳县，今山西临汾市西南。③ 费也头：大约活动于河套、陕西北部的游牧部落。④ 关右：指函谷关以西地区。⑤ 并：bīng兵。⑥ 并：bīng兵。⑦ 契胡：即居于秀容一带的尔朱部落。

欧之，折其一齿，曰："生平天柱时[1]，奴辈伏处分如鹰犬，今日天下安置在王，而阿鞠泥敢诬下罔上[2]，请杀之。"兆以神武为诚，遂以委焉。神武以兆醉，恐醒后或致疑贰，遂出，宣言"受委统州镇兵，可集汾东受令"。……兵士素恶兆而乐神武，于是莫不皆至。

居无何，又使刘贵请兆，以并、肆频岁霜旱，降户掘黄鼠而食之，皆面无谷色，徒污人国土。请令就食山东，待温饱而处分之。兆从其议。其长史慕容绍宗谏曰："不可，今四方扰扰，人怀异望，况高公雄略，又握大兵，将不可为。"兆曰："香火重誓，何所虑邪？"绍宗曰："亲兄弟尚难信，何论香火！"时兆左右已受神武金，因谮绍宗与神武旧隙，兆乃禁绍宗而催神武发。……

魏普泰元年二月[3]，神武军次信都[4]，高乾、封隆之开门以待，遂据冀州。是月，尔朱度律废元晔而立节闵帝。欲羁縻神武，三月，乃白节闵帝，封神武为勃海王，征使入觐。神武辞。……

神武自向山东，养士缮甲，禁兵侵掠，百姓归心。乃

① 天柱：指尔朱荣，他曾受任天柱大将军，位在丞相上。② 阿鞠泥：即贺拔允，字阿鞠泥。③ 普泰：魏节闵帝年号，普泰元年即公元531年。④ 信都：县名，今河北冀州。

诈为书，言尔朱兆将以六镇人配契胡为部曲[①]，众皆愁。又为并[②]州符，征兵讨步落稽[③]。发万人将遣之，孙腾、尉景伪请留五日，如此者再。神武亲送之郊，雪涕执别，人号恸，哭声动地。神武乃喻之，曰："与尔俱失乡客，义同一家，不意在上乃尔征召！直向西已当死，后军期又当死，配国人又当死，奈何？"众曰："唯有反耳！"神武曰："反是急计，须推一人为主。"众愿奉神武。神武曰："尔乡里难制，不见葛荣乎？虽百万众，无刑法，终自灰灭。今以吾为主，当与前异，不得欺汉儿，不得犯军令，生死任吾，则可。不尔，不能为取笑天下。"众皆顿颡，死生唯命。神武阳若不得已。明日，椎牛飨士，喻以讨尔朱兆之意。封隆之进曰："千载一时，普天幸甚。"神武曰："讨贼，大顺也，拯时，大业也，吾虽不武，以死继之，何敢让焉！"

六月庚子，建义于信都，尚未显背尔朱氏。及李元忠与高乾平殷州[④]，斩尔朱羽生首来谒，神武抚膺曰："今日反决矣！"乃以元忠为殷州刺史。是时，兵威既振，乃

① 部曲：在汉代本为军队建置，如今团、营、连、排之类，后来逐渐演变为私家武装，兼防守家园和从事生产，进而身份下跌如奴婢。 ② 并：bīng 兵。 ③ 步落稽：亦称山胡，居于今山西西部山区的少数民族。 ④ 殷州：治广阿，今河北隆尧县东。

抗表罪状尔朱氏。世隆等秘表不通。八月,尔朱兆攻陷殷州,李元忠来奔。

孙腾以为朝廷隔绝,不权立天子,则众望无所系。十月壬寅,奉章武王融子勃海太守朗为皇帝,年号中兴①,是为废帝。时度律、仲远军次阳平②,尔朱兆会之。神武用窦泰策,纵反间,度律、仲远不战而还,神武乃败兆于广阿③。十一月,攻邺,相州刺史刘诞婴城固守。神武起土山,为地道,往往建大柱,一时焚之,城陷入地。……

永熙元年正月壬午④,拔邺城,据之。废帝进神武大丞相、柱国大将军、太师⑤。……

闰三月,尔朱天光自长安,兆自并⑥州,度律自洛阳,仲远自东郡,同会邺,众号二十万,挟洹水而军⑦。节闵以长孙承业为大行台,总督焉。神武令封隆之守邺,自出顿紫陌⑧。时马不满二千,步兵不至三万,众寡不敌。

---

① 中兴:北魏后废帝年号,仅一年,即公元531年。② 阳平:县名,今山东莘县。③ 广阿:县名,今河北隆尧县东。④ 永熙:北魏孝武帝年号,永熙元年即公元532年。⑤ 柱国大将军:特设武臣,位在丞相上。太师:三师之一,文臣中名望最高。⑥ 并:bīng兵。⑦ 洹水:古水名,又名安阳河,卫河支流之一,在今河南省北部。⑧ 紫陌:地名,今河北临漳县西。

乃于韩陵为圆阵①,连牛驴以塞归道。于是将士皆为死志,四面赴击之。尔朱兆责神武以背己。神武曰:"本戮力者,共辅王室,今帝何在?"兆曰:"永安枉害天柱②,我报仇耳。"神武曰:"我昔日亲闻天柱计,汝在户前立,岂得言不反邪?且以君杀臣,何报之有?今日义绝矣。"乃合战,大败之。……四月,斛斯椿执天光、度律以送神武。长孙承业遣都督贾显智、张欢入洛阳,执世隆、彦伯斩之。兆奔并③州。仲远奔梁④,遂死焉。……

既而神武至洛阳,废节闵帝及中兴主而立孝武。孝武既即位,授神武大丞相、天柱大将军、太师,世袭定州刺史,增封并前十五万户。神武辞天柱,减户五万。壬辰,还邺,魏帝饯于干脯山⑤,执手而别。

七月壬寅,神武帅师北伐尔朱兆。封隆之言,侍中斛斯椿、贺拔胜、贾显智等往事尔朱,并皆反噬⑥,今在京师宠任,必构祸隙。神武深以为然。乃归天光、度律于京师,斩之。遂自滏口入⑦。尔朱兆大掠晋阳,北保秀

① 韩陵:山名,今河南安阳市北。 ② 永安:指孝庄帝,年号永安,故以代称。天柱:指尔朱荣。 ③ 并:bīng 兵。 ④ 梁:此指梁朝而不是梁州。 ⑤ 干脯山:不详,据前后文意当在洛阳东北。 ⑥ 噬:shì 式。 ⑦ 滏口:地名,在今河北邯郸市西南鼓山。

容①,并②州平。神武以晋阳四塞,乃建大丞相府而定居焉。

尔朱兆既至秀容,分兵守险,出入寇抄。神武扬声讨之,师出止者数四,兆意怠。神武揣其岁首当宴会,遣窦泰以精骑驰之,一日一夜行三百里,神武以大军继之。

二年正月,窦泰奄至尔朱兆庭。军人因宴休惰,忽见泰军,惊走,追破之于赤洪岭③。兆自缢。……

神武之入洛也,尔朱仲远部下都督桥宁、张子期自滑台归命,神武以其助乱,且数反复,皆斩之。斛斯椿由是内不自安,乃与南阳王宝炬及武卫将军元毗、魏光、王思政构神武于魏帝④。舍人元士弼又奏神武受敕大不敬⑤,故魏帝心贰于贺拔岳⑥。初,孝明之时,洛下以两拔相击,谣言"铜拔打铁拔,元家世将末",好事者以二拔谓拓拔、贺拔,言俱将衰败之兆。

---

① 秀容:此指尔朱部落的根据地秀容川一带。秀容川即今山西北部流经神池、五寨、保德等县的朱家川。 ② 并:bīng 兵。 ③ 赤洪岭:具体位置不详,据《通鉴考异》,当在今山西方山、离石二县一带。 ④ 武卫将军:中央军将领。 ⑤ 舍人:官名,掌呈奏章,传宣诏令等事。 ⑥ 贺拔岳:时为关中大行台,总理雍、华、岐、梁等二十州军事,实力也很强。后为高欢的心腹另一大将侯莫陈悦谋杀,他的部众拥戴宇文泰,亦即后来的西魏权臣、北周太祖文皇帝。

时司空高乾密启神武，言魏帝之贰。神武封呈，魏帝杀之。又遣东徐州刺史潘绍业密敕长乐太守庞苍鹰①，令杀其弟昂。昂先闻其兄死，以矟刺柱，伏壮士执绍业于路，得敕书于袍领，遂来奔。神武抱其首哭曰："天子枉害司空。"遽②使以白武幡劳其家属③。时乾次弟慎在光州，为政严猛，又纵部下取纳，魏帝使代之。慎闻难，将奔梁，其属曰："公家勋重，必不兄弟相及。"乃弊衣推鹿车归勃海④，逢使者，亦来奔。于是魏帝与神武隙矣。……

天平元年……五月⑤，下诏，云将征句吴⑥，发河南诸州兵，增宿卫，守河桥⑦。六月丁巳，密诏神武曰："宇文黑獭自平破秦、陇⑧，多求非分，脱有变非常，事资经略。但表启未全背戾，进讨事涉匆匆。遂召群臣，议其可否。佥言假称南伐，内外戒严，一则防黑獭不虞，二则

---

① 东徐州：治宿预，今江苏宿迁市东南。长乐：郡名，治信都，今河北冀州。② 遽：jù巨。③ 白武幡：当作白虎幡，绣有白虎图案的令旗，这里用以代表高欢。④ 鹿车：古时一种小车，据说车中只能容一只鹿，故名。⑤ 天平：东魏孝静帝年号，天平元年即公元534年。⑥ 句吴：即吴国。句为词头，无义。因南朝梁国的政治中兴在春秋战国时的吴、越之地，这里即用以代指梁朝。⑦ 河桥：在今河南孟津县东北黄河上架设的浮桥。⑧ 宇文黑獭：即宇文泰，字黑獭。参前贺拔岳注。秦陇：秦岭、陇山（六盘山），泛指关西地区。

可威吴楚①。"时魏帝将伐神武，部署将帅，虑疑，故有此诏。神武乃表曰："荆州绾接蛮左②，密迩畿服③，关陇恃远④，将有逆图。臣今潜勒兵马三万，拟从河东而渡；又遣恒州刺史厍⑤狄干、瀛州刺史郭琼、汾州刺史斛律金、前武卫大将军彭乐拟兵四万，从其来违津渡⑥；遣领军将军娄昭、相州刺史窦泰、前瀛州刺史尧雄、并⑦州刺史高隆之拟兵五万，以讨荆州；遣冀州刺史尉景、前冀州刺史高敖曹、济州刺史蔡俊、前侍中封隆之拟山东兵七万、突骑五万⑧，以征江左⑨。皆约勒所部，伏听处分。"魏帝知觉其变，乃出神武表，命群官议之，欲止神武诸军。

神武乃集在并⑩僚佐，令其博议。还以表闻，仍以信誓自明忠款曰："臣为嬖佞所间，陛下一旦赐疑，令猖狂之罪，尔朱时计。臣若不尽诚竭节，敢负陛下，则使身受天殃，子孙殄绝。陛下若垂信赤心，使干戈不动，佞臣一二人，愿斟量废出。"

① 吴楚：春秋战国时期的吴国和楚国，这里是代指梁朝。② 蛮左：蛮人所居的江左。此亦指梁朝境地，蛮是蔑称。③ 畿服：京都周围地区。④ 关陇：泛指关中之地。借指宇文泰。⑤ 厍：shè 社。⑥ 来违津：渡口名，今属不详，据文意当在今陕西、山西之间之黄河上。⑦ 并：bīng 兵。⑧ 侍中：门下省首脑。山东：太行山以东。突骑：快速精锐的骑兵。⑨ 江左：即江东，指梁朝。⑩ 并：bīng 兵。

辛未，帝复录在京文武议意，以答神武。……

初，神武自京师将北，以为洛阳久经丧乱，王气衰尽，虽有山河之固，土地褊狭，不如邺，请迁都。魏帝曰："高祖定鼎河洛①，为永永之基，经营制度，至世宗乃毕②。王既功在社稷，宜遵太和旧事。"神武奉诏。至是，复谋焉。遣兵千骑镇建兴，益河东及济州兵，于白沟虏船③，不听向洛，诸州和籴粟，运入邺城。……

魏帝时以任祥为兼尚书左仆射，加开府。祥弃官走至河北④，据郡待神武。魏帝乃敕文武官，北来者任去留。下诏罪状神武，为北伐经营。神武亦勒马宣告曰："孤遇尔朱擅权，举大义于四海，奉戴主上，义贯幽明。横为斛斯椿谗构，以诚节为逆首。昔赵鞅兴晋阳之甲，诛君侧恶人⑤。今者南迈，诛椿而已。"……

七月，魏帝躬率大众屯河桥。神武至河北十余里，

① 定鼎：传说上古以九鼎为传国之宝，置于京师，故称定都或创建王朝为定鼎。 ② 世宗：即孝文帝之子宣武帝元恪，庙号世宗。 ③ 白沟：水名。本为一小河，在今河南浚县西，源头接近淇水，东北流与清河相接。公元 204 年曹操进攻袁尚，截淇水入白沟运粮，此后上起枋榧，下包河北威县以南的清河通称白沟，为黄河以北的水运干道。 ④ 河北：郡名，北魏太和中分河东郡置，辖境为今山西永济、夏县一带，治所不详。 ⑤ 此事见《春秋公羊传》定公十三年。

再遣口申诚款，魏帝不报。神武乃引军渡河。魏帝问计于群臣，或云南依贺拔胜①，或云西就关中，或云守洛口死战②，未决。而元斌之与斛斯椿争权不睦，斌之弃椿径还，给帝云神武兵至。即日，魏帝逊于长安。己酉，神武入洛。……

九月庚寅，神武还至洛阳，乃遣僧道荣奉表关中，又不答。乃集百僚沙门耆老，议所推立。以为自孝昌衰乱③，国统中绝④，神主靡依，昭穆失序⑤，永安以孝文为伯考⑥，永熙迁孝明于夹室⑦，业丧祚短，职此之由。遂议立清河王世子善见⑧。……乃立之，是为孝静帝。魏

---

① 贺拔胜：北魏骁将，时坐镇荆州。 ② 洛口，洛水入黄河之口，今河南巩县东北。 ③ 孝昌：魏孝明帝年号，他在位的末年发生了各地大起义和太后内宠的擅权，故称衰乱。④ 国统：指嫡长继承的帝统。 ⑤ 昭穆：宗族内的辈次排列。宗庙内始祖居中，二、四、六世居左，称昭；三、五、七世居右，称穆。 ⑥ 永安：指孝庄帝，年号永安。他是孝文帝的弟子，他尊自己的父亲为帝，迁神位于太庙，就得将伯父孝文帝的神位迁走。 ⑦ 永熙：指孝武帝，年号永熙。他与孝明帝是堂兄弟，要使自己死后入帝庙，就只好把孝明帝的神位迁到偏室。以上几句总起来讲，是说孝明帝以后，嫡长继承制就破坏了。后面皇帝死后，神位进入帝庙就和原来的昭穆秩序不同；如硬把原庙内的神位迁走以适合新的辈分关系，那么迁出的神位就没地方依附。（其父祖的神位还在帝庙。）⑧ 清河王：名元亶，孝文帝之孙。

于是始分为二。

神武以孝武既西，恐逼崤陕①，洛阳复在河外，接近梁境，如向晋阳，形势不能相接，依议迁邺。护军祖莹赞焉②。诏下三日，车驾便发，户四十万，狼狈就道。神武留洛阳部分，事毕还晋阳。自是军国政务，皆归相府。先是童谣曰："可怜青雀子，飞来邺城里，羽翮③垂欲成，化作鹦鹉子。"好事者窃言，雀子谓魏帝清河王子，鹦鹉谓神武也。……

三年……十二月丁丑，神武自晋阳西讨，遣兼仆射、行台、汝阳王暹、司徒高昂等趣上洛④，大都督窦泰入自潼关。

四年正月癸丑，窦泰军败自杀。神武军次蒲津⑤，以冰薄不得赴救，乃班师。……

十月壬辰，神武西讨，自蒲津济，众二十万。周文军于沙苑⑥。神武以地阨少却，西人鼓噪而进。军大乱，

---

① 崤陕：崤山、陕陌。陕陌又称陕原，今河南陕县西南。② 护军：武官名，统京师营兵。③ 翮：hé 河。④ 上洛：县名，今陕西商州。⑤ 蒲津：黄河渡口名，一称蒲坂津。东岸即蒲坂，今山西永济西蒲州镇。⑥ 周文：即周文帝宇文泰。西魏大臣，生前并未称帝，文帝是他的儿子北周明帝宇文毓所追上的尊号。沙苑：地名，今陕西大荔县南洛水、渭水之间地带。

弃器甲十有八万，神武跨橐[1]驼，候船以归。

元象元年……七月壬午[2]，行台侯景、司徒高昂围西魏将独孤信于金墉，西魏帝及周文并来赴救[3]。大都督厍[4]狄干帅诸将前驱，神武总众继进。

八月辛卯，战于河阴，大破西魏军，俘获数万。司徒高昂、大都督李猛、宋显死之。……

武定元年二月壬申[5]，北豫州刺史高慎据武牢西叛[6]。三月壬辰，周文率众援高慎，围河桥南城。戊申，神武大败之于芒山，禽西魏督将以下四百余人，俘斩六万计[7]。是时军士有盗杀驴者，军令应死，神武弗杀，将至并[8]州决之。明日，复战，奔西军，告神武所在，西师尽锐来攻。众溃，神武失马，赫连阳顺下马，以授神武，与苍头冯文洛扶上[9]，俱走。从者步骑六七人。追骑至，亲信都督尉兴庆曰："王去矣，兴庆腰边百箭，足杀百人。"神武勉之曰："事济，以尔为怀州；若死，则用尔子。"兴庆曰："儿小，愿用兄。"许之。兴庆斗，矢尽而死。西魏太师贺拔胜以十三骑逐神武，河州刺史刘洪徽射中其二。

---

① 橐：tuó 沱。 ② 元象：东魏孝静帝年号，元象元年即538年。 ③ 西魏帝：指西魏文帝元宝炬。 ④ 厍：shè 社。 ⑤ 武定：东魏孝静帝年号，武定元年即公元543年。 ⑥ 北豫州：治虎牢，今河南荥阳西北汜水镇。 ⑦ 六万计：《通鉴考异》引《北齐书》作"六万级"。 ⑧ 并：bīng 兵。 ⑨ 苍头：家奴。

胜稍将中神武，段孝先横射胜马殪[1]，遂免。……

四年八月癸巳，神武将西伐，自邺会兵于晋阳。殿中将军曹魏祖曰[2]："不可，今八月西方王，以死气逆生气，为客不利，主人则可。兵果行，伤大将。"神武不从。自东西魏构兵，邺下每先有黄黑蚁阵斗。占者以为黄者东魏戎衣色，黑者西魏戎衣色，人间以此候胜负。是时黄蚁尽死。

九月，神武围玉壁以挑西师[3]，不敢应。西魏晋州刺史韦孝宽守玉壁。城中出铁面，神武使元盗射之，每中其目。用李业兴孤虚术[4]，萃其北，北，天险也。乃起土山，凿十道，又于东面凿二十一道，以攻之。城中无水，汲于汾，神武使移汾，一夜而毕。孝宽夺据土山。顿军五旬，城不拔，死者七万人，聚为一冢。有星坠于神武营，众驴并鸣，士皆詟[5]惧。神武有疾。

---

① 殪：yì 易。 ② 殿中将军：武官名，为杂号将军之一。 ③ 玉壁：城名，今山西稷山县西南。 ④ 孤虚术：古时用占卜日辰来预测吉凶、决定行止的方法。其中日指天干，辰指地支，在以天干的甲和地支的子为始作配合的一轮十组中，居于地支十一、十二的戌、亥就用不上，戌、亥就被称作"孤"，又把地支中五位、六位的辰、巳称作"虚"。占卜的结果得到孤虚，事就不利。 ⑤ 詟：zhé 折。

十一月庚子，舆疾班师。庚戌，遣太原公洋镇邺①。辛亥，征世子澄至晋阳②。有恶鸟集于亭树，世子使斛律光射杀之。己卯，神武以无功，表解都督中外诸军事③，魏帝优诏许焉。是时，西魏言神武中弩，神武闻之，乃勉坐见诸贵。使斛律金敕勒歌，神武自和之，哀感流涕。……

五年正月朔，日蚀。神武曰："日蚀其为我邪？死亦何恨。"丙午，陈启于魏帝。是日，崩于晋阳，时年五十二。……天保初④。追崇为献武帝，庙号太祖，陵曰义平。天统元年⑤，改谥神武皇帝，庙号高祖。

【翻译】

北齐高祖神武皇帝姓高名欢，字贺六浑，勃海郡蓨县人。他的六世祖名隐，西晋时任玄菟太守。隐生庆，庆生泰，泰生湖，这三代人都在慕容氏建立的燕国中做官。慕容宝战败后，国内大乱，高湖就带领人马投奔魏

---

① 太原公洋：即高洋，高欢次子，后来的北齐文宣皇帝。② 世子澄：即高欢长子高澄，后被追尊为文襄皇帝，庙号世宗。③ 都督中外诸军事，即全国兵马总指挥。高欢在中兴元年(531年)受任此职。④ 天保：北齐文宣帝年号，凡10年(550—559年)。⑤ 天统：北齐后主高纬的年号，天统元年即公元565年。

国，被任命为右将军。高湖有4个儿子，第三子名谧，也在魏国做官，位至侍御史，因犯法被发配到边境的怀朔镇。谧生树生，也就是神武皇帝高欢的父亲。他的性情通达率易，不整治家业。高家的住所在白道的南边，多次出现红光紫气的异常景象，邻居们都觉得古怪，劝高树生迁居避祸。高树生说："怎么知道不是吉祥的征兆呢？"于是安居自如。

神武皇帝一出世他的母亲韩氏就死了，他被收养在亲姐夫本镇狱吏尉景家中。神武帝因祖上几代人都居住在北方边地，所以深染北人风俗，也就和鲜卑人没有什么区别了。他长大后，性情深沉，宽宏大量，轻财帛而重人才，受到豪强侠士的推崇。他目光炯炯，头形长，颧骨高，牙齿洁白如玉，未成年时就有一副人中俊杰的相貌。他家境贫困，直到娶了武明皇后，才从妻家得到一匹马，得以在镇军中当了一名队主。怀朔镇将辽西人段长常认为神武帝相貌非同一般，对他说："你有安邦救世的才干，最终不会虚度一生的。"于是就嘱托他照顾自己的后代。后来神武帝显贵时，就请朝廷追赠段长常为司空，并将他的儿子段宁提拔任用。

神武帝由队主改充函使。一次乘驿车经过建兴，云雾骤起，遮天蔽日，伴随着雷声轰鸣，半天才停下来，就像有神灵应和似的。……他从洛阳回到怀朔后，不惜倾家荡产来结交宾客。亲朋故友感到奇怪，问他这样做的原因，神武帝回答说："我到洛阳时，见到宿卫的羽林兵焚烧领军张彝的住宅，而朝廷却因害怕他们作乱而不加追究，为政到了这种地步，事情就可想而知了。财物难道能永远保有么?"从此他就有了整治天下的心愿。他与怀朔镇省事云中人司马子如和秀容人刘贵、中山人贾显智结为亲密伙伴，与户曹史孙腾、外兵史侯景也有交情。……

孝昌元年，柔玄镇人杜洛周在上谷起义，神武帝就和一些志同道合的人前往投奔。后因瞧不起杜洛周的作为，暗中与尉景、段荣、蔡俊谋杀他，事败而逃。……于是投奔葛荣，后来又逃到秀容依附尔朱荣。

先是刘贵已在尔朱荣手下供事，他曾极力称赞神武帝才貌超群，而直到这时尔朱荣才第一次与神武帝见面。由于长途奔波、形容憔悴，尔朱荣并不觉得他有什么出众之处。刘贵于是为神武帝更换衣着，再次求见。接着随尔朱荣来到马圈，这里养有一匹凶悍的马，尔朱荣命神武帝剪掉马身上的长毛，神武帝不用绳索捆绑就下手剪毛，那匹劣马居然脚不踢、口不咬。事毕神武帝站了起来，说："对付凶狠的人也同对付这匹马一样。"尔朱荣这才让神武帝坐于床前，退去左右侍从，向他咨询天下大事。神武帝说："听说您拥有布满十二道山谷的马，按不同毛色分为群，最终打算作什么用呢？”尔朱荣说：“尽管谈你的看法吧。”神武帝说：“当今皇帝年幼无知，太后品行不端正，宗室的旁支和受宠的小人擅权，朝廷政令不能贯彻施行。以您的大智大勇，若能趁此时机，奋力举事，讨伐郑俨、徐纥，铲除皇帝身边的奸贼，则霸业只用挥鞭之劳便能成功。这就是我的想法。”尔朱荣听后十分高兴，二人从中午直谈到半夜，神武帝才告退。从这以后，神武帝常参与军事谋划。……

不久，尔朱荣任命神武帝作卫队长。此时魏明帝对郑俨、徐纥怀恨在心，迫于灵太后的威势，不敢加以制裁，暗中令尔朱荣带兵向洛阳进发。尔朱荣派神武帝做前锋，到达上党时，明帝又暗令停止。当明帝不明不白地突然死去后，尔朱荣就进入洛阳，进而想夺取帝位。神武帝担心用言语规劝他不会听，就请用铸像的方法来测试该不该称帝，结果尔朱荣的像铸不成功，这才作罢了。孝庄帝即位，因神武帝有建议拥立的功劳，封他为铜鞮县伯。当尔朱荣进攻葛荣时，令神武帝劝降了其中各自称王的7个首领。其后神武帝和行台于晖在泰山郡击败羊侃，不久又与元天穆在济南郡击溃邢杲。因功多次升官，位至第三镇人酋长。

一次在尔朱荣的大帐内，尔朱荣问身边的人说：“要是我死了，谁可统领兵马？”大家都说尔朱兆能胜任。尔朱荣说："他不过可以统领三千以内的骑士，真能代替我统率大军的，只有高欢。"于是他私下告诫尔朱兆说："你不是他的对手，终会被他穿了鼻孔牵着走。"为了加以预防，把神武帝支到晋州去作刺史。于是神武帝大肆搜罗财宝，通过刘贵去收买尔朱荣手下的关键人物，因此对他的意图了解得一清二楚。某个时候，晋州库藏的号角无缘无故地响了起来，神武帝十分诧异，不久，尔朱荣就被孝庄帝杀掉了。

当尔朱兆准备由晋阳起兵奔洛阳，征召神武帝前往时，神武帝遣长史孙腾以绛蜀、汾胡将作乱，不可脱身离开为辞，尔朱兆很不满意。孙腾回报，神武帝说："尔朱兆起兵犯上作乱，这乃是国家的大奸贼，我不能老奉事他。"从这时起，神武帝就有了谋算尔朱兆的想法。当尔朱兆进入洛阳，胁持孝庄帝向北而行，神武帝闻讯大吃一惊，又派孙腾前去假意庆贺，借机暗探孝庄帝的下落，准备营救出来，以便兴起义兵，但未能成功。于是他又写信规劝尔朱兆，劝说他不要胁持皇帝，以免被天下骂作乱臣贼子。尔朱兆不听劝告，杀掉孝庄帝，而与尔朱世隆等拥立长广王元晔，改年号为建明，封神武帝为平阳郡公。

当费也头人纥豆陵步藩攻占秀容、进逼晋阳时，尔朱兆召神武帝救援。神武帝准备前往，贺拔焉过儿建议缓缓而行，以敷衍尔朱兆。于是神武帝往往逗留不前，以河上无桥大军无法渡过为借口。步藩兵势很盛，尔朱兆不敌败逃。先前，孝庄帝在除掉尔朱荣时，料知他的党徒必有反叛之举，于是密令步藩，叫他袭击尔朱兆的后方。步藩战败尔朱兆等后，兵势一天天地更加强盛，尔朱兆再次向神武帝求救。神武帝心中本想除掉尔朱兆，但又担心步藩今后很难消灭，于是才和尔朱兆尽力击溃步藩军，步藩战死。尔朱兆深深地感激神武帝，赌咒立誓与神武帝结为兄弟。此时尔朱氏一家势力仍很大，尔朱世隆、尔朱度律、尔朱彦伯共握朝廷大权，尔朱天光占有关西地区，尔朱兆占据并州，尔朱仲远占据东郡，各拥重兵，胡作非为，天下的人受害不浅。

葛荣的部众流亡到并、肆二州的有20多万人，因受到尔朱部落人欺压迫害，都无法维持生计，他们共举行了大小26次起义，尽管被杀掉一大半，其他的人还是不断地骚扰。尔朱兆对此感到忧虑，向神武帝求计。神武帝说："六镇反民的余部，不可全都杀掉，应选派您向来亲信的人，暗中派去统领，如有违犯，罚其中的头目，这样得罪的人就少了。"尔朱兆说："你的意见不错，但谁可去办这件事呢？"当时贺拔允在座，提议由神武帝去。神武帝佯装大怒，挥拳击去，打断他的一颗牙齿，并对尔朱兆说："往常在天柱大将军时，奴才辈像鹰犬一般听候差遣，今日天下大事的安排处分由您，而贺拔允竟敢欺下骗上，请您杀掉他。”尔朱兆认为神武帝很忠诚，于是把统率六镇余部的事托付给他。神武帝知尔朱兆喝醉了酒，恐他醒后可能生疑变卦，立即退了出来，宣称“我受委任统率州镇兵士，大家可在汾水东岸集结，听候命令”。……兵士们向来对尔朱兆不满而爱戴神武帝，于是都来投奔。

没过多久，神武帝又派刘贵去请示尔朱兆，说并、肆二州连年霜旱为灾，六镇降户只好挖黄鼠来吃，个个面无人色，只会玷污一方的声誉。请允许他们到山东地区求食，等衣食不愁之后再安排使用。尔朱兆听从了他的建议。长史慕容绍宗规劝他说：“切切不可。当今天下不安，各怀异志，何况高欢雄才大略，又手握重兵，若有变故，大局将不可收拾。”尔朱兆说：“我和他曾焚香起誓，结为兄弟，有什么可担心的呢？”慕容绍宗说：“同胞兄弟都难信赖，何况香火之情！”此时尔朱兆左右亲信已收受神武帝的贿赂，因此就在尔朱兆面前讲慕容绍宗的坏话，说他早和神武帝有矛盾，故意阻扰，尔朱兆于是关押了绍宗而催神武帝出发。……

魏普泰元年二月，神武帝率军抵达信都，高乾、封隆之大开城门迎候，于是神武帝占据了冀州。同月，尔朱度律废元晔而拥立节闵帝。度律想笼络神武帝，就在三月中奏请节闵帝，封神武帝为勃海王，征召他入朝，神武帝谢绝了。……

神武帝自从向山东开进后，便注意抚恤士卒，制造甲胄戎衣，并禁止兵士抢劫民财、骚扰民众，所以百姓都拥戴他。神武帝于是伪造了一封尔朱兆的来信，说他准备把六镇降人分给尔朱族人为家奴，这一来人人愁怨。神武帝又伪造并州的兵符，说尔朱兆要征兵讨伐步落稽。当他调拨万人准备发遣时，孙腾、尉景假装同情，请求允许他们再逗留 5 天。5 天之后，他们又如此这般地表演了一番。最后，好像是迫不得已了，神武帝才亲送士兵至郊外，擦着眼泪与士兵握手告别。士兵们个个号啕大哭，哭声震天动地。神武帝这才开导他们说：“我与你们都是离乡背井的人，情谊就如亲人一般，没想到上司的命令竟是这样！现在你们直向西去作战不免一死，延误军期也当处死，配给尔朱族人为家奴也没好活的，怎么办呢？”士兵们众口一词地说：“只有造他的反了！”神武帝说：“造反是须急速行动的事，必须推举一人做首领。”士兵们都愿拥戴神武帝。神武帝又说：“你等乡间之人，难以管束。你们没看到葛荣的事么，他虽然拥有百万人马，但无刑法约束，最后还不是分崩离析、灰飞烟灭了。现在你们推举我做首领，就应跟以前有所不同，不得欺辱汉人，不准违反军令，生死听我安排，这样才能行事。否则就算了，我不能做那种被天下人耻笑的事。”士兵们都叩头跪拜，表示不论死生，完全服从神武帝指挥。神武帝表面上装出一副不得已的样子，接受了士兵的拥戴。第二天，神武帝杀牛设宴，会集手下人士，把讨伐尔朱兆的想法告诉他们。封隆之说：“这真是千载难逢的盛举，普天下的人都为此而深感幸运。”神武帝说：“讨伐叛逆，是天经地义的事；挽救时政，是不朽的事业。我虽然没有能耐，但可为之奋斗至死，怎敢推辞呢！”

六月庚子，神武帝在信都树起义旗，但还没有公开背叛尔朱氏。当李元忠与高乾平定殷州，斩尔朱羽生的头来见时，神武帝手抚胸口说：“现在决心反了。”于是任命李元忠为殷州刺史。这时，神武帝既已振兵威，就毅然上表列举尔朱氏的罪状，但被尔朱世隆等扣压不报。八月，尔朱兆攻破殷州，李元忠兵败来投神武帝。

孙腾认为冀州远离朝廷，不暂时立个皇帝，那么人心就无法维系。神武帝采纳他的意见，十月壬寅，立章武王元融的儿子勃海太守元朗为帝，年号叫中兴，这就是废帝。这时尔朱度律、尔朱仲远驻军阳平，尔朱兆起兵配合行动。神武帝用窦泰的策略，施反间计，结果度律、仲远不战而回，于是神武帝在广阿击败尔朱兆。十一月，进攻邺城，相州刺史刘诞凭借坚城固守。神武帝令于城外堆土山，挖地道，地道中用大木柱支撑各处，同时点火，木柱烧毁，城墙也陷塌入地。……

永熙元年正月壬午，神武帝攻克并占据了邺城。废帝升任神武帝为大丞相、柱国大将军、太师。……

闰三月，尔朱天光由长安、尔朱兆由并州、尔朱度律由洛阳、尔朱仲远由东郡，各领兵会于邺城，号称人马20万，沿洹水两岸布勒兵马。节闵帝命长孙承业为大行台，总督各路军马。神武帝令封隆之守邺城，自带人马至紫陌扎营。当时神武帝的骑兵不到两千，步兵不足3万，众寡悬殊。于是神武帝在韩陵山将人马布成圆阵，把牛、驴连接在一起阻住回邺城的道路。因此将士都下定死战的决心，四面出击。尔朱兆斥责神武帝背叛自己，神武帝说："原与你同心协力，是为了辅佐朝廷，今孝庄帝在什么地方？"尔朱兆回答说："永安皇帝无故杀害天柱大将军，我不过是报仇罢了。"神武帝说："我往日亲自听到天柱将军的叛逆大计，你也站在门前，难道能说不是反叛吗？何况作为帝王而杀臣下，有什么仇可报的？你我交情从今天起一刀两断了。"接着就挥兵交战，大败尔朱兆。……四月，斛斯椿捉获尔朱天光、尔朱度律，送到神武帝军前。长孙承业遣都督贾显智、张欢入洛阳，捉获尔朱世隆、尔朱彦伯，并把他们杀了。尔朱兆逃往并州。尔朱仲远投奔梁朝，后来就死在江南。……

接着神武帝进入洛阳，废掉节闵帝及中兴主而立孝武帝。孝武帝即位后，就任命神武帝为大丞相、天柱大将军、太师，并世代承袭定州刺史，增加封邑，连同以前授予的共有15万户。神武帝辞去天柱大将军名号，又请减少封户5万。壬辰，自洛阳返邺城，孝武帝在干脯山为他饯行，握手告别。

七月壬寅，神武帝率军北伐尔朱兆。封隆之对神武帝说，侍中斛斯椿、贺拔胜、贾显智等以往在尔朱氏手下供事，却都忘恩负义，反害其主，现在朝中受宠任，必制造祸端。神武帝认为他的话十分正确，就把尔朱天光、尔朱度律送到洛阳，以朝廷的名义把他们杀了。接着就从滏口进入尔朱兆的境地。尔朱兆自知不敌，在把晋阳抢劫一空后，逃往北方，保守秀容，并州被神武帝平定。神武帝认为晋阳四面山关险固，就在这里设立大丞相府，定居下来。

尔朱兆退到秀容后，分兵守险，常四出抢劫作乱。神武帝扬言要讨伐他，师出又止，这样反复数次，于是尔朱兆的警惕性就松懈了。神武帝揣摸他年初将举行宴会，便派窦泰率领精锐骑兵奔袭，一天一夜行300里，而自己率大军随后进发。

永熙二年正月，窦泰的人马突然出现在尔朱兆的核心重地。兵士因宴日休假，没有思想准备，突然见到窦泰的兵马，吓得四散奔逃，窦泰率军追杀，在赤洪岭歼灭了尔朱兆的人马，尔朱兆上吊自杀。……

在神武帝进入洛阳的时候，尔朱仲远的部下都督桥宁、张子期从滑台来投奔他，神武帝认为这二人协助尔朱氏叛乱，又反复无常，于是把他们都杀了。斛斯椿因此心中也不安稳，就与南阳王元宝炬以及武卫将军元毗、魏光、王思政等，在孝武帝面前说神武帝的坏话，舍人元士弼也上奏说神武帝在接受诏令时态度很不恭敬，于是孝武帝对神武帝的信赖发生动摇，而寄希望于贺拔岳。先前，在孝明帝的时候，洛阳有人以两拔相击，又有歌谣说："铜拔打铁拔，元家世将末。"喜欢多事的人说二拔指拓拔、贺拔，并说这是两姓不久会衰落败亡的预兆。

此时司空高乾暗中写信给神武帝，把孝武帝的疑心告诉他。神武帝将原信封好呈送孝武帝，孝武帝就把高乾杀了，又派东徐州刺史潘绍业密令长乐太守庞苍鹰，要他杀害高乾的弟弟高昂。高昂先已得知兄长死讯，气得用长矛刺柱来泄愤，又在路边埋伏勇士，捉获了潘绍业，从他衣袍的领中搜出诏书，于是就来投奔神武帝。神武帝抱着他的头，哭着说："皇帝无故杀害司空。"随即派遣使者，带着自己的白虎旗去抚慰高氏家属。当时高乾的次弟高慎在光州，治理政事的手段严厉强硬，又纵容部下索取财物，收受贿赂，孝武帝便派人取代他。高慎得知兄长遇难，准备投奔梁朝，他的属下劝告说："你家功高德重，决不会兄弟牵连而得罪。”他这才化了装，身着破衣，手推小车，向着老家勃海归去。途中遇到前来抚慰的使者，也就来投靠神武帝了。这么一来，孝武帝与神武帝就有矛盾了。……

天平元年……五月，孝武帝下令，说是将要讨伐梁朝，征发黄河以南数州的部队，增加宿卫力量，扼守河桥。六月丁巳，孝武帝下了一道密诏给神武帝，说：“宇文泰自从攻破和平定秦岭、陇山一带，常有奢求，倘若发生意外变化，事情就很费周折；但看他表章书信，言词间又没有完全背道失礼，此时进兵征讨，事情显得突兀。于是召集群臣，议论可否。群臣都建议假称南伐，内外作好战备，一则可以预防宇文泰突然的变化，二则可以威震梁朝。”此时孝武帝正为讨伐神武帝而调兵遣将，恐他产生疑心，因而下了这道密诏。神武帝也就上了一道表章，说：“荆州境连梁朝，紧靠京都，宇文泰自恃关、陇远隔朝廷，将有叛逆的阴谋。我今暗中布勒兵马3万，打算由河东渡过黄河；又遣恒州刺史厍狄干、瀛州刺史郭琼、汾州刺史斛律金、前武卫大将军彭乐，提兵4万，由来违津渡河；遣领军将军娄昭、相州刺史窦泰、前瀛州刺史尧雄、并州刺史高隆之，提兵5万，用以讨伐荆州；遣冀州刺史尉景、前冀州刺史高敖曹、济州刺史蔡俊、前侍中封隆之，领山东兵7万、精锐骑兵5万，用以征讨梁朝。现在各部都已集结，等候您的命令。”孝武帝知神武帝已觉察到自己的意图，于是出示神武帝所上表，令群臣商议，打算制止神武帝的各路人马。

神武帝也会集在并州的僚佐，令他们广泛讨论。又以表章上报，依然用真诚的誓言来表明自己的忠恳，表中说：“我被巧言获宠的小人离间，您一时间加以怀疑，以致认为我犯上作乱的罪状，可与尔朱氏擅权时比，我若不尽心竭力，死守臣节，就让我身遭天祸，断子绝孙。您若相信我的一片丹心，避免兵刃相见，那么就请考虑废罢一两个奸邪小人。”

辛未，孝武帝又汇集在京文武大臣商议的意见，以此答复神武帝。……

先前，神武帝将由京师北行时，曾以洛阳历经大的变故，帝王气象衰落殆尽，虽有关山大河的险要地势，但土地狭窄，不如邺城为由，请求迁都。孝武帝说：“高祖孝文帝定都洛阳，创立永久的基业，规划建设，到世宗宣武帝时才完成。您既功在国家，当遵循太和年间的成法。”神武帝遵命。到此时，又图谋迁都。神武帝派骑兵千人守建兴，又增加河东郡和济州的驻军，在白沟拦截船只，不准驶向洛阳，各州收买到粟米，也都运往邺城。……

此时孝武帝用任祥为兼职尚书左仆射，并加授开府，任祥弃官逃到河北郡，占据郡城，等待神武帝的到来。孝武帝于是下令，文武百官中有出自神武帝部下者，任随他们或去或留。又下诏列举神武帝罪状，作北伐的准备。神武帝也率兵南下，他骑在马上对部众宣告说："本人在尔朱氏擅权之际，伸张正义于天下，拥立皇上，辅佐朝政，忠义之心通达天地。不料无故被斛斯椿谗言诬陷，以致我这样的志节忠诚之人竟被视作叛逆的首恶。古时赵鞅发动晋阳的兵马，是为了清除君王身边的奸贼。现在我由晋阳举兵南下，也不过想除掉斛斯椿而已。"……

七月，孝武帝亲率大军屯集河桥。神武帝到达黄河北岸10多里的地方，再次派人口述诚意，孝武帝没有回报他。于是神武帝率军渡过黄河。孝武帝向群臣询问对策，有的说向南去依靠荆州的贺拔胜，有的说西去依托关中，有的说守住洛口死战，没能作出决断。这时前线大将元斌之与斛斯椿争权不和，元斌之抛下斛斯椿，直向洛阳而回，还哄骗孝武帝，说神武帝的兵马开过来了。就在这天，孝武帝退往长安。己酉，神武帝进入洛阳。……

九月庚寅，神武帝又回到洛阳，接着就派和尚道荣到关中上表，孝武帝又未答复他。于是神武帝就召集百官、高僧、有德望的老人，商议究竟拥立谁来做皇帝的事。大家都认为自孝昌末年大乱之后，父死子继、一脉相承的传国大法就中断了，以致宗庙里的牌位都无所依傍，昭穆秩序紊乱，孝庄帝称孝文帝叫伯父，孝武帝迁孝明帝的神位于偏室，王业衰败、帝位短促的主要原因就在这里。于是议定拥立清河王元亶的长子元善见为帝。……神武帝就拥立了他，这就是孝静帝。魏国从此开始一分为二了。

神武帝考虑到孝武帝既在西边，恐怕要进逼崤山、陕原，而洛阳又地处黄河之南，接近梁朝境地，假如迁都晋阳，地理形势上又不能连成一气，于是依从大家的意见迁都邺城。护军祖莹助成这事。迁都令下达才 3 天，孝静帝就出发了，洛阳人户 40 万，也艰难地走上旅途。神武帝留在洛阳安排各种事务，完事后就回到晋阳。从此以后，凡属军事朝政的大务，都归丞相府处理。先是外面流传着小儿的歌谣："可怜青雀子，飞来邺城里，羽毛将长丰，化作鹦鹉子。"喜欢多事的人暗中说，雀子指的是清河王子孝静帝，鹦鹉指的是神武帝。……

天平三年……十二月丁丑，神武帝由晋阳发兵西征，遣仆射、行台、汝阳王元暹、司徒高昂等直奔上洛，大都督窦泰由潼关进入关中。

天平四年正月癸丑，窦泰兵败自杀。此时神武帝驻兵蒲津，因河面冰薄，没能赶去救援，只好退兵。……

十月壬辰，神武帝西征，由蒲津渡过黄河，兵马 20

万。此时周文帝宇文泰驻军沙苑。神武帝因见地势狭窄稍稍后退，西魏兵士趁机击鼓呐喊进攻。东魏军大乱，丢弃的兵器甲胄有18万之多。神武帝跨骆驼逃到河岸，得到一只船，才回到黄河东岸。

元象元年……七月壬午，行台侯景、司徒高昂把西魏大将独孤信围困在金墉城，西魏帝及周文帝宇文泰都赶来救援。神武帝也派大都督厍狄干率众将先行，自己总领大军随后进发。

八月辛卯，双方在河阴交战，西魏军惨败，被俘者数万人，而东魏司徒高昂、大都督李猛、宋显也死于混战之中。……

武定元年二月壬申，北豫州刺史高慎占据虎牢，投降西魏。三月壬辰，宇文泰率军声援高慎，围困河桥南城。戊申，神武帝在芒山大败宇文泰，生擒西魏督将以下武官400多人，杀死和俘虏的士兵达6万。这时军中有士兵盗杀驴，按军令当处死，神武帝没有杀他，准备回到并州再处治。第二天又交战，杀驴者逃奔西魏军中，把神武帝所在的位置告诉他们，于是西魏动员全部精锐力量来攻。东魏军溃散，神武帝连马也丢了，赫连阳顺跳下战马，把它让给神武帝，和家奴冯文洛一起扶神武帝上马，一齐奔逃，有马没马的随从仅六七人。西魏骑兵追了上来，亲信都督尉兴庆说："您快走吧，我腰边箭囊里还有百枝箭，足以杀他一百人。”神武帝勉励他说：“事后若平安归来，让你做怀州刺史；若战死，就任用你的儿子。”兴庆说：“我儿年幼，愿您任用我的兄长。”神武帝答应了。于是兴庆与西魏军相斗，箭尽人亡。西魏太师贺拔胜率13骑追杀神武帝，河州刺史刘洪徽射中2人，仍未能阻住。贺拔胜追了上来，长矛一刺，眼见就要伤到神武帝，段孝先横地里射出一箭，贺拔胜的坐骑中箭倒地，神武帝这才幸免一死。……

武定四年八月癸巳，神武帝将要西征，由邺城会集兵马开往晋阳。殿中将军曹魏祖劝他说：“目前不能用兵。今属八月，西方为王，阴气上升而抵消阳气，作为客方很不利，作为主人就无妨。一但用兵，必伤我方大将。”神武帝不听他的劝告。自从东西魏交兵以来，每次战役之前，邺城都出现黄蚁黑蚁结阵而斗。“预言家”们认为，东魏兵的军衣是黄色，黄蚁代表东魏；西魏兵的军衣是黑色，黑蚁代表西魏。所以民间通过观察蚁斗来预测胜负。此时又出现两蚁阵斗，结果黄蚁死光了。

九月，神武帝围困玉壁，挑斗西魏军，西魏军不敢应战。这时坚守玉壁的是西魏晋州刺史韦孝宽。城中出现戴着铁制面具的人，神武帝令元盗放箭，常射中铁面人的眼睛。他又采用李业兴的孤虚术，集中兵力攻击玉壁北城，而北城设于天险之地。于是神武帝下令在北城外堆起土山，开凿10条地道，又在东面开凿21条，用这种方式发动攻击。玉壁城中无水源，靠从汾河引水，神武帝就令改修河道，引走汾河之水，一夜间就完工了。韦孝宽攻取并占据了土山。东魏军在玉壁城外屯集了50来天，没能攻克城池，战死的士兵有7万多人，全都埋在一处。又有流星落在神武帝营中，营中的驴一起长声嘶叫，兵士个个恐惧不安。这时神武帝也病了。

十一月庚子，神武帝抱病登车，退兵东还。庚戌，神武帝派太原公高洋前去镇守邺城。辛亥，神武帝把长子高澄召到晋阳。亭园中有不祥之鸟群集树上，高澄就令斛律光射杀掉。己卯，神武帝因西征无功，上表辞去都督中外诸军事的职务，孝静帝下了一道辞意委婉的诏书，同意了他的请求。这时，西魏扬言神武帝中箭受伤，神武帝听说后，就勉强从病床上坐了起来，会见各位显官人物。他让斛律金唱《敕勒歌》，并亲自随声附和，哀伤慨叹，泪水长淌。……

武定五年正月一日，日蚀。神武帝说："日蚀大概是为我而出现的吧，虽死又有什么遗憾的呢？"丙午，神武帝给孝静帝写了一封书信，就在这天，他死在晋阳，终年52岁。……天保初年，神武帝的儿子北齐文宣帝追尊他为献武帝，庙号叫太祖，陵墓名义平。天统元年，改谥号为神武皇帝，改庙号为高祖。

杨 愔 传

高欢死去3年后，他的次子高洋代魏称帝，建立北齐。北齐政权的核心，是六镇鲜卑贵族和鲜卑化的外族人，这些人在北齐将相大臣中占有很大的比重。他们仇视和压抑汉族人士，常称“狗汉大不可耐，唯须杀却”。然而鲜卑人习武少文，又不得不笼络某些汉族名士来管理朝政。但当汉族名士登上显位后，又往往扶植汉人势力，取消鲜卑贵族特权，这就不能不引起冲突。杨愔的被杀，就突出地反映了北齐统治阶级内部激烈的鲜、汉之争。

杨愔(511—560年)，弘农华阴(今陕西华阴市)人。弘农杨氏为中原名族，世居显位。杨愔以才德为高欢父子所重，高欢以女妻之，任北齐丞相。早在高洋即位之初，他就竭力主张立中原名族赵郡李氏为皇后。高洋死后，杨愔等又拥戴高氏后人中姿质最佳、深染华风的废帝高殷，并计划削弱诸王而增重朝廷事权，避开太皇太后鲜卑人娄氏而归政于汉人李太后。终于为太后、诸王所不容，遭到杀害。娄太后亦知自己女婿忠诚，但宁可哭其丧于死后，亦不肯全其命于生前，可见她的民族成见之深。杨愔死后，鲜、汉之争仍未停息，只是汉族士人势单力薄，无法与之抗衡，每以失败告终罢了。然而由于内部纷争迭起，北齐政治始终未走上轨道，以迄于亡。

愔字遵彦，小名秦王。儿童时，口若不能言，而风度深敏，出入门闾，未尝戏弄。六岁学史书，十一受《诗》、《易》，好《左氏春秋》。幼丧母，曾诣舅源子恭，子恭与之饮，问读何书。曰："诵《诗》。"子恭曰："诵至《渭阳》未邪①？"愔便号

① 渭阳：《诗·秦风》中的一篇，据说为春秋时秦康公送舅舅晋公子重耳到渭水之北时所作。这里杨愔是由舅舅联想到母亲，所以悲伤。

泣感噎。子恭亦对之歔欷，遂为之罢酒。子恭后谓津曰[①]："常谓秦王不甚察慧，从今已后，更欲刮目视之。"

愔一门四世同居，家甚隆盛，昆季就学者三十余人。学庭前有奈树，实落地，群儿咸争之，愔颓然独坐。其季父玮适入学馆，见之，大用嗟异。顾谓宾客曰："此儿恬裕，有我家风。"宅内有茂竹，遂为愔于林边别葺一室，命独处其中，常铜盘具盛馔[②]以饭之。因以督厉诸子曰："汝辈但如遵彦谨慎，自得竹林别室、铜盘重肉之食。"愔从兄黄门侍郎昱特相器重，曾谓人曰："此儿驹齿未落，已是我家龙文[③]，更十岁后，当求之千里外。"昱尝与十余人赋诗，愔一览便诵，无所遗失。及长，能清言[④]，美音制，风神俊悟，容止可观，人士见之，莫不敬异，有识者多以远大许之。

正光中[⑤]，随父之并[⑥]州，性既恬默，又好山水，遂入

---

① 津：杨津，杨愔的父亲。 ② 馔：zhuàn 撰。 ③ 龙文：骏马名，常用以喻人才华出众。 ④ 清言：亦称清谈。魏晋以来士大夫中颇为盛行的一种辩论问题的方式。常就某个主题，由一人持论为主，其他人为客方，各抒己见，往复辩难。言谈中举止风度很考究。所谈内容多为老、庄哲理，微妙玄虚，故又称玄谈。 ⑤ 正光：北魏孝明帝年号，凡 5 年（520—524 年）。 ⑥ 并：bīng 兵。

晋阳西县瓮山读书①。孝昌初②，津为定州刺史，愔亦随父之职。以军功除羽林监③，赐爵魏昌男④，不拜。及中山为杜洛周陷，全家被囚縶。未几，洛周灭，又没葛荣，荣欲以女妻之，又逼以伪职⑤，愔乃讬疾，密含牛血数合⑥，于众中吐之，仍阳喑不语。荣以为信然，乃止。

永安初⑦，还洛，拜通直散骑侍郎，年十八。元颢入洛时⑧，愔从父兄侃为北中郎将⑨，镇河梁。愔适至侃处，便属乘舆失守⑩，夜至河。侃虽奉迎车驾北度，而潜南奔，愔固谏止之，遂相与扈从达建州⑪。除通直散骑常侍⑫。愔以世故未夷，志在潜退，乃谢病，与友人中书侍郎河间邢邵隐于嵩山⑬。

---

① 县瓮山：一名龙山，在今山西太原西南。县：xuán 玄。 ② 孝昌：北魏孝明帝年号，凡 3 年(525—527 年)。 ③ 羽林监：武官名，统领宿卫羽林兵之一部。 ④ 魏昌：县名，故城在今山东无极县东北。 ⑤ 伪职：此指葛荣义军中的职位。 ⑥ 合：gě。 ⑦ 永安：北魏孝庄帝年号，凡 2 年(528、529 年)。 ⑧ 元颢：北魏宗室，世袭北海王，永安二年自称帝，攻入洛阳，不久为尔朱荣所败，死。 ⑨ 北中郎将：武官名，为中央营兵将领，负责京都北方外线防卫。 ⑩ 乘舆：皇帝、诸侯乘坐的车。这里代指京城洛阳。 ⑪ 建州：治高都，今山西晋城市。 ⑫ 通直散骑常侍：为员外散骑常侍，因与正员散骑常侍轮流值班，故称通直。掌规谏违失，顾问应对。位比不通直的员外散骑常侍稍高。 ⑬ 河间：郡名，治乐城，今河北献县东南。

及庄帝诛尔朱荣，其从兄侃参赞帷幄，朝廷以其父津为并①州刺史、北道大行台，愔随之任。有邯郸人杨宽者，求义从出藩，愔请津纳之。俄而孝庄幽崩，愔时适欲还都，行达邯郸，过杨宽家，为宽所执。至相州，见刺史刘诞，以愔名家盛德，甚相哀念，付长史慕容白泽禁止焉。遣队主巩荣贵防禁送都，至安阳亭，愔谓荣贵曰："仆百世忠臣，输诚魏室，家亡国破，一至于此。虽曰囚虏，复何面目见君父之仇，得自缢于一绳，传首而去，君之惠也。"荣贵深相矜感，遂与俱逃。愔乃投高昂兄弟。

既潜窜累载，属齐神武至信都，遂投刺辕门②，便蒙引见，赞扬兴运，陈诉家祸，言辞哀壮，涕泗横集。神武为之改容，即署行台郎中③。南攻邺，历杨宽村，宽于马前叩头请罪。愔谓曰："人不识恩义，盖亦常理。我不恨卿，无假惊怖。"时邺未下，神武命愔作祭天文，燎毕而城陷。由是转大行台右丞④。于时霸图草创，军国务广，文檄教令皆自愔及崔㥄出⑤。

---

① 并：bīng 兵。 ② 刺：写上姓名、籍贯等内容的名帖，类似现代的名片。 ③ 行台郎中：此时高欢为东道大行台。行台置官略如尚书省，郎中为其下属。 ④ 右丞：尚书省或行台分置左右二司，分理各部门事务，长官为左丞、右丞。⑤ 文檄教令：这里文是泛指各种文书，檄是征召人马或声讨敌方的文书，教和令都是上司命令下属作某事的文件。

遭罹家难，常以丧礼自居，所食唯盐米而已，哀毁骨立。神武愍之，常相开慰。及韩陵之战，愔每阵先登。朋僚咸共怪叹曰："杨氏儒生，今遂为武士，仁者必勇，定非虚论。"顷之，表请解职还葬，一门之内，赠太师、太傅、丞相、大将军者二人，太尉、录尚书及尚书令者三人①，仆射、尚书者五人，刺史、太守者二十余人，追荣之盛，古今未之有也。……久之，以本官兼尚书吏部郎中②。武定末③，以望实之美，超拜吏部尚书，加侍中、卫将军④，侍学典选如故。

天保初⑤，以本官领太子少傅⑥，别封阳夏县男⑦。又诏监太史⑧，迁尚书右仆射。尚太原长公主⑨，即魏孝静后也，会有雉⑩集其舍。又拜开府仪同三司、尚书左仆

① 录尚书：官名，职同尚书令而地位权力都在令上。② 吏部郎中：尚书省吏部下属吏部曹的长官。③ 武定：孝静帝年号，凡8年(543—550年)。④ 卫将军：高级武官，与车骑、骠骑合称三将军。⑤ 天保：北齐文宣帝年号，凡10年(550—559年)。⑥ 太子少傅：太子师傅官，与太子少保、太子少师合称三少。⑦ 阳夏：县名，今河南太康县。夏：jiǎ假。⑧ 监太史：提督太史局事务。太史局属太常寺，长官称太史令，掌观天文星象，记录瑞应灾异，修造历法。⑨ 太原长公主：高欢次女。皇帝的姊妹称长公主。⑩ 雉：zhì制。

射[1]，改封华山郡公[2]。九年，徙尚书令，又拜特进、骠骑大将军[3]。十年，封开封王。文宣之崩，百僚莫有下泪，愔悲不自胜[4]。

济南嗣业[5]，任遇益隆，朝章国命，一人而已。推诚体道，时无异议。乾明元年二月[6]，为孝昭帝所诛[7]，时年五十。天统末[8]，追赠司空公。

愔贵公子，早著声誉，风表鉴裁，为朝野所称。家门遇祸，唯有二弟一妹及兄孙女数人，抚养孤幼，慈旨温颜，咸出仁厚。重分[9]义，轻财货，前后赐与，多散之亲族。群从弟侄十数人，并待而举火。频遭迍[10]厄，冒履艰危，一餐之惠，酬答必重；性命之仇，舍而不问。

典选二十余年，奖擢人伦，以为己任。然取士多以言貌，时致谤言，以为愔之用人，似贫士市瓜，取其大者。愔闻，不以为意。……

---

① 开府仪同三司：官号，加此号者可同三公一样开建府署，辟置僚属。 ② 华山郡：治所即今陕西大荔县。 ③ 特进：官名，为朝廷赐给功德优盛者的加官，位次三公。 ④ 胜：shēng 生。 ⑤ 济南：济南王，即废帝高殷，被废为济南王。 ⑥ 乾明：北齐废帝高殷年号，乾明元年即公元 560 年。 ⑦ 孝昭帝：名高演，即后文所谓常山王。 ⑧ 天统：北齐后主高纬年号，凡 5 年(565—569 年)。 ⑨ 分：fèn 奋。 ⑩ 迍：zhūn 谆。

文宣大渐，以常山、长广二王位地亲逼[①]，深以后事为念。愔与尚书左仆射平秦王归彦、侍中燕子献、黄门侍郎郑子默受遗诏辅政，并以二王威望先重，咸有猜忌之心。初在晋阳，为大行在殡[②]，天子谅阇[③]，议令常山王在东馆，欲奏之事皆先咨决，二旬而止。仍欲以常山王随梓宫之邺，留长广镇晋阳。执政复生疑贰，两王又俱从至于邺。子献立计，欲处太皇太后于北宫，政归皇太后。又自天保八年已来，爵赏多滥，至是，愔先自表解其开封王，诸叨窃荣恩者皆从黜免。由是嬖宠失职之徒尽归心二叔。高归彦初虽同德，后寻反动，以疏忌之迹，尽告两王。可朱浑天和又每云："若不诛二王，少主无自安之理。"宋钦道面奏帝，称二叔威权既重，宜速去之。帝不许曰："可与令公共详其事，"愔等议出二王为刺史，以帝仁慈，恐不可所奏，乃通启皇太后，具述安危。有宫人李昌仪者，北豫州刺史高仲密之妻，坐仲密事入宫[④]。太后与昌仪宗情，甚相昵爱。太后以启示之，昌仪密白太皇太后。愔等又议不可令二王俱出，乃奏以长广王为

---

① 长广：长广王高湛，后为北齐武成帝。常山王见前注。二人并为文宣帝高洋之弟，废帝之叔父。 ② 大行：一去不返。为皇帝死的讳称。 ③ 谅阇：多指皇帝居丧。 ④ 高仲密：即高慎，字仲密，他据虎牢降西魏，事见前《齐高祖神武皇帝本纪》。

大司马、并[1]州刺史，常山王为太师、录尚书事。

及二王拜职，于尚书省大会百僚，愔等并将同赴。子默止之云："事不可量，不可轻脱。"愔云："吾等至诚体国，岂有常山拜职，有不赴之理？何为忽有此虑？"长广旦伏家僮数十人于录尚书后室，仍与席上勋贵数人相知，并与诸勋胄约，行酒至愔等，我各劝双杯，彼必致辞，我一曰"捉酒"，二曰"捉酒"，三曰"何不捉"，尔辈即捉。及宴如之。愔大言曰："诸王反逆，欲杀忠良邪！尊天子，削诸侯，赤心奉国，未应及此。"常山王欲缓之，长广王曰："不可。"于是愔及天和、钦道皆被拳杖乱殴击，头面血流，各十人持之。使薛孤延、康买执子默于尚药局[2]。子默曰："不用智者言，以至于此，岂非命也！"

二叔率高归彦、贺拔仁、斛律金拥愔等唐突入云龙门。……长广王及归彦在朱华门外，太皇太后临昭阳殿，太后及帝侧立。常山王以砖叩头，进而言曰："臣与陛下骨肉相连，杨遵彦等欲擅朝权，威福自己，自王公以还，皆重[3]足屏气。共相唇齿，以成乱阶。若不早图，必为宗社之害。臣与湛等为国事重，贺拔仁、斛律金等惜

---

① 并：bīng 兵。 ② 尚药局：官署名，属门下省。长官称典御，掌内府药物，往往由太医兼此职。 ③ 重：chóng 虫。

献皇帝业[①]，共执遵彦等，领入宫，未敢刑戮。专辄之失，罪合万死。”

帝时默然，领军刘桃枝之徒陛卫，叩刀仰视，帝不睨之。太皇太后令却仗不肯，又厉声曰：“奴辈即今头落！”乃却。因问杨郎何在，贺拔仁曰：“一目已出。”太皇太后怆然曰：“杨郎何所能，留使不好邪？”乃让帝曰：“此等怀逆，欲杀我二儿，次及我耳，何纵之？”帝犹不能言。太皇太后怒且悲，王公皆泣。太皇太后曰：“岂可使我母子受汉老妪斟酌！”太后拜谢。常山王叩头不止。太皇太后谓帝：“何不安慰尔叔？”帝乃曰：“天子亦不敢与叔惜，岂敢惜此汉辈！但愿乞儿性命，儿自下殿去，此等任叔父处分。”遂皆斩之。……

太皇太后临愔丧，哭曰：“杨郎忠而获罪。”以御金为之一眼，亲内之，曰：“以表我意。”常山王亦悔杀之。……

遵彦死，仍以中书令赵彦深代总机务。鸿胪少卿阳休之私谓人曰[②]：“将涉千里，杀骐骥而策蹇[③]驴，可悲之甚。”愔所著诗赋表奏书论甚多，诛后散失，门生鸠集所

---

① 献皇帝：即北齐高祖神武皇帝高欢。 ② 鸿胪少卿：官名，鸿胪寺次长官，掌外邦客使朝见的接引和大臣死后的诔谥吊祭等。 ③ 蹇：jiǎn 简。

得者万余言。

【翻译】

杨愔字遵彦，小名秦王。他小时候沉默寡言，好像哑子似的，但气质凝重沉敏，出入于家门里巷之间，从不调皮嬉闹。6岁时开始读史书，11岁从师受业，学《诗经》和《周易》，而他最喜欢的是《春秋左氏传》。杨愔很小就失去了母亲，一次到舅舅源子恭家，子恭和他一起饮酒，问他在读什么书。杨愔回答说："正在背诵《诗经》。"源子恭又问："背到《渭阳》这一篇没有呀？"杨愔禁不住痛哭落泪，泣不成声。源子恭也对着他叹息不已，竟为此撤去酒席。源子恭后来对杨愔的父亲杨津说："我常认为秦王不怎么聪明敏锐，从今以后，更将刮目相看。"

杨愔一家四代人同居，家庭很是兴旺，兄弟辈一起上学念书的就有30多人。学馆庭院前有奈树，果实落到地面，一群学童们都争先恐后地去拾，只有杨愔神情庄重地坐着不动。恰逢杨愔的叔父杨昕走进学馆，见到这种情景，十分叹赏。他当着宾客们说："这孩子恬静豁达，有我杨家的门风。"于是就在杨氏家园内的竹林边专门为杨愔修盖了一间房屋，叫他独居屋中，常用铜盘装上精美丰盛的菜肴给他吃。又通过这事来教育鼓励其他孩子说:“你们众人只要像杨愔一样谨慎,自然会得到竹林旁专门的居室和铜盘所盛丰富的肉食。”杨愔的堂兄黄门侍郎杨昱对他特别器重,曾对人说:“这孩子的乳齿尚未脱落,已是我家的龙文骏马,再过10年,必成为超群绝伦之才。”杨昱曾与10多人一起作诗,杨愔看过一遍就背诵出来,没有一点遗漏。及渐长大成人,能与人高谈阔论,其音调抑扬顿挫,气度不凡,悟性极高,仪容举止都很可观。知名人物见到他的风采,无不敬重十分,许多有识之士都认为他前程远大。

正光年间,杨愔随父亲到了并州,由于他性格淡泊沉静,又喜欢山水风光,于是就进入晋阳西边的悬瓮山读书。孝昌初年,杨津任定州刺史,杨愔也随父到任。朝廷以军功任命他为羽林监,又赐给魏昌县男的爵位,杨愔没有接受。当中山被杜洛周攻陷后,杨愔全家都被监禁起来,不久杜洛周失败,他一家又落入葛荣的掌握之中。葛荣想把女儿嫁给杨愔,又强迫他在义军中担任官职,杨愔就以生病为借口加以推辞。他暗中口含牛血数合,当着许多人的面吐了出来,又装哑不说话。葛荣信以为真,这才作罢。

永安初年,杨愔回到洛阳,被任命为通直散骑侍郎,时年18岁。当元颢攻入洛阳的时候,杨愔的堂兄杨侃任北中郎将,镇守河梁。杨愔刚到杨侃那里,便碰上京城失守，魏孝庄帝连夜逃到黄河岸边。杨侃虽也接应孝庄帝渡河北上，但暗中却打算投奔南朝。杨愔一再劝告，打消了杨侃南逃的念头，于是一起护卫着孝庄帝到达建州。孝庄帝任命杨愔为通直散骑常侍。杨愔因见天下动荡不安，只想隐退，于是就称病推辞，与友人中书侍郎河间人邢邵隐居于嵩山。

当孝庄帝杀掉尔朱荣时，杨愔的堂兄杨侃曾参与这一重大决策，朝廷就任命杨愔的父亲杨津为并州刺史、北道大行台，杨愔随父到任。有个叫杨宽的邯郸人，要求作杨津的随从到并州，杨愔请父亲收容他。不久孝庄帝被暗害，杨愔当时正想回洛阳，行至邯郸，经过杨宽的家时，被杨宽抓了起来。杨宽把他押到相州，参见刺史刘诞，刘诞因杨愔出自德高望重的名门大族，对他很是同情，没把他下狱，只委派长史慕容白泽加以软禁。后又遣队主巩荣贵押护，把杨愔送往都城洛阳。到达安阳亭时，杨愔对巩荣贵说："我家世代为忠臣，尽忠魏朝，如今家亡国破，竟落到了这种境地。我眼下虽是囚犯，哪里还能去见国君家父的仇人，你如能允许我上吊而死，然后将我的头送往京都，就是对我的恩惠了。"巩荣贵对他十分同情，便与他一块逃亡。杨愔于是投靠了高昂兄弟。

逃匿数年之后，恰逢神武帝高欢到达信都，杨愔便到他营门递上名帖，随即受到召见。杨愔颂扬魏朝的中兴气象，陈述家庭遭受的灾难，言语悲壮，泪流满面。神武帝深为之感动，当即任命他为行台郎中。南攻邺城，经过杨宽住居的村落，杨宽跪在杨愔的马前叩头请罪。杨愔对他说："人们分不清什么是恩，什么是义，这也是常有的事。我不怨你，用不着担惊受怕。"当时邺城还没攻下，神武帝命杨愔作祭天文，烧掉祭天文后，邺城就被攻下了。杨愔因此转任为大行台右丞。这时神武帝刚刚开始创立霸业，军务政事都很繁杂，各种文书都由杨愔及崔悛拟定。

杨愔自家庭遭难后，一直以丧服礼制自守，所吃的东西只是米和盐，加上哀伤过度，瘦得只剩皮包骨头。神武帝很同情他，常常开导抚慰。韩陵之战时，杨愔每战都冲在前面。同僚都惊讶感慨地说："杨氏本是文弱书生，现在竟成了勇武将士，看来仁者必勇之说，确实不是凭空而论的啊。"不久，杨愔上表请求离任还乡，安葬亲人。杨氏一家之中，追赠太师、太傅、丞相、大将军的有 2 人，追赠太尉、录尚书及尚书令的有 3 人，追赠仆射、尚书的有 5 人，追赠刺史、太守的有 20 多人，这样隆重的追赠荣典，是从古到今都没有过的。……过了很长一段时间，杨愔又以原任官职兼任尚书吏部郎中。武定末年，朝廷因他具有很高的声望和真才实学，破格提升为吏部尚书，又加授侍中、卫将军，同时仍与过去一样，为皇帝讲学及负责选举的职事。

天保初年，以本官兼任太子少傅，另封阳夏县男爵位。又令他提督太史局事务，升任尚书右仆射。杨愔又娶太原长公主为妻，也就是原东魏孝静帝的皇后，这时正逢野鸡群集于他的居宅。后来杨愔又被任命为开府仪同三司、尚书左仆射，改封华山郡公。天保九年，朝廷升任杨愔为尚书令，又加授特进、骠骑大将军。天保十年，封开封王。文宣帝死时，文武百官没有一个人哀伤流泪，只有杨愔悲痛欲绝。

济南王继承帝位，对杨愔的任用、礼遇更高，朝廷的典章、国家的大政，都由他一人裁决。而杨愔执政能推诚布公、行事合符道义，当时也没人说闲话。乾明二年二月，杨愔被孝昭帝所杀，时年50岁。天统末年，追赠杨愔为司空公。

杨愔为名门贵族之子，早有美名，风度仪表、鉴人裁务，都广为人称赞。他家庭遇难后，只有二弟一妹及兄孙女数人幸免，他抚养这些幼小而失去父母的亲人，言慈语善，和颜悦色，完全出自一片仁爱宽厚之心。他注重情分和道义，而看轻财富，认为物质财富不足道，前后得到的赏赐，多分送给亲属。堂弟及侄辈10多人，全靠他的接济来维持生计。杨愔曾屡遭挫折，历经艰危，对别人给与的哪怕只是一顿饭的小恩惠，他必定重重酬谢；而对危及他生命的仇人，却不予追究。

杨愔执掌选举事宜达20多年，把勉励和提拔人才当作自己的职责。但他也常以言语相貌取人，时时招致一些非议，认为他用人如贫穷的人买瓜，选个头大的。杨愔听到这些话，也不以为意。……

文宣皇帝病危时，因常山、长广二王亲属关系近、职位高，对自己死后帝位继承的事很不放心。杨愔与尚书左仆射平秦王高归彦、侍中燕子献、黄门侍郎郑子默受遗命辅佐朝政，都因二王先有很高威望，各自怀有猜疑顾忌之心。先是在晋阳，因文宣皇帝灵柩未葬，废帝居丧不理事，商议由常山王居东馆，有要奏报的事都先请示他裁决，但实行不过20天就中止了。又打算让常山王随文宣帝灵柩回邺城，留长广王镇守晋阳，但执政大臣又不放心，结果二王一起随灵柩到达邺城。燕子献设了一计，想把太皇太后安置在北宫，由皇太后居中执掌大政。又从天保八年以来，官爵多是无功滥赏的，这时杨愔首先上表自请免去开封王，那些无功受禄的人一例罢免。因此那些以前受宠、现在丢官的人都归心于两位叔王。高归彦虽开始同心合力辅助废帝，不久来了个一百八十度的大转弯，反而把几位辅政大臣疏远疑忌二王的实情全部告诉了他们。可朱浑天和也常说："如不杀二王，少帝自己就不可能求得安稳。”宋钦道面奏废帝，称两位叔王的威势既已太重，应趁早除掉。废帝不同意，并说：“你可与尚书令杨愔共同斟酌这事。”杨愔等商议后打算遣二王出京作刺史，考虑到废帝仁慈，恐怕不会同意，于是写了一封书启送交皇太后，详细陈述了事关安危的道理。有个名叫李昌仪的官人，原是北豫州刺史高慎的妻子，因高慎投降西魏的事被罚入宫中。太后与李昌仪有亲族的情分，对她很昵爱。太后把杨愔的书启给她看了，李昌仪却暗中报告了太皇太后。杨愔等人后来又认为不可让二王都出外，于是奏请以长广王为大司马、并州刺史，常山王为太师、录尚书事。

二王受任新职后，在尚书省大会百官，杨愔等人都准备赴会。郑子默劝阻他说：“此事难以预料，不可掉以轻心。”杨愔说：“我等以无限诚挚的心为国家前途作想，哪有常山王受命我们不去庆贺的道理？你为什么突然产生这种顾虑呢？”长广王白天就潜伏了几十个家奴在录尚书厅堂的后屋，又告知参加宴会的几个元勋贵臣，并与各个元勋的后人相约：“酒行到杨愔等人面前时，我各劝他们饮双杯，他们必加以推辞，我第一声喊‘捉酒’，第二声喊‘捉酒’，第三声喊‘为什么不捉’，你等立即下手把他们抓起来。”宴会开始后，他们果依计而行，将杨愔等抓了起来。杨愔大声吼道：“诸王造反，想杀害忠臣么！我为使皇帝尊贵而削弱诸侯，乃赤心为国之举，不该得到如此下场。”常山王打算宽待杨愔，长广王说：“不行。”于是众人拳杖齐施，将杨愔和可朱浑天和、宋钦道等打得头破血流，然后各以10人挟持住他们。二王又派薛孤延、康买在尚药局抓到郑子默。郑子默叹息地说：“没听有识之士的话，以致落到这种地步，难道不是命中注定的么！”

二王率领高归彦、贺拔仁、斛律金，挟持着杨愔等人闯入云龙门。……长广王及高归彦在朱华门外，太皇太后登坐昭阳殿，太后和废帝站立一旁。常山王用砖块叩打额头，上前进言说：“我与皇上骨肉相连。杨愔等人想独揽朝廷大权，任由自己作威作福，自王公以下，都只有小心谨慎，脚不敢乱动，连大气也不敢出。杨愔等唇齿相依，已构成大乱的根源，如不早除掉，必是宗庙社稷的大害。我与高湛等为国家社稷着想，贺拔仁、斛律金等珍惜神武皇帝开创的基业，相约捉拿杨愔等带入宫中，没敢加以杀害。这事先前没有奏请，失之专断，罪该万死。”

此时废帝默默无语，领军刘桃枝等守卫在殿阶，抽刀仰视，废帝也没理睬。太皇太后令持仗卫士退下，起初都不肯退，太皇太后又厉声呵斥：“你等奴才今天就要脑袋落地！”卫士这才退下。接着又问杨愔在什么地方，贺拔仁说:“一只眼珠已掉了出来。”太皇太后伤感地说:“杨郎能做什么坏事,留着任用不好么?”接着又责备废帝说:“这等人怀有叛逆之心,想杀掉我两个儿子,接着就要杀我,你为什么要纵容他们?”废帝仍然说不出话来。太皇太后又是愤怒又是伤心,在场王公都哭了起来。太皇太后又说:“怎可使我母子受汉族老妇的摆布!”太后下拜赔罪。这时常山王不停地叩头,太皇太后就对废帝说:“怎么不去安慰你的叔父?”废帝这才说话:“我做皇帝连自己叔父也不敢怜惜,怎敢怜惜这几个汉人!但愿给儿一条性命,儿自当下殿而去,这等人任随叔父处治。”于是就把杨愔等人都杀了。……

太皇太后亲自参加杨愔的丧礼,她哭着说:“杨郎尽忠朝廷而得罪。”她用御府黄金为杨愔做了一只眼,亲自放入他的眼眶内,并说:“以此略表我的心意。”常山王也后悔杀了杨愔。……

杨愔死后,朝廷任用中书令赵彦深代替他总理朝廷要务。鸿胪少卿阳休之私下对人说:“将要远行千里之外,却杀掉日行千里的骐骥而驱赶跛足的毛驴,真是可悲到了极点。”杨愔所著诗赋表奏、书信论文很多,被杀后都散失了,他的门生收集到的不过万多字。

斛律光传

解律光(515—572年)是敕勒(亦即高车)族人,其家世为大将。他勇武非常,善于用兵,战无不胜,是北齐王朝的台柱,官至丞相、大将军。北周惧其威势,散布谣言,施行离间。由于斛律光性情朴直,为人耿介,常结怨于朝臣。因此这些人不但不为他辟谣,反而广为传播,甚至添油加醋,并终于怂恿后主高纬于武平三年(572年)灭掉了斛律一族。北周为此欢欣鼓舞,大赦天下。而北齐既朝政紊乱,力量衰退,复又擅杀忠良,自毁长城,做了亲者痛、仇者快的蠢事,它的灭亡就是指日可待的了。公元577年,北齐终为北周所灭。这篇传记不仅揭露了北齐后期统治者上层的勾心斗角，还保存了北齐、北周军事力量对比变化的生动材料，向为史家所重。

光字明月，马面彪身，神爽雄杰，少言笑，工骑射。……以库直事文襄①。从出野，见雁双飞来，文襄使光驰射之，以二矢俱落焉。后从金西征②，周文帝长史莫者晖在行③间，光年十七，驰马射中之，因禽于阵。神武即擢授都督，封永乐子④。又尝从文襄于洹桥校猎⑤，云表见⑥一大鸟，射之正中其颈，形如车轮，旋转而下，乃雕也。丞相属邢子高叹曰："此射雕手也。"当时号落雕都督。

齐受禅，别封西安县子⑦。皇建元年⑧，进爵钜鹿郡公⑨。时乐陵王百年为皇太子⑩，求妃，孝昭以光世载醇

---

① 库直：吏名，职掌不详。文襄：文襄帝高澄。 ② 金：斛律金，斛律光之父。 ③ 行：háng 航。 ④ 永乐：县名，今属不详。 ⑤ 洹桥：洹水一名安阳河，时安阳城北的安阳河上有安阳桥，疑即所谓洹桥。 ⑥ 见：xiàn 现。 ⑦ 西安县：在今山东临淄西 30 里。 ⑧ 皇建：北齐孝昭帝年号，皇建元年即公元 560 年。 ⑨ 钜鹿郡：治曲阳，今河北晋州西。 ⑩ 乐陵：郡名，治所不详。下属有乐陵县，即今山东乐陵县。百年：北齐孝昭帝之子高百年。

谨,纳其长女为太子妃。历位太子太保、尚书令、司空、司徒。

河清三年[①],周大司马尉迟迥、齐公宪、庸公王雄等众十万攻洛阳。光率骑五万驰往,战于芒山,迥等大败。光亲射雄杀之,迥、宪仅而获免。仍筑京观[②]。武成幸洛阳策勋,迁太尉。

初,文宣时,周人常惧齐兵之西度,恒以冬月,守河椎[③]冰。及帝即位[④],朝政渐紊,齐人椎冰,惧周兵之逼。光忧曰:"国家常有吞关、陇之志,今日至此,而唯玩声色!"先是,武成纳光第二女为太子妃,天统元年[⑤],拜皇后,光转大将军。三年六月,父丧去官。其月,诏起光及弟羡,并复位。秋,除太保,袭爵咸阳王,迁太傅。

十二月[⑥],周军围洛阳,壅绝粮道。武平元年正月,诏光率步骑三万御之,锋刃才交,周将宇文桀众大溃,直

① 河清:北齐武成帝年号,河清三年即公元564年。② 京观:战争的胜方为了炫耀武功,收集敌方的尸首,封土成高冢,称京观。③ 椎:chuí 垂。④ 帝:此指武成帝高湛。⑤ 天统:北齐后主年号,天统元年即公元565年。⑥ 十二月:据《周书·齐炀王宪传》及《资治通鉴》卷一七〇记载,此事当在北齐天统五年十二月,次年即武平元年,斛律光出兵,则此当脱"天统五年"四字。否则接上文就会认为是天统三年的十二月,在敌方"壅绝粮道"两年多后才出兵,不合情理。

到宜阳①。军还，击周齐王宪等众大溃②。诏加右丞相、并③州刺史。其年冬，光又率步骑五万于玉壁筑华谷、龙门二城④，与宪相持，宪不敢动。二年，率众筑平陇等镇戍十三所。周柱国枹⑤罕公普屯威、柱国韦孝宽等来逼平陇⑥，光与战于汾水，大破之。周遣其柱国纥干广略围宜阳，光率步骑五万赴之，战于城下，取周建安等四戍⑦，捕千余人而还。

军未至邺，敕令便放兵散。光以功勋者未得慰劳，若散，恩泽不施。乃密表，请使宣旨，军仍且进。朝廷发使迟留，军还将至紫陌，光驻营待使。帝闻光军营已逼，心甚恶之，急令舍人追光入见，然后宣劳散兵，拜左丞相，别封清河郡公。

---

① 宜阳：县名，今河南宜阳县。 ② 据《周书》，此处是斛律光退走，宇文宪追击，双方又发生战斗。 ③ 并：bīng 兵。 ④ 华谷龙门：与下文平陇等戍，并在今山西稷山县西、西北。 ⑤ 枹：fú 浮。 ⑥ 柱国：即柱国大将军。北周的柱国与其他朝代不同，他是中央禁旅府兵的统帅。西魏初置八柱国，实际统兵为六柱国。每柱国辖二大将军，每大将军辖二开府将军，共二十四军。随着兵员扩大，军不限二十四，柱国亦不只六人，地位不及初期，至隋则成勋位。枹罕：郡名，治枹罕县，今甘肃临夏县。 ⑦ 建安四戍：当在今河南宜阳县境或附近。

光尝在朝堂，垂帘而坐；祖珽不知①，乘马过其前。光怒，谓人曰："此人乃敢尔！"后珽在内省，言声高慢，光过闻之，又怒。珽知光忿，赂其从奴搕头。曰："自公用事，相王每夜抱膝叹曰②：'盲人用权，国破必矣！'"珽省事褚士达梦人倚户授其诗曰："九升八合③粟，角斗定非真④，堰却津中水，将留何处人⑤。"以告珽。珽占之曰："角斗，斛字；津却水，何留人，合成律字；非真者，解斛律于我不实。"士达又言所梦状，乃其父形也。珽由是惧。又穆提婆求娶光庶女⑥，不许。帝赐提婆晋阳之田，光言于朝曰："此田，神武以来，常种禾饲马，以拟寇难。今赐，无乃阙军务也？"帝又以邺清风园赐提婆租赁之。于是官无菜，赊买于人，负钱三百万，其人诉焉。光曰："此

① 祖珽：北齐政权中的汉族士大夫代表人物之一。字孝徵，范阳人。他生活上放荡不羁，政治上却颇有才干，扶植汉人势力，削弱鲜卑特权。武成帝时得罪配光州，受刑而双目失明，后主时以尚书左仆射总机政。 ② 相王：指斛律光。他官为丞相，爵为咸阳王，故称。 ③ 合：gé 葛。 ④ 角斗：角和斗都是量器名，这里就指量斗。非真：指不合规格。因一斗十升，一升十合，上文言九升八合，显然不足一斗。 ⑤ 这句的意思是说关拦在河堰内的水流失了，将空出河岸居处人。"何"用"河"的谐音。 ⑥ 穆提婆：北齐佞臣之一。其父谋反被杀，其母陆令萱配入宫中，因养育后主得宠。穆提婆因此官至录尚书事，封王。庶女：非正妻所生之女。

菜园赐提婆，是一家足，若不赐提婆，便百官足。”由是祖、穆积怨。

周将韦孝宽惧光，乃作谣言，令间谍漏之于邺曰：“百升飞上天，明月照长安①。”又曰：“高山不推自崩，槲树不扶自竖②。”珽续之曰：“盲老公背上下大斧，饶舌老母不得语③。”令小儿歌之于路。提婆闻，以告其母。令萱以饶舌为斥己，盲老公谓祖珽也，遂协谋，以谣言启帝曰：“斛律累世大将，明月声震关西，丰乐威行突厥④，女为皇后，男尚公主，谣言可畏。”帝以问韩长鸾，鸾以为不可，事寝。光又尝谓人曰：“今军人皆无裈袴⑤，后宫内参，一赐数万匹，府藏稍空，此是何理？”受赐者闻之，皆曰：“天子自赐我，关相王何事？”珽又通启求见，帝使以库车载入，珽因请间，唯何洪珍在侧，帝曰：“前得公启，即欲施行，长鸾以为无此理，未可。”珽未对。洪珍进曰：

---

① 百升：一斛十斗，亦即百升。明月：斛律光字明月。这句是说斛律光有帝王气象。 ② 高山：代指高氏北齐王朝。槲：落叶乔木。这里是取斛的同音。本句是说高氏将灭，斛律氏将兴。 ③ 盲老公：指祖珽本人。饶舌老母：指陆令萱。祖珽的用意是激怒陆令萱，以便联合谋算斛律光。 ④ 丰乐：即斛律光之弟斛律羡，字丰乐，时为幽州刺史。突厥：6世纪初崛起于阿尔泰山南麓的强大游牧部落，取代柔然，直到隋唐时还威胁着中原的西北和北部。 ⑤ 裈袴：内裤、套裤。裈：kùn昆。

"若本无意，则可，既有此意，不决行，万一事泄，如何！"帝然洪珍言，而犹预未决。珽令武都妾兄颜玄[①]，告光谋为不轨。……既而丞相府佐封士让密启云："光前西讨还，敕令便放兵散，光令军逼帝京，将为不轨，不果而止。家藏弩甲，奴僮千数，每使丰乐、武都处，阴谋往来。若不早图，恐事不可测。"帝谓何洪珍曰："人心亦大圣，我前疑其欲反，果然。"帝性怯，恐即有变，令洪珍驰召祖珽告之。又恐追光不从命，珽因请赐其一骏马，令明日乘至东山游观，须其来谢，因执之。帝如其言。光将上马，头眩。及至，引入凉风堂，刘桃枝自后扑之，不倒。光曰："桃枝常作如此事，我不负国家。"桃枝与力士三人，以弓絃罥[②]其颈，遂拉杀之，年五十八。血流于地，刬[③]之迹终不灭。于是下诏称其反，族灭之。

使二千石郎邢祖信掌簿籍其家[④]。珽于都省问所得物[⑤]，祖信曰："得弓十五张，宴射箭一百，贝刀七口，赐矟二张。"珽又厉声曰："更得何物？"曰："得枣子枝二十束，拟奴仆与人斗者，不问曲直，即以杖之一百。"珽大惭，乃下声曰："朝廷已加重刑，郎中何可分雪？"及出，人尤其

① 武都：斛律光之子，时为梁、衮二州刺史。 ② 罥：juán 眷。 ③ 刬：chǎn 产。 ④ 二千石郎：官名，尚书省都官尚书下属的二千石曹郎中，掌察地方官得失。 ⑤ 都省：指尚书省。

抗直。祖信慨然曰："好宰相尚死，我何惜余生！"……

周武帝闻光死①，赦其境内。后入邺，追赠上柱国、崇国公。指诏书曰："此人若在，朕岂得至邺？"

【翻译】

解律光字明月，面形像马而体壮如虎，神色清朗而雄姿挺拔。他不苟言笑，擅长跑马射箭。……他以库直的身份在文襄帝手下效力。一次随文襄帝到野外，看见空中有大雁双飞而来，文襄帝就命斛律光驰马射雁，他两发两中，射落双雁。后来他随父亲斛律金西征，周文帝的长史莫者晖在阵列中，年仅17岁的斛律光驱马上前，射中莫者晖，接着又在阵列中把他生擒过来。神武帝立刻提拔他作都督，并封给永乐子爵位。又一次他随文襄帝到洹桥附近围场打猎，云端现出一只大鸟，他一箭射去，正中鸟脖子，那大鸟如车轮般旋转下落，到能看清时，才知是只大雕。丞相府属官邢子高赞叹地说："这人真是射雕手啊！"当时的人就称他为"落雕都督"。

魏帝让位而北齐建国后，另封他为西安县子。皇建

① 周武帝：宇文泰之子宇文邕，他在位时采取了不少措施，发展了力量，终于灭掉北齐，并为多民族国家的统一奠定了良好基础，所以他也是我国历史上的一位杰出人物。

元年，进爵为钜鹿郡公。此时乐陵王高百年为皇太子，求选王妃。孝昭帝因斛律光家世代朴直稳重，便选取他的长女作太子妃。斛律光也历任太子太保、尚书令、司空、司徒。

河清三年，北周大司马尉迟迥、齐国公宇文宪、庸国公王雄等率领10万大军进攻洛阳。斛律光统率骑兵5万驰往迎敌，双方会战于芒山，结果尉迟迥等大败。这一战中，斛律光亲自射杀了王雄，尉迟迥、宇文宪也只是侥幸逃得性命。战后北齐军依惯例造作京观，显示武功。武成帝亲临洛阳论功行赏，升任斛律光为太尉。

当初在文宣皇帝时，北周的人常怕齐军西渡黄河，每年都在冬季派兵守河捶冰。而当武成帝即位后，朝政渐渐紊乱，齐人反过来害怕周军进逼，派人守河捶冰。斛律光忧虑地说："国家曾有吞并关陇地区的志向，现在到了如此地步，却还只知喜爱声色！"在此之前，武成帝选取斛律光的次女作太子妃，天统元年，太子即帝位，立为皇后，转任斛律光为大将军。天统三年六月，斛律光因父亲去世而离任。同月，下令斛律光及弟斛律羡免丧归朝，都官复原位。同年秋，任命斛律光为太保，继承父亲的咸阳王爵位，又升任太傅。

天统五年十二月，北周军队围困洛阳，阻绝了北齐运粮的通道。武平元年正月，齐后主令斛律光率领步兵骑兵共3万人前往迎敌。双方刚一交战，周将宇文桀的兵马就大乱而逃，斛律光率军直追到宜阳。由宜阳退兵时，斛律光又杀了一个回马枪，把后面追来的宇文宪兵马打得大败而逃。齐后主下令加授斛律光右丞相、并州刺史官位。同年冬，斛律光又带领步兵骑兵5万人，在玉壁城外修筑了华谷、龙门二城，与宇文宪对峙，宇文宪不敢妄动。武平二年，斛律光率领人马修筑平陇等13个据点。北周柱国枹罕公普屯威、柱国韦孝宽等进逼平陇，斛律光和他们战于汾水之滨，大败周军。北周又派柱国纥干广略围困宜阳，斛律光率领步兵骑兵5万人奔赴宜阳，与周军战于城下，拔掉北周建安等4个据点，俘虏了千多人，然后班师还朝。

当部队还没到达邺城地界，齐后主就下令遣散军队。斛律光认为立了功的将士们还未受到慰劳，如果就这样散伙，朝廷没有给予他们恩惠。于是上了一道密表，一边请后主派人传达慰劳令，一边率部队继续行进。朝廷遣使迟缓了一些时间，部队已快回到紫陌，斛律光只好安营驻军，等待钦差。后主听说斛律光的军营已迫近都城，心中十分不满，立即派舍人催斛律光入朝晋见，然后宣令慰劳，遣散兵马。后主授予斛律光左丞相官位，另封清河郡公。

斛律光曾在朝堂垂帘而坐，祖珽不知，从他面前骑马而过。斛律光很气愤，对人说："这人竟敢如此放肆！"后来有一次祖珽在内省，说话的腔调又高又慢，斛律光经过听到了，又很气愤。祖珽知道斛律光恼怒自己，就收买了他身边一个叫搕头的奴仆。搕头对祖珽说："自从您参掌朝廷大政，斛律相王每夜都抱膝叹息，说：'盲人掌权，国家必定败亡啊！'"祖珽手下的属吏省事褚士达梦见有人靠着门边教给他一首诗，诗是这样的："九升八合粟，角斗定非真，堰却津中水，将留何处人。"褚士达把这事告诉祖珽，祖珽推测说："角斗，是个斛字；津字去掉水旁，何留下人旁，合起来是个律字；非真的意思，说的是斛律氏对我不真诚。"褚士达又描述梦中人的形状，竟是祖珽父亲的形象。祖珽因此感到恐惧。又有一个叫穆提婆的求娶斛律光的庶女为妻，被拒绝了。后主把晋阳的田土赏给穆提婆，斛律光又在朝廷上说："这田自从神武帝以来，常用作种庄稼养马，以应付敌人的侵犯。现把它赏给穆提婆，不就是损害军务吗？"后主又把邺城的清风园赏给穆提婆，让他去租赁获利。这样一来，公家没有菜吃，只好向人赊购，欠了300万钱，债主都诉苦告状来了。斛律光说："这菜园赏给穆提婆，是一家人富足了；如不赏给穆提婆，便使百官不乏菜吃了。"因此祖珽、穆提婆都和斛律光结下仇怨。

北周大将韦孝宽很怕斛律光，于是就编造了一些歌谣,派间谍到邺城去暗中传播。歌谣有一句是:“百升飞上天,明月照长安。”又一句是:“高山不推自崩,槲树不扶自竖。”祖珽听说后又接着编了一句:“盲老公背上下大斧,饶舌老母不得语。”他又指使一些儿童在道路上传唱。穆提婆听到后,告知他的母亲陆令萱。陆令萱认为所谓饶舌是贬责自己,所谓盲老公指的是祖珽,于是共同策划,把歌谣报知后主,并说:“斛律家世代为大将,斛律光的威名震动关西,斛律羡的声威也遍行突厥,女为皇后,儿娶公主,歌谣之言可怕啊!”后主征求韩长鸾对这事的看法,韩长鸾认为不可听信,这事就搁下了。斛律光又曾对人说:“现在军人连套裤都没有,而后宫太监,一次赏赐就是数万匹,朝廷府库渐渐空虚,这是什么道理?”那些得到赏赐的人听到后都说:“这是皇帝亲自赏给我的,关你斛律相王什么事?”祖珽又递进书启,求见后主,后主让人用库车载他入宫,祖珽接着又请避开左右,只剩何洪珍在后主身边。后主说:“先前得到你的禀报,就打算着手处理,韩长鸾认为没有这样行事的道理,因此未敢轻举妄动。”祖珽没吭声。何洪珍进前说:“如果他原就没有造反的意思,那还好,既有这种想法,不果断处理,万一事情泄露,又怎么对付呢?”后主也认为何洪珍的话不错,但还是犹豫不决。祖珽又指使斛律武都旁妻的哥哥颜玄,告发斛律光蓄意谋反。……接着丞相府的属官封士让密报说:“斛律光前次西征回师,皇上下令即刻遣散部队,斛律光却命部队逼近京城,将发动叛乱,未能成功才作罢。他家中暗藏弓弩甲胄,家奴以千计,常派往斛律羡、斛律武都处,暗中传递作乱的方略。如不早作打算,说不定什么时候就会出事。”后主对何洪珍说:“人心也真通神,我先前疑心他将反叛,现在看来果真如此。”后主生性懦弱,害怕叛乱即刻发生,令何洪珍驱马前往,召来祖珽,把事情都告诉了他。后主又担心急召斛律光而他不从命,于是祖珽建议赏他一匹骏马,命他明天骑马到东山游览观光,等他前来致谢,趁机捉拿他。后主依计而行。斛律光将上马,感到一阵头晕。当他来到宫廷,被引入凉风堂,刘桃枝从他身后偷袭,没能把他推倒。斛律光气愤地说:“刘桃枝经常干这种事,我没有对不起国家的地方。”刘桃枝又与三个雄健有力的武士,用弓弦套住斛律光的脖子,把他勒死了,这年他 58 岁。他的血流到地面,血迹始终铲除不尽。后主于是下令,声言斛律光谋反,将他一家都杀掉了。

祖珽指令二千石郎邢祖信抄没斛律光的家产,并负责登记上帐。祖珽在都省问抄没到的财物,邢祖信回答说:“搜到弓 15 张、聚宴时习射用的箭 100 枝、贝刀 7 口、朝廷赏赐的长矛 2 枝。”祖珽又厉声吼问:“还搜到什么东西?”回答说:“还搜到枣树枝 20 捆,是准备用于责打家奴的。凡是他家奴与别人发生争斗，不问有理无理，就用它抽打100下。”祖珽十分惭愧，这才放低声调对邢祖信说：“朝廷已经将他处以灭门大刑，你怎么可以替他分辩昭雪呢？”邢祖信走出衙门后，有人责怪他太耿直强硬，他慷慨地说：“好宰相都不免一死，我这半条命还吝惜什么呢？”……

北周武帝得到斛律光的死讯，特为此赦免国内罪犯。后来周武帝灭齐，进入邺城，追赠斛律光为上柱国、崇国公。他还指着齐后主令杀斛律光的诏书对臣下说：“这人如在，我怎么能到得了邺城啊！”

苏绰传

东、西魏初分伊始，无论政治设施、经济基础、军事力量、幅员版图，西魏都远不如东魏。加以关陇地区连年灾害，民心不安，强敌压境，战事不断，西魏的情势十分窘迫。当此困厄危难之际，百废待兴之时，一位汉族人士脱颖而出，以其卓越的政治才干，把西魏政权推上正常轨道，为西魏乃至北周政权的发展壮大打下良好基础，他就是本篇传记的主人公苏绰。

苏绰(498—546年)不仅学问广博，识见卓越，究知政体，并且精于算计，讲求条理，细致入微，所以上自治国纲要，下至公文章法，他都能一一拟定。苏绰从政只有10来年时间，但却干了不少大事。他拟定的六条诏书，实为西魏、北周的施政纲领。他修成的三十六条令制，是施政的法则，史称“大统式”，多为后世沿用。他又仿照《周礼》，组建府兵和改革官制。尤其值得称道的是，他主张用人并重才德，提出选举“不限资荫”，打破了魏晋以来世家大族“凭藉世资”入仕和占据清流美职的传统，使西魏、北周做到“选无清浊”，任用贤才。通过苏绰的整顿，西魏、北周相对东魏、北齐而言，吏治清明，内部协调，社会稳定，终能以弱胜强，不断壮大，统一北中国。由于苏绰的突出贡献，加以他作风朴实，办事勤谨，鞠躬尽瘁，死而后已，后代史家把他比作蜀汉诸葛亮和前秦宰相王猛。苏绰还试图改革文章浮华的弊病，提倡文体一依《尚书》中的《大诰》，虽不免拘泥，未能实行，然用意可取，故有学者推他为古文运动的先驱者之一。

苏绰字令绰，武功人①，魏侍中则之九世孙也②。累

① 武功：郡名，治美阳，今陕西扶风东南。 ② 魏侍中：曹魏侍中，注意不要理解为北魏侍中。

世二千石[①]。父协，武功郡守。

绰少好学，博览群书，尤善算术。从兄让为汾州刺史，周帝饯于都门外[②]。临别，谓曰："卿家子弟中，谁可任用者？"让因荐绰。周文乃召为行台郎中。在官岁余，未见知。然诸曹疑事，皆询于绰而后定。所行公文，绰又为之条式。台中咸称其能。周文与仆射周惠达论事，惠达不能对，请出外议之。乃召绰，告以其事，绰即为量定。惠达入呈，周文称善，谓曰："谁与卿为此议者？"惠达以绰对，因称其有王佐才。周文曰："吾亦闻之久矣。"寻除著作佐郎。

属周文与公卿往昆明池观鱼[③]，行至城西汉故仓池[④]，顾问左右，莫有知者。或曰："苏绰博物多通，请问之。"周文乃召绰问，具以状对。周文大悦，因问天地造化之始，历代兴亡之迹。绰既有口辩，应对如流。周文益嘉之，乃与绰并马徐行至池，竟不设网罟而还。遂留绰至夜，问以政道，卧而听之。绰于是指陈帝王之道，兼

---

① 二千石：汉代郡守的俸禄为二千石，因以代指郡太守。② 周帝：指周文帝宇文泰，后文都称周文。③ 昆明池：故址在今西安市西南斗门镇的东南，汉武帝时开凿。④ 仓池：位于长安城西的蓄水池，引水以供京都食用。

述申、韩之要①。周文乃起，整衣危坐，不觉膝之前席。语遂达曙不厌。诘朝，谓周惠达曰："苏绰真奇士，吾方任之以政。"即拜大行台左丞，参典机密。自是宠遇日隆。绰始制文案程式，朱出墨入，及计帐、户籍之法②。

大统三年③，齐神武三道入寇，诸将咸欲分兵御之，独绰意与周文同，遂併力拒窦泰，擒之于潼关④。封美阳县伯⑤。十一年，授大行台度支尚书⑥，领著作，兼司农卿⑦。

周文方欲革易时政，务弘强国富人之道，故绰得尽其智能，赞成其事，减官员，置二长⑧，并置屯田以资军国。又为六条诏书，奏施行之。

---

① 申韩：申指申不害，战国时郑国人，仕韩国为相。韩即韩非子。两人都是战国时期法家代表人物。 ② 计帐：计簿。据《通鉴》胡三省注，说是开列次年赋税、劳役的大数，上报度支，作为征派的依据。到唐代则是把计帐户籍合而为一了。 ③ 大统：西魏文帝年号，大统三年即公元537年。 ④ 据前《神武帝本纪》记载，窦泰是兵败自杀，与此不同。 ⑤ 美阳县：今陕西扶风东南。 ⑥ 度支尚书：尚书诸部长官之一，亦即后代的户部，掌财政预算收支，差派劳役，管理户籍等。行台建置略如尚书省，故亦设此官。 ⑦ 司农卿：官名，秦汉以来为九卿之一，掌督课农事，兴修水利，管理天下粮仓等。 ⑧ 二长：按后文有"党族闾里正长之职"一句，疑二长指党正、里长，即把孝文帝以来的乡官三长减为二长，合符"减官员"的精神。

其一，先修心，曰：

凡今之方伯守令，皆受命天朝，出临下国，论其尊贵，并古之诸侯也。是以前代帝王，每称共理天下者唯良宰守耳。明知百僚卿尹虽各有所司，然其理人之本，莫若守宰之最重也。凡理人之体，当先理己心，心者一身之主，百行[①]之本。心不清静，则思虑妄生。思虑妄生，则见理不明。见理不明，则是非谬乱。是非既乱，则一身不能自理，安能理人也？是以理人之要，在于清心而已。夫所谓清心者，非不贪货财之谓，乃欲使心气清和，志意端静。心和志静，则邪僻之虑无因而作。邪僻不作，则凡所思念无不皆得至公之理。率至公之理以临其人，则彼下人孰不从化？是以称理人之本，先在理心。

其次又在理身，凡人君之身者，乃百姓之表，一国之的也。表不正，不可求直影；的不明，不可责射中。今君身不能自理，而望理百姓，是犹曲表而求直影也；君行[②]不能自修，而欲百姓修行[③]者，是犹无的而责射中也。故为人君者，必心如清水，形如白玉，躬行仁义，躬行孝悌，躬行忠信，躬行礼让，躬行廉平，躬行俭约，然后继之以无倦，加之以明察。

①、②、③ 行：xìng 性。

行此八者以训其人。是以其人畏而爱之，则而象之，不待家教日见而自兴行也。

其二，敦教化，曰：

天地之性，唯人为贵。明其有中和之心，仁恕之行[1]，异于木石，不同禽兽，故贵之耳。然性无常守，随化而迁。化于敦朴则质直，化于浇伪则浮薄。浮薄者则衰弊之风，质直者则淳和之俗。衰弊则祸乱交兴，淳和则天下自治。自古安危兴亡，无不皆由所化也。

然世道彫丧，已数百年，大乱滋甚，且二十载[2]。人不见德，唯兵革是闻；上无教化，唯刑罚是用，而中兴始尔，大难未弭，加之以师旅，因之以饥馑，凡百草创，率多权宜。致使礼让弗兴，风俗未反。比年稍登稔，徭赋差轻，衣食不切，则教化可修矣。凡诸牧守令长，各宜洗心革意，上承朝旨，下宣教化矣。

夫化者，贵能扇之以淳风，浸之以太和，被之以道德，示之以朴素。使百姓亹亹[3]，日迁于善，邪伪之心，嗜欲之性，潜以消化，而不知其所以然，此之

---

① 行：xìng 性。 ② 此句中“世道彫丧”当指汉末以来礼义之风衰败，“大乱”当指尔朱氏、高氏相继擅权。 ③ 亹：wěi 委。

谓化也。然后教之以孝悌，使人慈爱；教之以仁顺，使人和睦；教之以礼义，使人敬让。慈爱则不遗其亲，和睦则不怨于人，敬让则不竞于物。三者既备，则王道成矣。此之谓教也。先王之所以移风易俗，还淳反素，垂拱而临天下以至于太平者，莫不由此，此之谓要道也。

其三，尽地利，曰：

人生天地之间，衣食为命。食不足则饥，衣不足则寒，饥寒切体，而欲使人兴行礼让者，此犹逆坂走丸，势不可得也。是以古之圣王知其若此，先足其衣食，然后教化随之。夫衣食所以足者，由于地利尽。地利所以尽者，由于劝课有方。主此教者，在乎牧守令长而已。人者冥也①，智不自周，必待劝教然后得尽其力。诸州郡县，每至岁首，必戒敕部人，无问少长，但能操持农器者，皆令就田，垦发以时，勿失其所。及布种既讫，嘉苗须理，麦秋在野，蚕停于室，若此之时，皆宜少长悉力，男女併功，若扬汤救火，寇盗之将至，然后可使农夫不失其业，蚕

---

① 人者冥也：按句中“人”当作“民”，《北史》避唐太宗李世民讳改，但此句本是取“民”“冥”谐音，改后就无此意，故标出。又本篇中的“人”字大都当作“民”，可参看译文。

妇得就其功。若游手怠惰，早归晚出，好逸恶劳，不勤事业者，则正长牒名郡县，守令随事加罚，罪一劝百。此则明宰之教也。

夫百亩之田，必春耕之，夏种之，秋收之，然后冬食之。此三时者，农之要月也。若失其一时，则谷不可得而食。故先王之戒曰："一夫不耕，天下必有受其饥者；一妇不织，天下必有受其寒者。"若此三时，不务省事，而令人废农者，是则绝人之命，驱以就死然。单劣之户，及无牛之家，劝令有无相通，使得兼济。……

夫为政不欲过碎，碎则人烦；劝课亦不容太简，简则人怠。善为政者，必消息时宜而适烦简之中。故《诗》曰："不刚不柔，布政优优，百禄是求①。"如不能尔，则必陷于刑辟矣。

其四，擢贤良，曰：

天生蒸黎，不能自化，故必立君以理之。人君不能独理，故必置臣以佐之。上自帝王，下及列国，置臣得贤则安，失贤则乱，此乃自然之理，百王不能易也。

今刺史守令，悉有僚吏，皆佐助之人也。刺史

① 此诗出《诗经·商颂·长发》，个别字不同。

府官则命于天朝；其州吏以下，并牧守自置。自昔以来，州郡大吏[①]，但取门资，多不择贤良；末曹小吏，唯试刀笔[②]，并不问志行[③]。夫门资者，乃先世之爵禄，无妨子孙之愚瞽；刀笔者，乃身外之末材，不废性行之浇伪。若门资之中而得贤良，是则策骐骥而取千里也；若门资之中而得愚瞽，是则土牛木马，形似而用非，不可以涉道也。若刀笔之中而得志行，是则金相玉质，内外俱美，实为人宝也；若刀笔之中而得浇伪，是则饰画朽木，悦目一时，不可以充榱椽之用也。今之选举者，当不限资荫，唯在得人。苟得其人，自可起厮养而为卿相，则伊尹、傅说是也[④]，而况州郡之职乎？苟非其人，则丹朱、商均虽帝王之胤[⑤]，不能守百里之封，而况于公卿之胄乎？由此而言，官人之道可见矣。

凡所求材艺者，为其可以理人。若有材艺而以正直为本者，必以材而为理也；若有材艺而以奸伪为

---

① 大吏：即上佐，高级幕僚。 ② 刀笔：指文墨、文才。古人在没发明纸笔以前，常用刀在竹片木块上刻写文字。 ③ 行：xìng 性。 ④ 伊尹：商汤之臣。初为奴隶，后居阿衡(宰相)之位。傅说(yuè 悦)：商武丁时相臣，相传未受任前以替人筑土建屋为生。 ⑤ 丹朱商均：相传丹朱是尧的儿子，商均是舜的儿子，都是不肖之子。

本者，将因其官而乱也，何致化之可得乎？是故将求材艺，必先择志行，善者则举之，其志行不善则去之。

而今择人者，多云邦国无贤，莫知所举。此乃未之思也，非适理之论。所以然者，古人有言：明主聿兴，不降佐于昊天；大人基命，不擢才于后土。常引一世之人，理一世之务。故殷、周不待稷、契之臣，魏、晋无假萧、曹之佐。仲尼曰："十室之邑，必有忠信如丘者焉。"岂有万家之都，而云无士？但求之不勤，择之不审，或授之不得其所，任之不尽其材，故云无耳。古人云："千人之秀曰英，万人之英曰俊。"今之智效一官，行闻一邦者，岂非近英俊之士也？但能勤而审之，去虚取实，各得州郡之最而用之，则人无多少，皆足化矣。孰云无贤！

夫良玉未剖，与瓦石相类；名骥未驰，与驽马相杂。及其剖而莹之，驰而试之，玉石驽骥，然后始分。彼贤士之未用也，混于凡品，竟何以异。要任之以事业，责之以成务，方与彼庸流较然不同。昔吕望之屠钓①，百里奚之饭牛②，宁生之扣

① 吕望：即太公望，俗称姜太公，相传他以杀牛钓鱼为生，受知于周文王，尊用之。周灭商，封于齐，为齐国始祖。

② 百里奚：春秋秦穆公的贤相，相传曾为人饲牛。

角[①]，管夷吾之三败[②]，当此之时，悠悠之徒，岂谓其贤？及升王朝，登霸国，积数十年，功成事立，始识其奇士也。于是后世称之，不容于口。彼瑰[③]玮之材，不世之杰，尚不能以未遇之时，自异于凡品，况降此者哉！若必待太公而后用，是千载无太公；必待夷吾而后任，是百世无夷吾。所以然者，士必从微而至著，功必积小以至大，岂有未任而已成，不用而先达也？若识此理，则贤可求，士可择。得贤而任之，得士而使之，则天下之理，何向而不可成也？

然善官人者，必先省其官。官省，则善人易充，善人易充，则事无不理。官烦，则必杂不善之人。杂不善之人，则政必有得失。故语曰："官省则事省，事省则人清；官烦则事烦，事烦则人浊。"清浊之由，在于官之烦省。案今吏员，其数不少。昔人殷事广，尚能克济，况今户口减耗？依员而置，犹以为少。如闻在下州郡，尚有兼假[④]，扰乱细人，甚为无理。诸为此辈，悉宜罢黜，无得习常。

① 宁生：春秋时卫国人宁戚，一作宁越。后入齐境。喂牛车下，适遇齐桓公出郊，他敲打着牛角而吟歌，桓公识其奇才，后命为上卿。 ② 管夷吾：即管仲，佐齐桓公成霸业。他在受重任前曾打过三次败仗。 ③ 瑰：guī 圭。 ④ 兼假：此处指一官设两人或多人，或挂名为官，实无职掌。

非直州郡之官，宜须善人，爰至党族闾里正长之职，皆当审择，各得一乡之选，以相监统。夫正长者，理人之基。基不倾者上必安。

凡求贤之路，自非一途。然所以得之审者，必由任而试之，考而察之。起于居家，至于乡党，访其所以，观其所由，则人道明矣，贤与不肖别矣。率此以求，则庶无愆悔矣。

其五，恤狱讼，曰：

人受阴阳之气以生，有情有性。性则为善，情则为恶。善恶既分，赏罚随焉。赏罚得中，则恶止而善劝；赏罚不中，则人无所措手足①，则怨叛之心生。是以先王重之，特加戒慎者，欲使察狱之官，精心悉意，推究根源。先之以五听②，参之以证验，妙睹情状，穷鉴隐伏，使奸无所容，罪人必得。然后随事加刑，轻重皆当，舍过矜愚，得情勿喜。又能消息情理，斟酌礼律，无不曲尽人心，而远明大教，使获

① 此下《周书·苏绰传》多“民无所措手足”一句。《北史》删掉后，使原来层层递进的文法不够明确，且两“则”字迭用，显得滞重。今译文中加上此句。 ② 五听：听理狱讼的五个方面，即：言语、神色、气息、听觉、眼光。讼者持之有理，就会言语直切、神色安然、气息平稳、听觉灵敏、目光不乱，反之则不然。

罪者如归。此则善之上者也。然宰守非一，不可人人皆有通识，推理求情，时或难尽。唯当率至公之心，去阿枉之志，务求曲直，念尽平当。听察之理，必穷所见，然后拷讯以法，不苛不暴，有疑则从轻，未审不妄罚，随事断理，狱无停滞。此亦其次。若乃不仁恕而肆其残暴，同人木石，专用捶楚。巧诈者，虽事彰而获免；辞弱者，乃无罪而被罚。有如此者，斯则下矣，非共理所寄。今之宰守，当勤于中科，而慕其上善。如在下条，则刑所不赦。

又当深思远大，念存德教。先王之制曰：与杀无辜，宁赦有罪；与其害善，宁其利淫。明必不得中，宁滥舍有罪，不谬害善人也。今之从政者则不然，深文巧劾，宁致善人于法，不免有罪于刑。所以然者，非皆好杀人也，但云为吏宁酷，可免后患。此则情存自便，不念至公，奉法如此，皆奸人也。夫人者，天地之贵物，一死不可复生。然楚毒之下，以痛自诬，不被申理，遂陷刑戮者，将恐往往而有。是以自古以来，设五听三宥之法[①]，著明慎庶狱之典，此

① 五听：已见前注。三宥：指对犯人可以从宽处理的三种情况。一是不识，即不审，如错把他人当仇人杀害；二是过失，即误伤人命；三是遗忘，如先知某人在某处，偶尔遗忘，投枪射箭而伤人。见《周礼·司刑》。

皆爱人之甚也。凡伐木杀草，田猎不顺，尚违时令而亏帝道；况刑罚不中，滥害善人，宁不伤天心，犯和气！和气损而欲阴阳调适，四时顺序，万物阜安，苍生悦乐者，不可得也。故语曰，一夫吁嗟，王道为之倾覆，正谓此也。凡百宰守，可无慎乎！

若深奸巨猾，伤化败俗，悖乱人伦，不忠不孝，故为背道，杀一利百，以清王化，重刑可也。识此二途，则刑政尽矣。

其六，均赋役，曰：

“圣人之大宝曰位。何以守位，曰仁。何以聚人，曰财。”明先王必以财聚人，以仁守位。国而无财，位不可守。是故三五以来，皆有征税之法。虽轻重不同，而济用一也。今寇逆未平，军国费广，虽未遑减省，以恤人瘼，然宜令平均，使下无怨。平均者，不舍豪强而征贫弱，不纵奸巧而困愚拙，此之谓均也。故圣人曰“盖均无贫。”

然财货之生，其功不易。纺纴织绩，起于有渐，非旬日之间，所可造次，必须劝课，使预营理。绢乡先事织纴，麻土早修纺绩。先时而备，至时而输，故王赋获供，下人无困。如其不预劝诫，临时迫切，复恐稽缓，以为己过，捶扑交至，取办目前。富商大贾①，缘兹射利，有者从之贵买，无者与之举息。输税之人，于是弊矣。

租税之时，虽有大式，至于斟酌贫富，差次先后，皆事起于正长，而系之于守令。若斟酌得所，则政和而人悦；若检理无方，则吏奸而人怨。又差发徭役，多不存意，致令贫弱者或重徭而远戍，富强者或轻使而近防。守令用怀如此，不存恤人之心，皆王政之罪人也。

周文甚重之，常置诸坐右。又令百司习诵之，其牧守令长非通六条及计帐者，不得居官。

自有晋之季，文章竞为浮华，遂以成俗。周文欲革其弊，因魏帝祭庙，群臣毕至，乃命绰为《大诰》②，奏行之。……自是之后，文笔皆依此体。

绰性俭素，不事产业，家无余财。以海内未平，常以天下为己任。博求贤俊，共弘政道，凡所荐达，皆至大官。周文亦推心委任，而无间言焉。或出游，常预署空纸以授绰，若须有处分，则随事施行。及还，启知而已。绰常谓为国之道，当爱人如慈父，训人如严师。每与公

① 贾：gǔ 古。 ② 大诰：儒家经典《尚书》中的一篇，相传为周公所作。这种文章格调呆板，完全仿行，不适应文学的发展，实际上是不能通行的。后文说："文笔皆依此体"，不是事实。

卿议论，自昼达夜，事无巨细，若指诸掌。积思劳倦，遂成气疾。十二年，卒于位，时年四十九。

周文痛惜之，哀动左右。及将葬，乃谓公卿等曰："苏尚书平生谦退，敦尚俭约。吾欲全其素志，便恐悠悠之徒，有所未达；如其厚加赠谥，又乖宿昔相知之道。进退惟谷，孤有疑焉。"尚书令史麻瑶越次而进曰[①]："昔晏子[②]，齐之贤大夫，一狐裘三十年。及其死也，遣车一乘。齐侯不夺其志。绰既操履清白，谦挹自居，愚谓宜从俭约，以彰其美。"周文称善，因荐瑶于朝廷。及绰归葬武功，唯载以布车一乘。周文与群公，皆步送出同州郭外[③]。周文亲于车后酹酒而言曰："尚书平生为事，妻子兄弟不知者，吾皆知之。惟尔知吾心，吾知尔意。方欲共定天下，不幸遂舍吾去，奈何！"因举声恸哭，不觉卮坠于手。至葬日，又遣使祭以太牢，周文自为其文。

绰又著《佛性论》、《七经论》，并行于世。周明帝二年[④]，以绰配享文帝庙廷。子威嗣。

---

① 尚书令史：官名，设于尚书各曹，主文簿。 ② 晏子：即晏婴。 ③ 同州：治武乡，今陕西大荔。 ④ 周明帝：即宇文毓，其在位的第二年为公元558年。

【翻译】

苏绰字令绰，武功郡人，曹魏侍中苏则的第九代孙，他的祖辈好几代人都作郡的行政长官。父亲名协，官任武功郡太守。

苏绰年轻时很爱学习，博览群书，尤其精于计算之法。他的从兄苏让由京官出任汾州刺史，周文帝宇文泰在长安城外为他饯行。临别之时，周文帝问苏让："您家子弟之中，谁可任用？"苏让于是推荐了苏绰。周文帝就把苏绰召来，任命他为行台郎中。在位一年多，还没得到周文帝的赏识，但行台各部门的官员遇到疑难不决的事情，总是向他求教才作决定。对各部门发送的公文，苏绰又分门别类地为他们拟定行款格式，行台官员都称赞他的才干。一次周文帝与仆射周惠达讨论政事，惠达答不上来，请允许出外找人商议。于是召来苏绰，把所讨论的事情告诉他，苏绰即刻为他酌情裁定。惠达入内呈报，周文帝连声叫绝，并问他说："是谁替你出这个主意的呢？"惠达以苏绰作答，接着称赞他有辅佐帝王的才能。周文帝说："我也听说很久了呢。"不久他就任命苏绰为著作佐郎。

当周文帝与公卿去昆明池观光打鱼，走到城西的汉代仓池故地时，周文帝环顾问询左右的人，没有一个知道的。这时有人说："苏绰见多识广，请问他吧。"周文帝于是召来苏绰，向他询问，苏绰就把有关仓池的情况一清二楚地告诉了他。周文帝十分高兴，接着又向他询问许多事，从盘古王开天地起，问到历代兴盛衰亡的过程。苏绰既有口才，应对如流，滔滔不绝。周文帝对他更加赞赏，于是和他并马徐行，边走边谈，到了昆明池，连观光打鱼的事也忘记了，竟没张网就返回长安城中。接着又把苏绰留在府中，一直到夜间，继续向他咨询治理国家的大政方略，自己躺下静听。苏绰既向他详细陈述了帝王安邦定国的根本道理，同时也谈了法家代表人物申不害、韩非子学说的精要所在。周文帝听得竟从床上爬了起来，整理衣襟，正身长跽，时而移身向前，不知不觉地跽行到了前席，这样一直谈到东方发白都不觉厌倦。第二天一早，周文帝对周惠达说："苏绰真是个奇才，我现要委任他处理大政。"周文帝立即授予苏绰大行台左丞职位，让他参与处理机要事务。从此周文帝对苏绰的信任、待遇日益隆重。这时苏绰开始制定公文、案卷的法规条例，又规定行台发出的文件用红笔，呈送行台的文书墨笔，并制定了财政预算收支簿帐和户籍登记的方法格式。

大统三年，齐神武帝分三路入侵，诸将都主张分兵抵挡，只有苏绰的想法和周文帝相同。于是集中兵力抵御窦泰，在潼关将他生擒了。朝廷封苏绰为美阳县伯。

大统十一年，苏绰被任命为大行台度支尚书，又负责著作事，兼任司农卿。

此时周文帝正想改革时政，努力扩展富民强国的路子，所以苏绰得以尽力发挥他的聪明才智，辅佐周文帝成就大事。他建议减官员、置二长，并兴置屯田，以助军政开支。他又草拟了六条诏书，奏请施行。

第一条先修心说：

当今所有的州郡县长官，都是由朝廷任命，出治一方，从他们的地位尊贵来讲，都相当于古代的诸侯。所以前代帝王总是这样说：和我一起共同治理天下的，只不过优秀的郡守县令罢了。这就说明虽然朝廷明知各部门长官各有各的职掌，但作为治理民众的基础，则以郡守、县令最为重要了。凡属治理民众的人，自己当先进行内心修养。内心是一身的主宰，各种性行产生的根源。内心不清静，就会胡思乱想；胡思乱想，就会看不清事理；看不清事理，就分不清是非。是非既然分不清，那么一身都不能自理，还怎么能治理民众呢？所以说治理民众的关键，在于清心而已。这里所说的清心，不是指不贪图财产货物，而是要让心气清和，志意端静。做到了心气清和、志意端静，那么歪邪的念头就无从产生；歪邪的念头不产生，那么考虑任何事情便无不合符大公无私的道理。用大公无私的道理去治理属下的民众，那么下民谁不顺从你的教化呢？所以说治理民众的根本在于先治心。

其次又在于治身，凡帝王之身，是百姓的表率、一国的目标，有如测日影的标竿、习射的箭靶。标竿不正，不可能求得直影；箭靶不显，不可以责人射中。现在帝王如不能自治一身，而企图治理天下百姓，就如用弯曲的标竿而强求日影直；帝王不能修养自己的性行，而要求百姓修养性行，就如没有箭靶却责人射中。所以作为一个帝王，必须心如清水，形如白玉，身体力行仁义、孝悌、忠信、礼让、廉平、俭约，然后再加上勤政不懈、明察秋毫。对这八个方面加以身体力行并用它去训导自己的臣民，所以臣民既敬畏又爱戴他，既遵从又仿效他，美好的性行不待家家教日日见而自然地养成了。

第二条敦教化说：

以天地的博大，生育万物，却只有人才是尊贵的。这是因为明白人有中正淳和的心志，仁爱宽厚的性行，有别于木石，不同于禽兽，所以才显得尊贵啊。但人性不是一成不变，而是随教化转移的。受到淳厚朴实的教化就正直，受到虚伪诡诈的教化就浮薄。浮薄是一种衰落败坏的风气，正直是一种淳厚和善的习俗。风气衰败，各种变乱就会交替而作；习俗淳和，普天之下就会自然安宁。自古以来，安危兴亡，无不是由教化的内容决定的。

然而社会风气的败坏，已有好几百年，朝廷发生大乱且乱势不断滋长，至今将近 20 年。民众看不到德义所在，听到的尽是斩杀纷争；执政者全不施行教化，使用的仅是酷刑苛罚。而我国家重振纲纪的事业刚刚起步，叛逆作乱还未平定，加上战争不断，灾荒连年，各种制度都才开始建立，大多还是权宜之计。致使礼敬谦退的道德风尚没能兴行，风俗未归于淳正。近年以来，收成较好，劳役、赋税有所减轻，眼下温饱不成问题，教化的事就可进行了。所有的州郡县长官，都要清醒头脑、端正思想，秉承朝廷的命令，对下施行教化。

所谓化，贵在能以纯朴的风尚去倡导，以清和的心气去浸润，以道德行为去待遇，以朴素作风去示范，使百姓的心境自然而然地一天天趋于完美，那些邪恶诡诈的念头、贪得无厌的习性，暗自消解而不知是怎样达到这种境界的，这才叫做化啊。然后再用孝敬、友爱去教导，使民众有慈爱之心；用宽厚、和顺去教导，使民众和睦相处；用礼义廉耻去教导，使民众诚敬谦让。有慈爱之心就不会遗弃他的亲人，能和睦相处就不会相互怨恨，有诚敬谦让的风范就不会对身外之物斤斤计较。具备以上三个方面，那么帝王安邦定国的大要就有了。这就称作教。前代君王之所以能改变当时的歪风邪气，使它回归淳正朴实，垂肩拱手、端坐朝堂而治理天下并达到国泰民安的，无不是通过教化来加以实现的。这就是说，教化是帝王治理天下的重要方法啊。

第三条尽地利说：

人生于天地之间，穿衣吃饭是生命攸关的头等大事。粮食不足就会挨饿，衣装缺乏就不免受冻。在民众身受饥寒侵逼的时刻，却要求他们兴行礼义廉让的风尚，这就如同要弹丸向坡上滚，势必办不到。所以古代英明的君主懂得这个道理，先使民众丰衣足食，然后才兴行教化。而衣食之所以能丰足，在于充分利用土地的生产能力；土地的生产能力之所以能得到充分利用，在于劝导督促耕种得法。主持这项教育工作，就靠各级地方长官了。“民”即就是“冥”的意思，民众知识不足，有时对事情考虑得不那么周全，必须依靠劝诫教导才会尽力去做。每到年初，各州郡县定要戒令本地民众，不论老幼，只要能操持农具的，都令其下到田间，按时耕垦，莫让土地荒芜。当播种完毕之后，苗壮的禾苗需要进行田间管理。麦成熟于田野，蚕结茧于屋中，在这种时节，都应老幼尽力，男女合作，要像泼水救火、防卫寇盗来临般地紧急行动起来，然后才能使农夫不失本业，蚕妇得以进行织造。如有闲荡散漫、早归晚出、好逸恶劳、不致力于耕织的人，那么党正里长就记下他们的名字报告郡县，郡守、县令应根据情况加以处分，处罚一人便能儆戒众人。这才是贤明官长的教育方法。

以一家百亩的土地而言，必经过春耕、夏种、秋收，然后冬天才有粮食可供食用。春、夏、秋这三个季节，是农事的重要月份。如误了一个时节，就不能收获粮食供食用了。所以前代君王告诫说："一农夫不耕种，天下必有人因他而挨饿；一蚕妇不纺织；天下必有人因她而受冻。如在这三个季节，各地长官不留意审时察事，使民众废弃农作，这就如断绝民众的活路而驱赶到死地一般。对于某些缺少劳力及无耕牛的人户，应劝告他们互通有无，使能共同渡过难关。……

凡处理政务不必太细密，过于细密则民众会感到困扰；但劝诫督察也不可太简略，过于简略则民众便会怠惰。善于处理政务的人，必须根据情况变化，结合当时需要，掌握在烦简之间。所以《诗经》

中有一篇这样说："不刚又不柔，布政和悠悠，能求得百福。"如不能做到这样，就必然会陷入法网了。

第四条擢贤良说：

天生平民百姓，不能自身达到完美境界，所以必须设立君王来治理。君王不能独自一身治理天下事，所以必须建置臣僚作为辅佐。上自帝王朝廷，下至诸侯邦国，建置臣僚如能得到贤人充任，那便太平无事，如果失去贤臣就会乱亡，这是自然的道理，任何帝王都改变不了。

当今各级地方长官都建置有僚属，这些都是协助处理政务的人。州刺史的府官则由朝廷任命，刺史府官以下的僚属，都由刺史、郡守自己选任。自往昔以来，州郡的高级属员只凭门第资格选用，多不能选择德才兼备的人；而对低级部门的小吏，又只测试其文笔高下，全不问心志品行。所谓门资，只是前辈的爵位品秩，它并不能保证子孙不愚昧；所谓刀笔，只是学来的一点微末技艺，不会改变心志品行的虚伪诡诈。如在门第高贵的人中获到才德之士，这就如驾驭骏马而驰骋千里；如在门第高贵的人中得到的是愚昧无知的庸才，这就如土牛木马，形貌很像却不管用，不可用来代步行路。如在文笔高妙的人中获得心志品行可嘉的人，那就像有着金子一般的外表、玉石一般的品质，里外都美，实属人中的珍宝；如在文笔之士中得到的是虚伪诡诈的人，那正如在朽木上修饰精美的图案，悦目一时，不能当椽子来作盖屋之用。现在我们选拔人才，应该不限门第资格，只求得到真正优秀的人才。若真能得到十分优秀的人才，就可将养马的奴仆起用为宰相大夫，伊尹、傅说就是这种情况，何况区区州郡的职位呢？假如不是才德之士，就如丹朱、商均那样虽是帝王的后代，不能保住区区百里的封地，更何况公卿的后代呢？这样说来，任用官吏的道理就明白了。

凡属选举中所要求具备的才干、技艺，是因为可以用来治理民众。假如具备才干、技艺，又以正直的心性为根本，他必定会用自己的才艺去做好工作；假如具备才干、技艺，却以歪邪诡诈的心性为根本，他将会凭借自己的官位干坏事，又怎能诱导民众而达到教化兴行的境地呢？因此在选取才干、技艺之前，必须先审察性行，性行优秀的就举荐，性行恶劣的就斥退。

当前负责选举的官员，多说自己那地方没有贤才，不知该举荐谁才好。这种说法没经过认真思考，不是合理的论断。所以要这样批评他们，是因为古人曾这样说：英明的君主兴起，不由天帝赐给辅佐；德行高尚的人创业，不由地神选拔人才。常常是引用当世之人，治理当世之务。所以商、周不可能靠远祖契、稷时的人作臣僚，魏、晋也无法借用萧何、曹参来作辅佐。孔子说："凡有十家人聚居的地方，必有和我一样忠实诚信的人。"哪有民户万家的都市却说无人才的道理呢？只是没用力去寻求，选择不精审，或者是所授的职不适合发挥他的专长，所任的官不能充分施展他的才干，所以才说无贤才罢了。古人说："千人之中的优秀者称作英，万人之中的英才就称作俊。"当今以才智效劳于一官、以性行闻名于一方的人，难道不是近乎英俊的人才吗？只要能用心去审察，斥退徒有虚名的人，选取名实相符之士，各得州郡中最优秀的人才加以任用，那么无论人多人少，都足以兴行教化了。谁说没有贤才呢？

美玉在没剖去表面杂质之前，和砖瓦石头差不多，骏马在没奔驰之时，就跟凡马杂混在一起。当通过剖理而使美玉晶莹，经过奔驰而试出马的足力，然后美玉和石块、名驹和凡马才分辨开来。那些贤士在没被任用之前，混杂在平庸的人群中，又怎么能识别他们呢？关键要把工作交给他们，责成他们把事情办好，才能看出他们与那些平庸的人截然不同。古代的太公望靠杀牛钓鱼为生，百里奚替人养牛，宁戚敲打着牛角吟歌求仕，管仲也曾三战三败，在此时刻，为数众多却无识见的人，难道会称他们为贤才吗？而当他们做了王朝或诸侯大国的辅佐，经过几十年的努力，建立了大功勋，完成了大事业，这才知道他们真是具有奇才异能的人。于是后代的人赞美他们，就不是口说能尽的了。像他们那样异乎寻常的人才，当世无比的俊杰，都不能在未受重用时自异于凡庸的人，更何况不如他们的人呢！假如一定要等有了太公才任用，那就一千年也不会有太公；一定要等有了管仲才委任，那就一百世也不会有管仲。所以要这样说，是由于士人必定是从卑微到显贵，功业必定是由小至大逐渐积累的，哪有未任事却已成大业，不试用却先居高位的呢？如果懂得这个道理，那么就能够寻求到大德大智、出类拔萃的贤才，挑选到技能、性行兼备的人士。得到贤才加以重用，得到有能之士加以差使，那么对天下的治理，还有哪一方面不能成功呢？

然而善于任用官吏的人，必先精简机构。机构精简，这就容易使优秀人才充实到官府中来。人才充实，那么任何事情都会处理得当。机构庞杂，就会混杂恶劣的人,混杂了恶劣的人,政务就必然会出现有得有失的情况。所以有人这样说:“机构精简事就精简,事情精简人就清明;机构繁杂事就繁杂,事情繁杂人就混浊。”清明混浊的由来,在于官府机构的精简与繁杂。按现在官吏员额,数目是不小的。在往昔人多事广的时候,也都能处理好政务,何况现在人户减了不少呢?按照以前的员额建置,有人还认为太少。近来听说下边的州郡还有一官多人、挂名为官的情况,因此烦扰百姓,太没道理。凡属这一类的官吏,全都应当罢免,不准习以为常。

不仅仅是州郡的官吏需要优秀的人才,就是乡间正、长一类职事,也都应该精心选才,使各自能够选出一乡中最有德望的人,以统率一乡的民众。党正里长是治理民众的基础,基础不倾斜,居于上位的就必定安稳了。

寻求贤才的途径,自然并非一条。然而怎样审慎地选拔他们,必定要通过安排工作以测试他们的能力,考核成绩以判别他们的优劣。又从家庭到乡间,了解他们思想依据的是什么,观察他们的行为怎么样,这样对他们做人的根本就搞清楚了,贤良和卑劣的人就区别开了,用这样的方法来选取人才，大概可以无过失了吧。

第五条恤狱讼说：

人是感受阴阳二气而生的，所以有情有性。性发于外就行善，情发于外就作恶。善恶既已区别，赏罚随后运用。赏罚得当，那么恶行被制止而善行得到鼓励；赏罚不当，那么民众就不知怎样做才好，连手脚都不知该放在什么地方；民众到了这种动辄受罚的地步，怨恨反叛的心就产生了。所以古代君王重视赏罚，特别加以告诫，要求慎重对待，就是要使审理刑案的官员精密周详地考察、推究案情的根源。首先要从五个方面听案，再参考其他证据，深察细节，探明隐情，使诡诈之人不能藏奸，犯罪之人必定捉拿归案。然后根据不同情况的判刑，轻重都要适当，宽容过失犯罪、原谅愚弱触法。判明实情也不能自鸣得意，还要能参考人情事理，融会礼制，无不委婉地尽到人情而深明仁义之教，使获罪的人如回到家中。这才是处理刑狱的最好方式啊。然地方长官并非一人，不可能人人都有通达的识见，推求情理，也有难以详尽的时候。只是当本着至公至正的心，去除曲意奉迎、挟情袒护之念，尽可能判明是非曲直，以谋求所有判处都平允得当。听诉和审查的方法，必须先把所能发现的表面上的问题追查清楚，然后按规定用刑审讯，不苛不暴。有疑问就从轻发落，没搞清楚就不要乱罚，及时解决处理，使狱案不至于拖延积压。这样处理狱讼，也算较好的。至于不用仁厚宽恕的方式，而尽用残暴的手段，把民众看作木石，专用鞭抽棍打。那些善于诡诈巧言的人，虽然罪情明白却被免于治罪；那些不善言词的人竟然无罪而遭刑罚。有像这样对待狱讼的，那就是最下等的了，不是共理天下大业所可依赖的。当今地方各级长官，应在努力做到中等的基础上向最好的看齐。如在下等，那么刑律是不会宽饶他的。

此外又应深刻地考虑到远大的事业，心中要有以德化人的观念。古代君王有这样的规定：与其杀害无辜，宁可宽恕有罪；与其伤害善良，宁可便宜奸邪。这就指出，在确知不可能处置得当时，宁可错免有罪的人，也不误伤好人。现在从政的人就不是这样，他们固执法律条文，想方设法去罗列过失，宁可造成好人受罚的后果，也不让有罪的人逃出刑网。他们之所以这样做，都不是喜欢杀人，只是认为当官宁可严厉一些，可免除将来因漏判罪人而受罚的忧患。这样做就是存利己的心，而不考虑是否符合至公无私之理，像这样奉行法令的，都是奸邪的人。人是天地所生万物中最珍贵的，一死不可复生。然而在施加酷刑的情况下，因忍受不了痛苦而自认有罪，不经再审就遭杀害，恐怕时时处处都会有的。所以自古以来，制订了从五个方面听理狱讼、对三种情况从宽处理的规则，著述了明察细审各种狱讼的典章，这些都是十分珍惜人命的做法。凡是伐木、割草、打猎不依时节，都会违犯有关时节的政令而损害帝王的政道；何况刑罚不当，乱杀好人，难道能不让老天爷伤心，能不触犯和气吗！既伤和气却又想阴阳二气协调合度、春夏秋冬四时按规律演变、万物昌盛平安、天下民众喜乐，这是办不到的。所以有人这样说：一人愁叹，帝王的政道因此毁失，正说的是这种情况啊。所有的地方长官们，能不审慎吗！

如果是老奸巨猾，伤教化、败风俗、违背道德、紊乱伦理、不忠不孝，这当然是和帝王的教化背道而驰的，杀掉一人而有利众人，使帝王的教化清明，虽用重刑也是可以的。明确了或重或轻这两个方面，那么刑政就完备了。

第六条均赋役说：

“贤德的人最宝贵的是地位。用什么来守住地位呢，是靠对民众的仁爱；用什么来聚集民众呢，这就是财富。”上面的话表明，前代君王必定是用财富来聚集民众，用仁爱保守地位的。作为一个国家而没有财富，国家的地位就保不住。所以从三皇五帝以来，都有征税之法，虽然轻重不同，但供聚民之用是一致的。当今寇盗叛逆还没平息，军务朝政的开支很大，虽没来得及减省，以抚慰百姓的疾苦，但应使平均，使民众无怨言。所谓平均，就是不免除豪强而只向家贫势弱的人征收，不纵容奸猾诡诈的人而又使愚昧笨拙的人受困。所以圣人孔子说：“只要公平就无贫困。”

然而生产财物的工作也不是容易的。从纺线到织成绢布，是由一丝一线逐渐完成，不是短期内所能办到的。所以必须告诫督促，使她们预先经营料理。栽桑养蚕的地区预先从事绕丝织绢，产麻的地区早早进行纺线织布。提前作好准备，到时就能交纳，所以朝廷的赋调既得到供给，而民众又不感到困扰。如果不预先劝戒，到了征收期限紧迫的时候，又担心拖延公务而成了自己的过失，于是鞭棍交替抽打，责令马上备办交纳。那些富有的商人贩子，趁此机会牟取暴利，有钱的出高价向他买，无钱的只好向他借贷付息。交纳赋税的人于是就遭殃了。

征收租税的时候,虽然有基本的规定,至于考虑贫富差别,排列先后秩序,这些事都由党正、里长提出初步意见,而由郡守、县令决定。如果考虑得很周到,那么就能做到政事和美而民众喜悦;假如审核安排不得法,就会出现官吏作弊而民众愁怨的情况。此外分派徭役,官吏多不用心,致使贫困力弱的人或许服重役而去远方戍守,富足力强的人或许被轻差而在近地防守。郡守、县令考虑问题是这样草率,不存一点怜悯同情民众的心,都是违背帝王政道的罪人。

周文帝对苏绰草拟的六条诏令十分重视,常把它放在座位右边。他又令各部门官员学习、背诵,尤其是州刺史、郡太守、县长县令,凡不通晓六条诏令和计帐之法的,不准上任。

自晋朝末年,许多文人争作辞藻华丽而没实际内容的文章,后来就形成一种风气。周文帝想要革除文风的弊病,趁西魏文帝祭祀宗庙,群臣全部会集,就命苏绰撰写了一篇《大诰》,奏请魏帝颁行。……从这以后,文章的格调都依照这种体制。

苏绰有俭约朴素的习尚,不经营私人的田产和手工作业,因而家中没有多余的财物。他以四海不安,常把治理天下当作自己的责任。他广泛寻求优秀人才,共同扩展富民强国的道路，凡经他推荐上去的人，都做了高官。周文帝也是诚心诚意地委任他，从不说闲话。有时外出巡游，常预先在白纸上签署自己的名号而交给苏绰，如有需要处理的事，就及时安排施行。等他回来，只告诉一下就行了。苏绰常认为治理国家的基本作法，应是爱护民众就像一位慈祥的父亲，教导民众就象一位严格的教师。他常不分日夜地和朝廷大臣商讨问题，无论事情大小，都如筹划掌握于手掌之上。长期地用脑过度，使他疲惫不堪，于是就得了气血不通的重病。大统十二年，苏绰死在任上，时年 49 岁。

周文帝对苏绰的死十分惋惜，哀伤的情景使左右的人感动。到了即将安葬的时刻，周文帝就对公卿等说："苏尚书平生谦退，注重俭约，我想成全他一贯的志向，就怕一般人不能完全明白我的心意；如果赠给丰厚财物和高官美谥，又违背了往常挚友知交的情义。左右为难，我真不知怎样办才好。"尚书令史麻遥由后座走上前说："古有晏婴，是齐国德行高尚的大臣，一件狐皮衣穿了 30 年。当他死的时候，只派了一辆车送葬，这说明齐侯不强改晏婴的志向。苏绰既然操行清白，以谦逊礼让自处，我认为丧事应该从俭，使他的美德发扬光大。"周文帝称赞他的见解不错，于是把他推荐给朝廷。到苏绰归葬武功时，只用布蓬车一辆载送他的灵柩。周文帝和其他朝廷大员都步行送出同州城外。周文帝亲自在车后洒酒祭奠，并说："尚书您一生做事，妻儿兄弟不知的我都知道。唯有您知我的心，我知您的意。正想共同安定天下，不幸这就离我而去了，奈何！"接着放声痛哭，连酒杯掉落地上都没感觉到。到了下葬的那一天，周文帝又派人用太牢祭奠，并亲自撰写了祭文。

苏绰还著有《佛性论》、《七经论》，都流行于世间。周明帝即位的第二年，以苏绰配享周文帝的庙廷。苏绰的儿子苏威继承了他的爵位。

柳 庆 传

一个国家或政权要想兴旺发达，首先要有正确的政治纲领和一套切实可行的制度措施。在纲领、措施制订之后，关键又在如何选拔官员去贯彻执行，而不是把它束之高阁。西魏以“六条诏书”为纲，又附以其他条制，并令百官习诵，“牧守令长非通六条及计帐者不得居官”，这对西魏、北周政权的发展是至关重要的。选在这里的《柳庆传》，从某个侧面反映了西魏、北周的吏治。

柳庆（517—566 年）是河东郡解县（今山西运城市）人。本传通过他处理的几个案件，体现了他犯颜直谏、不畏强暴的精神和洞察隐伏的断狱能力，是按照“六条诏书”中“恤狱讼”精神办事的。一个政权中这样的官吏多一点，事情就好办了。

庆字更兴。幼聪敏有器量，博涉群书，不为章句，好饮酒，闲于占对。年十三，因暴书，父僧习试令庆于杂赋集中取赋一篇千余言[①]，诵之，庆立读三遍，便诵之无所漏。时僧习为颍川郡守，地接都畿，人多豪右。将选乡官，皆依贵势，竞来请托。选用既定，僧习谓诸子曰：“权贵请托，吾并不用。其使欲还，皆须有答。汝等各以意为吾作书。”庆乃具书草。僧习读，叹曰：“此儿有意气，丈夫理当如是。”即依庆所草以报。起家奉朝请[②]。……

孝武将西迁，庆以散骑侍郎驰传入关。庆至高平[③]，见周文，共论时事。周文即请奉迎舆驾，仍令庆先还复命。时贺拔胜在荆州，帝屏左右谓庆曰：“朕欲往荆州，何如?”庆曰：“关中金城千里，天下之强国也。荆州地无要害，宁足以固鸿基?”帝纳之。及帝西迁，庆以母老不

① 杂赋集：赋作为一种文体，又分古赋、俳赋、律赋等不同风格，把不同风格的赋收罗在一起的文集就叫杂赋集。
② 起家：从家中征召出来做官，多指首次出任官职。奉朝请：官名，为皇帝侍从官。 ③ 高平：城名，在今宁夏固原市，为高平县、高平郡的治所。

从。独孤信之镇洛阳，乃得入关。除相府东阁祭酒①。

大统十年②，除尚书都兵郎中③，并领记室④。时北雍州献白鹿⑤，群臣欲贺。尚书苏绰谓庆曰："近代已来，文章华靡，逮于江左，弥复轻薄，洛阳后进⑥，祖述未已。相公柄人轨物⑦，君职典文房⑧，宜制此表，以革前弊。"庆操笔立成，辞兼文质。绰读而笑曰："枳桔犹自可移⑨，况才子也！"

寻以本官领雍州别驾⑩。广陵王欣，魏之懿亲。其甥孟氏，屡为凶横。或有告其盗牛，庆捕得实，趣⑪令就禁。孟氏殊无惧容，乃谓庆曰："若加以桎梏，后独何以脱之？"欣亦遣使辨其无罪。孟氏由此益骄。庆乃大集

---

① 东阁祭酒：丞相府属官，掌接待宾客等事宜。 ② 大统十年：即公元544年。 ③ 都兵郎中：尚书都兵曹负责人。 ④ 记室：官名，掌撰写文书，上报章奏，略同现代秘书。一般三公、丞相、将军开府者都设此职，或称记室令史，或称记室参军，简称记室。 ⑤ 北雍州：治泥阳，今陕西耀县。 ⑥ 洛阳：代指孝文迁洛后的北魏、东魏统治区。后进：即晚辈，此指在文化方面落后一些。 ⑦ 相公：指周文帝宇文泰，时为西魏丞相，故苏绰尊称相公。 ⑧ 职典文房：指柳庆官为记室，负责撰著。 ⑨ 此句出《周礼·考工记》序："桔踰淮而北为枳。"又《晏子春秋》："桔生淮南则为桔，生于淮北则为枳。"喻物因环境变化而改变性质。 ⑩ 雍州：治长安，今西安市西北。别驾：官名，州刺史的佐吏，位仅次刺史。 ⑪ 趣：cù促。

僚吏，盛言孟氏倚权侵虐之状。言毕，令笞杀之。此后贵戚敛手。

有贾[1]人持金二十斤诣京师，寄人居止。每欲出行，常自执管钥。无何，缄闭不异而并失之。谓主人所窃。郡县讯问，主人自诬服。庆疑之，乃召贾人曰："卿钥恒置何处？"对曰："恒自带之。"庆曰："颇与人同宿乎？"曰："无。""与同饮乎？"曰："日者曾与一沙门再度酣宴，醉而昼寝。"庆曰："沙门乃真盗耳。"即遣捕沙门，乃怀金逃匿。后捕得，尽获所失金。……

又有胡家被劫，郡县按察，莫知贼所，邻近被囚者甚多。庆以贼是乌合，可以诈求之。乃作匿名书，多榜官门曰："我等共劫胡家，徒侣混杂，终恐泄露。今欲首伏，惧不免诛。若听先首免罪，便欲来告。"庆乃复施免罪之牒。居二日，广陵王欣家奴面缚自告牒下[2]，因此尽获党与。庆之守正明察，皆此类也。每叹曰："昔于公断狱无私，辟高门以待封[3]。傥斯言有验，吾其庶几乎！"……

---

① 贾：gǔ 古。 ② 面缚：按传统的解释，指反绑双手，面部向前。 ③ 于公高门待封：这是一个典故，据《汉书》记载，于公家门毁坏，乡中父老相约修治，于公让把门修高大一些，使四匹马拉的高盖车能通过，说自己断狱清明，积有阴德，子孙必做高官，后来他的儿子果然做了宰相。

周文尝怒安定国臣王茂①，将杀之，而非其罪。朝臣咸知，而莫敢谏。庆乃进争之。周文逾怒曰："卿若明其无罪，亦须坐之。"乃执庆于前。庆辞气不挠，抗声曰："窃闻君有不达者为不明，臣有不争者为不忠。庆谨竭愚诚，实不敢爱死，但惧公为不明之君耳。"周文乃悟而赦茂，已不及矣。周文默然。明日，谓庆曰："吾不用卿言，遂令王茂冤死。可赐茂家钱帛，以旌吾过。"……

周孝闵帝践祚②，赐姓宇文氏，进爵平齐县公③。晋公护初执政④，欲引为腹心。庆辞之，颇忤旨。又与杨宽有隙，及宽参知政事，庆遂见疏忌，出为万州刺史⑤。明帝寻悟，留为雍州别驾，领京兆尹⑥。……

先是，庆兄桧为魏兴郡守⑦，为贼黄众宝所害。桧子三人皆幼弱，庆抚养甚笃。后众宝归朝，朝廷待以优礼。居数年，桧次子雄亮白日手刃众宝于长安城中。晋公护

① 安定国臣：指宇文泰封国内建置的臣僚。宇文泰受封为安定郡公。 ② 孝闵帝：宇文泰之子宇文觉，公元557年即位，称天王，周武帝宇文邕即位后谥为孝闵皇帝。 ③ 平齐县：今属未详。 ④ 晋公护：宇文泰的兄子，在北周前期执掌朝政，后为周武帝所杀。 ⑤ 万州：治石城，今重庆达州。 ⑥ 京兆尹：官名，即京兆郡太守，因属京都所在，故称尹。京兆治长安，今西安市西北。 ⑦ 魏兴：郡名，治所在今陕西山阳县西北。

闻而大怒，执庆诸子侄皆囚之，让庆擅杀人。对曰：“庆闻父母之仇不同天，昆弟之仇不同国。明公以孝临天下，何乃责于此乎？”护逾怒，庆辞色无屈，竟以俱免。卒。赠鄜、绥、丹三州刺史①，谥曰景。

【翻译】

柳庆字更兴，从小聪明机智有器度。他广泛地涉猎各方面书籍，不咬文嚼字，喜欢饮酒，善于应变答对。他13岁那年的某一天，父亲柳僧习趁他在外晒书，试让他从杂赋集中找出一篇千多字的文章来背诵。柳庆立即读了三遍，就能一字不漏地背了出来。那时柳僧习任颍川郡太守，颍川这地方与京都洛阳接壤，境内居住的多是有后台的豪门大族。到了将选乡官的时候，这些人便依仗权贵势力，争先恐后来嘱托。乡官的选用决定之后，柳僧习对自己的几个儿子说：“权贵私相嘱托的人我都不委用，但他们派来的人将要返回，总应该有个答复，你们各按自己的看法替我写封回书。”柳庆于是草拟一篇呈上。柳僧习看完之后感叹地说：“我这儿子有志气有胆量，男子汉应该是这样。”随即按柳庆所拟的书信分

---

① 鄜州：治中部，今陕西富县南。绥州：治今陕西绥德县。丹州：治今陕西宜川县。

报各家。后来柳庆从政，最初作奉朝请。……

在孝武帝西迁前，柳庆奉命以散骑侍郎的身份乘驿车奔入关中。他到达高平城，见到周文帝，共同商讨当时的朝政大务。周文帝立即请求恭迎孝武帝入关，仍令柳庆先返洛阳回报。当时贺拔胜在荆州，孝武帝支开左右的人，然后对柳庆说："我想去荆州，你认为怎么样？"柳庆回答说："关中广阔千里，固若金汤，是天下强盛的一方。荆州无险要的地势，哪足以巩固帝王宏大的基业？"孝武帝采纳了他的意见。当孝武帝西迁时，柳庆因母亲年迈而没有随行。到独孤信坐镇洛阳时，他才得以进入关中，被任命为丞相府东阁祭酒。

大统十年，柳庆被任命为尚书都兵郎中，并代理记室。此时北雍州献上白鹿，群臣都想上表庆贺。尚书苏绰对柳庆说："近代以来，文章追求华丽，到了东晋以后，就更加虚浮，洛阳方面后来一步，还在不停地摹习仿效。宇文丞相统率民众、创立法度，你的职务正好是负责文书工作，应该撰写这道贺表，用以革除前代文风的弊病。"柳庆提笔就写，不一会工夫就完成了，并且词句既质朴又不乏文采。苏绰看了笑着说："枳和桔都可自改它们的特性，何况是才子呢！"

不久，柳庆以本官都兵郎中的身份兼任雍州别驾。广陵王元欣是魏帝的至亲，他的外甥孟氏常干些凶狠蛮横的事。有人告他盗牛，柳庆查获实情，即刻下令把他关押起来。孟氏一点也不害怕，竟这样对柳庆说："今天你如给我戴上脚镣手铐，难道就不想一想今后怎么样脱掉它？"元欣也派人来申辩孟氏无罪，孟氏因此更加骄横。柳庆于是大集州府的僚佐属吏，充分地揭露了孟氏依仗权贵欺压残害百姓的罪状。话一说完，就下令用杖把孟氏打死了。从此以后，权贵之家再也不敢胡作非为了。

又有一案，一位商人带着20斤金子到京城，寄住在民户家中。他每将外出，常把自己住房的钥匙带在身边。没多久，房门还是照常锁住的，金子却全不见了。商人认为是房东窃取，于是告到官府。郡县用刑拷问，房东被迫供认了这一不实的罪名。柳庆对这个案子有怀疑，于是把商人召来询问："你的钥匙常放在什么地方？"回答说："常带在身边。"柳庆问："你曾与人同住么？"回答说："没有。"又问："你曾与人一起饮酒吗？"商人回答说："丢失金子的那天曾与一个和尚两次痛饮，喝醉后大白天就睡了。"柳庆断言说："那和尚才是真正的盗贼啊。"立即派人捉拿和尚，那和尚竟带着金子逃跑并躲藏起来。过些日子，还是把那和尚抓住了，商人被盗的金子也尽数查获。……

又有一家姓胡的被抢劫，郡县官吏审问追查，没人知道强盗藏身的地方，附近邻居被怀疑而囚禁了许多人。柳庆认为盗贼是乌合之众，可以巧设一个花招来捕捉。于是他假造了一些匿名信，分贴在好些官府门上，信中说："我等合伙抢劫胡家，同伴什么样的人都有，恐怕终究要泄露出来。现在想要自首伏罪，又怕难免一死。如果允许先自首的免罪，我就愿来告发。"接着柳庆又张贴了一道免罪的文牒。过了两天，广陵王元欣的一个家奴反绑双手到文牒前自首，因此将犯罪团伙一网打尽。柳庆主持公道、明察秋毫的事迹，都是这一类的。他常感慨地说："汉代的于公自称断狱无私，开了一道高门以备子孙封高官、乘高车时用。倘若他这话有应验，我大概也和他差不多吧！"……

周文帝曾被安定国的臣僚王茂激怒，将要杀掉他。王茂其实并无罪过，朝廷众臣都很清楚，却就是没人敢去劝谏。于是柳庆上前力争，周文帝更加气愤，说："你如要辨明他无罪，也当处治。"于是就把柳庆当场捉拿。柳庆面不改色，语气不屈，慷慨地说："我私下听说，君王有处事不当的地方就是不明，臣下有见错不争的时候就是不忠。我愿尽到自己的忠心，实在不敢悋惜一死，只怕您会成为不明的君主了。"周文帝这才醒悟过来，下令赦免王茂，可是已经行刑，来不及了。此时周文帝默默无语。第二天，他对柳庆说："我没采纳你的意见，以致让王茂含冤而死，可赐给他家钱和绢帛，以表明他的死是由我的过失造成的。”……

北周孝闵帝即位，柳庆被赐姓宇文氏，进爵为平齐县公。此时晋公宇文护刚开始执掌朝政，想拉拢柳庆作心腹。柳庆谢绝了，因此大违宇文护的心意。柳庆又和杨宽有矛盾，当杨宽参决朝政时，柳庆就被疏远疑忌，遣出京都去作万州刺史。还没等他出发，周明帝就醒悟了，留他在京任雍州别驾，兼任京兆尹。……

先前，柳庆的兄长柳桧任魏兴郡太守，被寇贼黄众宝杀害。当时柳桧的3个儿子都年幼力弱，柳庆抚养他们，很是厚道。后来黄众宝归顺朝廷，朝廷用优厚的礼遇对待他。过了几年，柳桧的次子柳雄亮在光天化日之下，亲手把黄众宝杀死在长安城中。晋公宇文护听说后勃然大怒，把柳庆的儿子、侄子都囚禁起来，并责怪柳庆纵容他们杀人。柳庆回答说：“我听说父母之仇不共戴天，兄弟之仇不共处一国。贤明的您用孝道治理天下，怎么拿这种事来怪罪我呢？”宇文护更加恼怒，柳庆的言辞神态仍倔强不服，父子兄弟终于获得赦免。后来柳庆去世，被追赠为鄜、绥、丹三州刺史，谥号叫景。

韦孝宽传

在东西魏分立及北齐北周对峙的数十年间，双方不断进行战争，而作为西魏北周门户的天险之地——玉壁，则成了主要战场。

韦孝宽(509—580年)长期坚守玉壁，为保障西魏北周内部社会秩序的稳定和生产的恢复发展立下汗马功劳。周武帝保定年间，特于玉壁立勋州，以嘉奖他的功勋。建德中，他又献上平齐三策，被周武帝采纳，终收全功。尔后，韦孝宽率军攻掠陈朝的淮南之地，长江以北尽入北周版图。北周末年，杨坚(即后来的隋文帝)辅政，以尉迟迥为首的反杨势力发动战争。韦孝宽老当益壮，在数月之间全歼尉迟迥部，客观上为后来隋王朝的代周出了大力。

韦孝宽历仕三代（北魏、西魏、北周），累建奇功，显示了出众的谋略和才干。本传对他的事迹有较详叙述，限于篇幅，选入本书时作了删节。

韦叔裕字孝宽，京兆杜陵人也①，少以字行②。……

孝宽沈敏和正，涉猎经史。弱冠，属萧宝夤作乱关右③，乃诣阙，请为军前驱。朝廷嘉之，即拜统军④。随冯翊公长孙承业西征⑤，每战有功。拜国子博士，行华山郡事。属侍中杨侃为大都督，出镇潼关，引孝宽为司马。侃奇其才，以女妻之。永安中，授宣威将军、给事中⑥，寻赐爵山北县男⑦。……孝武初，以都督镇城⑧。周文帝自原州赴雍州⑨，命孝宽随军。及克潼关，即授弘农郡

---

① 京兆：郡名，治长安，今西安市西北。杜陵：古县名，后并入万年县，即今西安市西北。 ② 字：表字。"以字行"即只用表字，不用名。 ③ 萧宝夤：南齐明帝萧鸾第六子，齐亡入魏，历任显职。孝昌三年（527年）据关中反，后兵败被杀。 ④ 统军：低级武官。 ⑤ 冯（píng）翊：郡名，治高陆，今陕西高陵县。 ⑥ 宣威将军：官名，为杂号将军之一。给事中：官名，给事殿中，备顾问应对，议论政事。 ⑦ 山北县：今河南鲁山县。 ⑧ 据原书校勘记，韦孝宽所镇之城疑为彭阳城，即今宁夏彭阳县。 ⑨ 原州：治高平城，今宁夏固原市。

守。从擒窦泰，兼左丞[1]，节度宜阳兵马事。……

大统五年[2]，进爵为侯。八年，转晋州刺史，寻移镇玉壁，兼摄南汾州事[3]。先是，山胡负险，屡为劫盗，孝宽示以威信，州境肃然。进授大都督。

十二年，齐神武倾山东之众，志图西入，以玉壁冲要，先命攻之。连营数十里，至于城下。乃于城南起土山，欲乘之以入。当其山处，城上先有两高楼。孝宽更缚木接之，令极高峻，多积战具以御之。齐武神使谓城中曰："纵尔缚楼至天，我会穿城取尔。"遂于城南凿地道，又于城北起土山，攻具，昼夜不息。孝宽复掘长堑，要[4]其地道，仍简战士屯堑。城外每穿至堑，战士即擒杀之。又于堑外积柴贮火，敌人有在地道内者，便下柴火，以皮排吹之[5]。火气一冲，咸即灼烂。城外又造攻车，车之所及，莫不摧毁，虽有排楯[6]，莫之能抗。孝宽乃缝布为缦，随其所向则张设之。布悬于空中，其车竟不能坏。城外又缚松麻于竿，灌油加火，规以烧布，并欲焚楼。孝宽复长作铁钩，利其锋刃，火竿一来，以钩遥割之，松麻俱落。外又于城四面穿地，作二十一道，分为四路，于其

---

① 左丞：此处当指以宇文泰为首的大行台左丞。 ② 大统五年：即公元539年。 ③ 南汾州：故治即今山西吉县。 ④ 要：yào 妖。 ⑤ 皮排：一种以皮革为主材料制作的鼓风器械。 ⑥ 排楯：以大木横向架设的栅栏。

中各施梁柱。作讫，以油灌柱，放火烧之，柱折，城并崩坏。孝宽又随崩处，竖木栅以扞之，敌不得入。城外尽其攻击之术，孝宽咸拒破之。

神武无如之何，乃遣仓曹参军祖孝征谓曰："未闻救兵，何不降也？"孝宽报云："我城池严固，兵食有余，攻者自劳，守者常逸，岂有旬朔之间，已须救援？适忧尔众有不反之危。孝宽关西男子，必不为降将军也。"俄而孝征复谓城中人曰："韦城主受彼荣禄，或复可尔，自外军士，何事相随入汤火中邪？"乃射募格于城中云："能斩城主降者，拜太尉，封开国郡公，邑万户，赏帛万匹。"孝宽手题书背，反射城外，云："若有斩高欢者，一依此赏。"孝宽弟子迁，先在山东①，又锁至城下，临以白刃，云："若不早降，便行大戮。"孝宽慷慨激扬，略无顾意。士卒莫不感励，人有死难之心。神武苦战六旬，伤及病死者十四五，智力俱困，因而发疾。其夜遁去。后因此忿恚，遂殂。魏文帝嘉孝宽功，令殿中尚书长孙绍远、左丞王悦至玉壁劳问，授骠骑大将军、开府仪同三司，进爵建忠郡公②。……

---

① 山东：此代指东魏统治区。 ② 建忠郡：故城在今陕西三原县东北。

建德之后①,武帝志在平齐,孝宽乃上疏陈三策。

其第一策曰:"臣在边积年,颇见间隙,不因际会,难以成功。是以往岁出军,徒有劳费,功绩不立,由失机会。何者?长淮之南,旧为沃土,陈氏以破亡余烬,犹能一举平之。齐人历年赴救,丧败而反,内离外叛,计尽力穷。《传》不云乎:'仇有衅焉,不可失也。'今大军若出轵关②,方轨而进,兼与陈氏共为掎角;并令广州义旅出自三鸦③;又募山南骁锐④,沿河而下;复遣北山稽胡绝其并⑤、晋之路⑥。凡此诸军,仍令各募关、河之外劲勇之士⑦,厚其爵赏,使为前驱。岳动川移,雷骇电激,百道俱进,并趋虏廷⑧。必当望旗奔溃,所向摧殄。一戎大定,实在此机。"

其第二策曰:"若国家更为后图,未即大举,宜与陈人分其兵势。三鸦以北,万春以南⑨,广事屯田,预为贮

---

① 建德:北周武帝年号,凡6年(572—577年)。 ② 轵关:关名,在今河南济源县西北。 ③ 广州:治鲁阳,今河南鲁山县。三鸦:古道名。在今河南南阳——南召——鲁山一线上,有三道险要关口,故名,又镇名,北周置于今鲁山县西南三鸦道上,为控扼重地。 ④ 山南:《通鉴》注:"周都长安,以褒、汉、荆、襄为山南。" ⑤ 并:bīng兵。 ⑥ 北山:河西走廊北侧山地的总称。 ⑦ 关河之外:函谷关及黄河(流经山西、陕西之间一段)以东,亦即北周境外的齐地。 ⑧ 虏廷:这里指北齐京都邺城。 ⑨ 万春:县名,今山西河津县。

积。募其骁悍，立为部伍。彼既东南有敌，戎马相持，我出奇兵，破其疆埸。彼若兴师赴援，我则坚壁清野，待其出远，还复出师。常以边外之军，引其腹心之众。我无宿舂之费①，彼有奔命之劳。一二年中，必自离叛。且齐氏昏暴，政出多门，鬻狱卖官，唯利是视，荒淫酒色，忌害忠良。阖境熬然，不胜其弊。以此而观，覆亡可待。然后乘间电扫，事等摧枯。"

其第三策曰："窃以大周土宇，跨据关、河，蓄席卷之威，持建瓴之势。太祖受天明命，与物更新，是以二纪之中②，大功克举。南清江、汉③，西龛巴、蜀④，塞表无虞⑤，河右底定⑥。唯彼赵、魏⑦，独为榛梗者，正以有事

① 宿舂（cōng 冲）：前一天舂米。这里是用典故，语出《庄子·逍遥游》："适百里者宿舂粮"，意思是要行百里远，得前一天备办食粮。用在本文是说周军在自己根据地附近活动，无须远行，连一天备粮的工夫都不花，也就是没有多余消耗。 ② 纪：古人以12年为一"纪"。 ③ 此指公元554年攻克江陵，擒杀后梁元帝。江陵地处长江、汉水之间，故以代指。 ④ 此指公元553年西魏取蜀，剿灭梁武陵王萧纪的势力。 ⑤ 塞表：即塞外。塞外先后有柔然、突厥的强大势力，西魏、北周都采用和亲之策，故无后顾之忧。 ⑥ 河右：即河西。北周征服了占据河西一带的吐谷浑汗国。 ⑦ 赵魏：指北齐。北齐所据的山西、河南之地为战国时的赵国和魏国，故以代指。

三方，未遑东略。遂使漳、滏游魂①，更存余晷。昔勾践亡吴，尚期十载；武王取乱，犹烦再举。今若更存遵养②，且复相时，臣谓宜还崇邻好，申其盟约，安人和众，通商惠工，蓄锐养威，观衅而动。斯则长策远驭，坐自兼并也。”

书奏，武帝遣小司寇淮南公元伟、开府伊娄谦等重币聘齐③。尔后遂大举，再驾而定山东④，卒如孝宽之策。……

大象元年⑤，除徐、兖等十一州十五镇诸军事、徐州总管⑥。又为行军元帅，徇地淮南。乃分遣杞公宇文亮攻黄城⑦，郕公梁士彦攻广陵，孝宽率众攻寿阳⑧，并拔

① 漳、滏：漳水和滏水，皆在北齐境，此亦用以代指北齐。② 遵养：语出《诗经·周颂·酌》“於铄王师，遵养时晦”，有两种解释：一是汉代郑玄之说，认为周文王曲己事商，让纣王恶迹更昭著；一种是宋代朱熹之说，认为周武王按兵不动，自我调养，等待时机。今从朱熹说。 ③ 小司寇：大司寇的副职，略相当于隋唐后的刑部侍郎。淮南：郡名，治寿春，今安徽寿县。 ④ 山东：崤山以东，此泛指北齐全部版土。 ⑤ 大象：北周静帝宇文阐年号，大象元年即公元 579 年。 ⑥ 总管：官名。北周明帝武成元年（559 年）改都督诸州军事为总管，是地方高级军政长官。 ⑦ 杞：古国名。北周仿古改制，封国多用古国名，而封地不一定是古诸侯封地。下文“郕”亦如此。黄城：县名，今湖北黄陂东。 ⑧ 寿阳：县名，今江西寿阳县。

之。……

及宣帝崩①,隋文帝辅政②。时尉迟迥先为相州总管,诏孝宽代之。又以小司徒叱列长叉为相州刺史③,先令赴邺。孝宽续进,至朝歌④,迥遣其大都督贺兰贵赍⑤书候孝宽。孝宽留贵与语以察之,疑其有变,遂称疾徐行。又使人至相州求医药,密以伺之。既到汤阴⑥,逢长叉奔还。孝宽兄子魏郡守艺又弃郡南走。孝宽审知其状,乃驰还。所经桥道,皆令毁撤,驿马悉拥以自随。又勒驿将曰:"蜀公将至⑦,可多备肴酒及刍粟以待之。"迥果遣仪同梁子康将数百骑追孝宽,驿司供设丰厚,所经之处,皆辄停留,由是不及。

时或劝孝宽,以为洛京虚弱,素无守备,河阳镇防⑧,悉是关东鲜卑,迥若先往据之,则为祸不小。乃入保河阳。河阳城内旧有鲜卑八百人,家并在邺,见孝宽轻来,

---

① 宣帝:即宇文赟(yūn 晕)。即位数月就禅位与子,改年号"大成"为"大象",自称天元皇帝,次年卒。 ② 隋文帝:即杨坚。当时周静帝年仅8岁,实际由杨坚掌握朝政。 ③ 小司徒:大司徒的副职,略当后世工部侍郎。 ④ 朝(zhāo)歌:县名,今河南淇县。 ⑤ 赍:jī 基。 ⑥ 汤阴:县名,今河南汤阴县。 ⑦ 蜀公:指尉迟迥,他的封爵是蜀公。 ⑧ 河阳:县名,在今河南孟县西。

谋欲应迥。孝宽知之，遂密造东京官司①，诈称遣行，分人诣洛受赐，既至洛阳，并留不遣。因此离解，其谋不成。

六月，诏发关中兵，以孝宽为元帅东伐。七月，军次河阳。迥所署仪同薛公礼等围逼怀州②，孝宽遣兵击破之。进次怀县永桥城之东南③，其城既在要冲，雉堞牢固，迥已遣兵据之。诸将士以此城当路，请先攻取。孝宽曰："城小而固，若攻而不拔，损我兵威。今破其大军，此亦何能为也？"于是引军次于武陟④，大破迥子惇，惇轻骑奔邺。军次于邺西门豹祠之南，迥自出战，又破之。迥穷迫自杀。兵士在小城中者，尽坑之于游豫园。诸有未服，皆随机讨之。关东悉平。

十月，凯还京师。十一月，薨，时年七十二。赠太傅、十二州诸军事、雍州牧，谥曰襄。

孝宽在边多载，屡抗强敌。所有经略，布置之初，人莫之解，见其成事，方乃惊服。虽在军中，笃意文史，政事之余，每自披阅。末年患眼，犹令学士读而听之。又早丧父母，事兄嫂甚谨，所得俸禄，不入私房。亲族有孤

① 东京：即洛阳。北周大象元年以洛阳为东京。 ② 怀州：治野王，今河南沁阳。 ③ 怀县：古县名，旧治在今河南武陟县西南，唐时并入武陟县。 ④ 武陟：县名，今河南武陟县。

遗者，必加振赡。朝野以此称焉。

【翻译】

韦叔裕字孝宽，京兆杜陵人，自年轻时就只用表字而不用名。……

孝宽沉毅机智，心平气和，好学习，涉猎了不少经学、史学著作。他快到20岁时，逢萧宝夤据关西地区反叛，孝宽自到朝门请命，愿作讨伐军的前锋。朝廷赞赏他的勇气，即授予统军之职，随冯翊公长孙承业西征，每战有功。孝宽因战功被任命为国子博士，并代理华山郡守职事。时逢侍中杨侃任大都督出镇潼关，引荐孝宽为本府司马。杨侃器重他的才干，将女儿许配他为妻。永安年间，孝宽被任命为宣威将军、给事中，不久朝廷又赐给他山北县男爵位。……孝武帝即位之初，孝宽以都督的职位镇守彭阳城。周文帝由原州赴雍州，命孝宽随军任事。当攻克潼关后，即任命孝宽为弘农郡太守。后又随周文帝参加了擒杀窦泰的战役，兼任大行台左丞，并节度宜阳兵马事。……

大统五年，孝宽进爵为侯。大统八年，转任晋州刺史，不久又移守玉壁，兼理南汾州刺史职事。在此之前，这一地区的山胡凭借险要的地势，常干抢劫盗窃的勾当，孝宽对他们树立威势，讲求信誉，于是一州之内平静无事。后孝宽升任大都督。

大统十二年，齐神武帝高欢出动全国兵力，一心想攻占关西，因玉壁是首当其冲的战略要地，所以先命部队对它发动进攻。大军连营数十里，直抵玉壁城下。接着就在城南堆垒土山，打算登山入城。面对土山之处，城上原有两座高楼。孝宽又命人接上长木，捆绑牢固，将楼架设得极其高峻，并在上面储备许多战斗器械，用以抵御登山攻城的敌人。齐神武帝派人威胁城中人说："纵然你等能将楼架设至天上，我会穿破城池攻取你等。"于是就在城南挖掘地道，又在城北堆垒土山，城南城北，山上山下，昼夜不息地发动进攻。孝宽又令人在城内开挖长壕，拦腰截断敌军的地道，并选派战士屯防壕边。每当城外敌人凿通地道进到长壕时，立即被屯防战士擒杀掉。同时在壕边堆积柴草，储备火种，发现地道内有敌人时，立即抛柴引火，用皮排鼓吹。灼热的火气一冲入地道，敌人全被烧得焦头烂额。城外敌人又生一计，造作攻车，攻车所到之处，无不摧毁，虽有防御的排楯，但不能抵挡。孝宽于是又命人将布缝成大幕，随攻车所来的方向张挂。布幕悬在空中，攻车竟不能冲毁。城外敌人又将松、麻捆扎在长竿上，灌油点火，试图烧毁布幕，并想用同样的方法烧掉城上高楼。孝宽又针锋相对，制作长长的铁钩，将钩刃打磨得极其锋利，火竿一来，远远地用长钩一割，松、麻一起落地。城外敌人又从四面开凿21条地道，分成4路，在地道中各处架设木梁木柱。施设完毕，用油烧灌木柱，放火燃烧。木柱烧断，其处城墙也都毁坏倒塌。孝宽又令人在毁坏倒塌的地方竖木栅栏防御，敌人还是不能攻入。城外的敌人用尽各种攻击手段，都被孝宽抵御破解。

神武帝拿孝宽没办法，就派仓曹参军祖孝征对韦孝宽说："没听说你有救兵来援，为何不投降呢？"孝宽回答他说："我玉壁城池固若金汤，兵员粮食绰绰有余，进攻的一方自然劳苦，戍守的人常得安闲，哪在短期内就需要救援呢？恰恰相反，可忧的是你等有全军覆没不返东土的危险。我韦孝宽是堂堂关西男子汉，决不会当降敌将军。"接着祖孝征又对城中人说："韦城主从他主子那里得到荣华富贵，以死守城或许值得，其他军士为什么要陪他赴汤蹈火呢？"于是写书一通，立下赏格，射入城中。赏格是："如能斩韦城主来降，授予太尉官职，封开国郡公爵位，食邑1万户，赏绢帛1万匹。"韦孝宽在来书的背面亲笔写下一行字，反射城外，这行字是："如有人能斩高欢，完全按前面赏格行赏。"孝宽兄弟的儿子名叫韦迁，原住东魏内地，神武帝又令人将他戴上枷锁，押至玉壁城下，用锋利的刀刃对着他，以此威胁韦孝宽说："如不及早投降，立即将他杀掉。"孝宽神情慷慨激昂，一点不把手足私情放在心上。所有兵士无不被感动激励，人人暗下以死守城的决心。神武帝苦战60来天，兵士受伤及病死的达十之四五，智穷力乏，因此发病，只好在病发的当晚悄悄退兵。后来因此恼怒愤恨，病重而死。魏文帝嘉奖孝宽的战功，令殿中尚书长孙绍远、尚书左丞王悦至玉壁慰劳，升任孝宽为骠骑大将军、开府仪同三司，并进爵为建忠郡公。……

周武帝改元建德之后，决心平齐，孝宽就在此时呈上章奏，献平齐三策。

他的第一策说："我在边多年，对敌情大致了解。我认为不凭机会遇合，是难以成功的。往年出兵，白白消耗兵力财力而没能建立功业，正是由于错过机会。为什么这样说呢？那长长的淮河之南，原是一大片肥美的土地，陈国靠着战乱后的一点余力，尚且能一举平定这一地区，就是抓住了齐国内乱的机会。后齐人连年发兵救援，结果损兵折将，大败而回。现齐国内部分崩离析，边外臣僚纷纷叛逃，已经计尽力穷。《春秋左氏传》不是这样说吗：'敌国有可乘之机，不可错过了。'当今我大部队如出轵关，道路通畅，可以两车并行，进展十分迅速，兼与陈国的淮南势力构成掎角之势；并令广州义师从三鸦道出兵；又招募山南各州勇武的人，沿黄河而下；再遣北山稽胡截断齐人并、晋二州的后路。以上各路兵马，仍令各自招募境外强壮勇武的人，给予丰厚的爵赏，令他们作前锋向导。这样以震撼山岳的声威、惊雷闪电般的行动，各路同时进发，兵锋尽指邺城。齐人必望我军旗而奔散溃逃，我军所向，定如摧枯拉朽。一次举兵就能平定齐国，实系于这次机会。”

他的第二策说：“如国家另作退一步的打算，不准备即刻大举进攻，就应与陈国联合牵制齐国的兵力。我们在三鸦以北、万春以南地区广行屯田，预作储备，并招募骁勇精壮的人，按军事建制组合起来。齐国既在东南边境有敌，双方兵马相持不下，我们就出奇兵攻破它的边防线。齐国如发兵赶来救援，我们就坚壁清野，等他援军去远，我们又出兵攻击。这样我们就只用边关境外的少量兵力，牵动齐国的内地精兵，我们并无多余的消耗，而敌人却疲于奔命。一二年之间，齐国内部必涣散解体，叛乱不断。而且齐国君臣昏庸残暴，政令不一，卖狱卖官，眼中只见财利，又沉迷酒色，荒淫无度，猜忌贤人，杀害忠良，境内的人如处水火之中，不能忍受苛暴的统治。从上面的情况来看，齐国的灭亡是指日可待的了。当齐国内乱出现，然后我们乘机迅击，灭齐之举就如摧枯拉朽一般。”

他的第三策说：“我以为大周的领土山关雄峙，大河襟连，内积席卷天下的威力，具有高屋建瓴的形势。太祖皇帝受上天之命，使万物更新，所以20余年间建立了不朽的功业：南定江陵，西平巴蜀，塞外无忧，河西安宁。只有齐国还成为我们的障碍，原因正在于我国三方用兵，没来得及向东挺进。于是让衰败的齐国多些残喘的时刻。古时越王勾践灭吴，尚且以10年为期；周武王讨伐内乱的商朝，也曾经过两度用兵的周折。目前我国如继续对齐保持按兵不动、调养安息的姿态，并且还要选择合适的战机，那么我认为应仍旧敦厚睦邻友好关系，重申盟约，使国内人心稳定，人民安居乐业，商旅往来，百工受惠。待我力量充实，威势养成，看准敌人的破绽，然后大举进攻。这样做就是从长远的方面考虑，稳中求胜，必获灭齐大功。”

周武帝看了孝宽的章奏，就派小司寇淮南公元伟、开府伊娄谦等人，带着丰厚的礼物结好北齐，察看对方动静。后来就大举进军，经过两次用兵而扫荡北齐全境。灭齐战役的进行，最终和孝宽预谋的一样。……

北周静帝大象元年，孝宽被任命为徐、兖等十一州十五镇诸军事、徐州总管。同时担任行军统帅，负责攻取淮南之地。他于是分派杞公宇文亮攻打黄城，郕公梁士彦攻打广陵，孝宽亲自领兵攻打寿阳，并全部攻取了这些城池。……

周宣帝去世后，隋文帝杨坚为辅佐静帝的重臣，此时尉迟迥本已任相州总管，静帝令韦孝宽前往替代，又任命小司徒叱列长叉为相州刺史，令他先赴邺城。孝宽随后进发，达到朝歌，尉迟迥遣属下大都督贺兰贵带着书信迎候孝宽。孝宽挽留贺兰贵，和他一起交谈，观察他的言语神气。通过交谈，孝宽怀疑尉迟迥另有图谋，于是就称病缓缓而行。孝宽又派人到相州求医药，暗中侦察尉迟迥的动静。到达汤阴之后，碰上叱列长叉逃回，孝宽兄长的儿子魏郡太守韦艺又弃郡南逃。孝宽了解到尉迟迥的实情，于是就原路奔回。凡他经过的桥梁栈道，尽都令人毁撤掉，驿站的官马也全数带走。孝宽又吩咐驿站头领说："蜀公快到了，可多准备酒菜和马料迎接。"尉迟迥果然派仪同梁子康率数百骑兵追孝宽，由于驿站官员招待周到，酒菜丰盛，所以追兵每到一站总要停留，因此没能追上孝宽。

此时有人劝孝宽，认为洛阳空虚没有重兵，又长期松懈，缺乏防御设施，而河阳城为镇防要地，兵员尽是关东鲜卑人，如尉迟迥抢先占领，那将成为不小的祸患。孝宽于是进入河阳固守。在河阳城里，原有八百鲜卑人，他们的家属都在尉迟迥统辖下的邺城。这些鲜卑人看到韦孝宽率少量人马仓促而来，就暗中策划，准备响应尉迟迥。孝宽了解到这种情况，于是就密造东京文书，假称派遣别处，分出一部分鲜卑人到洛阳受赏。到了洛阳之后，尽都留下不准回来。这样就分散了河阳鲜卑人的力量，使他们策应尉迟迥的企图落空了。

大象二年的六月，周静帝令出动关中兵马，任命韦孝宽为元帅，东讨尉迟迥。同年七月，关中部队抵达河阳。尉迟迥任命的仪同薛公礼等围逼怀州，被韦孝宽派兵击溃。随后关中兵马进达怀县永桥城的东南，这城既在冲要之地，城墙牢固，尉迟迥先已派兵据守。关中部队的将士们认为此城当路，请求先加攻取。韦孝宽说："这城虽小但很牢固，如发起进攻又不能把它拔掉，就会大伤我军兵威。眼下我去破灭他的主力，这一小城又能起多大作用呢？"于是孝宽率军抵达武陟，大败尉迟迥之子尉迟惇，惇仓促逃奔邺城。孝宽又挥师抵达邺城附近的西门豹祠之南，尉迟迥亲自出战，仍被击溃。尉迟迥走投无路，被迫自杀。在邺小城中的兵士，尽被活埋于游豫园。其他未降服的各部，孝宽又根据情况先后讨伐，于是关东地区全部平定。

同年十月，孝宽凯旋还朝。十一月去世，时年72岁。朝廷追赠太傅、十二州诸军事、雍州牧，谥号叫襄。

孝宽在边多年，很多次抗击强大的敌人。他所有的计划安排，在开始布置时人们大都不能理解，直到见其事情成功，这才惊讶叹服。孝宽很好学，虽在军旅之中，仍旧能很专心地研习文史，每当处理完政事，常独坐翻阅书籍。晚年患眼疾,还让学士读书给自己听。孝宽的父母早亡,他伺奉兄嫂很周到,所得的俸禄不入私房。亲族中如有幼年丧亲、孤立无援的人,他必扶持赡养。孝宽的这些优秀品德,朝廷内外以致民间的人都十分称道。

魏 收 传

魏收(507—572),字伯起,钜鹿郡下曲阳(今河北晋县西)人。他是北朝时期著名的史学家,并以文笔高妙擅名于世。他所撰著的《魏书》,被列入"二十四史"是研究北朝历史的基本史料之一。关于《魏书》的评价,众说不一。从它撰成之初,就有人讥斥魏收挟情任意,是非不公,于是众口喧然,号为秽史。近现代史学家则认为,魏收仕于东魏、北齐,替高氏回护、以东魏为正统而漏略西魏史实,自是《魏书》的重要缺陷,但前人对《魏书》的指责,也非全属实事。通过与其他材料的对比,尤其是最新的考古发现,证明《魏书》的记载大都是可信的。从体例内容而言,《魏书》有它独到之处。它首列《序纪》一卷,追溯了鲜卑拓拔部的先世,是我们了解鲜卑民族发展演进的珍贵材料。而《释老志》反映了佛道二教的传播演变,《官氏志》记录了拓拔下属各部的姓氏及所改汉姓,这更是魏收的独创。在魏收撰史前后,尚有不少人撰写魏史,现在这些史书都失传了,只有《魏书》硕果尚存,从自然淘汰的规律而言,我们也当承认《魏书》的价值,肯定魏收的贡献。

收少机警,不持细行。年十五,颇已属文。及随父赴边,好习骑射,欲以武艺自达。荥阳郑伯调之曰:“魏郎弄戟多少?”收惭,遂折节读书。夏月,坐板床,随树阴讽诵。积年,床板为之锐减,而精力不辍。以文华显。

初除太学博士①。及尔朱荣于河阴滥害朝士②,收亦在围中,以日晏获免。吏部尚书李神俊重收才学,奏

① 太学博士:官名,为国学教官。 ② 528 年,魏孝明帝为其母胡太后毒死,3 岁的元钊被立为帝,尔朱荣以此为借口,率兵南下,将胡太后和元钊投入黄河。随后又把文武百官骗至河阴(今河南孟县)北,派兵围杀,受害者两千多人,史称河阴之变。

授司徒记室参军。永安三年①，除北主客郎中。节闵帝立，妙简近侍，诏试收为封禅书②。收下笔便就，不立稿草，文将千言，所改无几。时黄门郎贾思同侍立，深奇之，白帝曰："虽七步之才③，无以过此。"迁散骑侍郎，寻敕典起居注，并修国史，俄兼中书侍郎，时年二十六。

孝武初，又诏收摄本职，文诰填积，事咸称旨。黄门郎崔㥄从齐神武入朝，熏灼于世，收初不诣门。㥄为帝登阼赦云："朕托体孝文④。"收嗤其率直。正员郎李慎以告之，㥄深忿忌。时节闵帝殂，令收为诏。㥄乃宣言：收普泰世出入帏幄⑤，一日造诏，优为词旨，然则义旗之士，尽为逆人。又收父老，合解官归侍。南台将加弹劾⑥，赖尚书辛雄为言于中尉綦俊⑦，乃解。……

孝武尝大发士卒，狩于嵩少之南⑧，旬有六日。时

---

① 永安三年：即公元530年。 ② 封禅书：祭告天地的文章。在泰山筑坛告天称"封"，在梁父山建场祭地称"禅"。 ③ 七步之才：指曹操之子曹植，相传他能在行走七步之间作出好诗。后多用以喻人才思敏捷。 ④ 孝武帝元修为孝文帝之孙，故有此说。 ⑤ 普泰：魏节闵帝年号，即公元531年。节闵帝为尔朱氏所立，后尔朱氏势力又为高欢所灭，故下文称逆人即指尔朱氏。 ⑥ 南台：即御史台，因位于宫庭西南，故称。 ⑦ 中尉：官名，即御史中尉，为御史台长官，监察百官，权势极大。 ⑧ 嵩少：即嵩山。嵩山西为少室，东为太室，故又称作嵩少或嵩室。

寒，朝野嗟怨。帝与从官及诸妃主，奇伎异饰，多非礼度。收欲言则惧，欲默不能已，乃上《南狩赋》以讽焉，年二十七。虽富言淫丽，而终归雅正。帝手诏报焉，甚见褒美。郑伯谓曰："卿不遇老夫，犹应逐兔。"

初，神武固让天柱大将军，魏帝敕收为诏，令遂所请。欲加相国①，问收相国品秩，收以实对，帝遂止。收既未测主、相之意，以前事不安，求解，诏许焉。久之，除帝兄子广平王赞开府从事中郎②，收不敢辞，乃为《庭竹赋》以致己意。寻兼中书舍人。与济阴温子昇、河间邢子才齐誉③，世号三才。时孝武内有间隙，收遂以疾固辞而免。舅崔孝芬怪而问之，收曰："惧有晋阳之甲。"寻而神武南上④，帝西入关。

收兼通直散骑常侍，副王昕聘梁。昕风流文辩，收辞藻富逸，梁主及其群臣咸加敬异。先是，南北初和，李谐、卢元明首通使命，二人才器，并为邻国所重。至此，

---

① 相国：亦即丞相，但魏晋以后地位比丞相还尊崇。 ② 广平：郡名，治广平，今河北鸡泽县东南。从事中郎：三公府或将军开府属官，位在长史、司马下、主簿之上。 ③ 济阴：郡名，治定陶，今山东定陶县西北。 ④ 南上：由晋阳（今太原）举兵奔洛阳，按地理方位应说"南下"才是。因当时洛阳是京师所在。无论人们从哪个方向来，都只能说"上京"、"上洛阳"而不能说"下洛阳"。

梁主称曰:“卢、李命世,王魏中兴[1],未知后来,复何如耳。”……使还,尚书右仆射高隆之求南货于昕、收,不能如志,遂讽御史中尉高仲密禁止昕、收于其台,久之得释。……

收本以文才,必望颖脱见知,位既不遂,求修国史。崔暹[2]为言于文襄曰:“国史事重,公家父子霸王功业,皆须具载,非收不可。”文襄乃启收兼散骑常侍,修国史。武定二年[3],除正常侍,领兼中书侍郎[4],仍修国史。

魏帝宴百僚,问何故名“人日”,皆莫能知。收对曰:“晋议郎董勋《答问礼俗》云[5]:正月一日为鸡,二日为狗,三日为猪,四日为羊,五日为牛,六日为马,七日为人。”时邢邵亦在侧[6],甚恧[7]焉。自魏、梁和好,书下纸每云[8]:“想彼境内宁静,此率土安和。”梁后使其书乃去

---

① 命世:命世之才。指有治理天下的才识、著名于世的人才。中兴:此指中兴之才。指有佐助帝王把衰落的国家重新振兴起来的能力的人才。本文中“命世”有“创业之始”,“中兴”有“兴盛时期”的意味。 ② 暹:xiān 仙。 ③ 武定二年:即公元 544 年。 ④ 领兼:即兼,领是强调由较高官位兼较低职务。 ⑤ 议郎:皇帝侍从官之一,掌顾问应对。 ⑥ 邢邵:即前文所称与魏收齐名的邢子才,名邵,字子才。 ⑦ 恧:nǜ 女去声。 ⑧ 下纸:此指书信的末页,亦即信尾。

"彼"字,自称犹著"此",欲示无外之意。收定报书云:"想境内清晏,今万国安和。"梁人复书,依以为体。

后神武入朝,静帝授相国,固让,令收为启。启成呈上,文襄时侍侧,神武指收曰:"此人当复为崔光①。"四年,神武于西门豹祠宴集,谓司马子如曰:"魏收为史官,书吾善恶,闻北伐时诸贵常饷史官饮食②,司马仆射颇曾饷不③?"因共大笑。仍谓收曰:"卿莫见元康等在吾目下趋走④,谓吾以为勤劳。我后世身名在卿手,勿谓我不知。"寻加兼著作郎。

收昔在京洛,轻薄尤甚,人号云"魏收惊蛱蝶⑤"。文襄曾游东山,令给事黄门侍郎颢等宴⑥。文襄曰:"魏收恃才无宜适,须出其短。"往复数番,收忽大唱曰:"杨遵彦理屈,已倒⑦。"愔从容曰:"我绰有余暇,山立不动。

---

① 崔光:字孝伯,以文才为孝文帝所重。 ② 北伐:此当指高欢讨伐尔朱兆之事,可参看《齐高祖神武皇帝本纪》。 ③ 不:fǒu 否。 ④ 元康:当指陈元康,为高欢的心腹。 ⑤ 惊蛱蝶:惊飞的蝴蝶。蛱亦蝶类之一种。蛱:jiá 夹。 ⑥ 给事黄门侍郎:官名,亦即黄门侍郎的别称。给事即供事。此外因供事禁中,关通中外,侍从皇帝左右,故名。颢:人名,姓不详。 ⑦ 杨遵彦:即杨愔。已倒:指已被驳倒,不可再辩。这里他们是在饮宴过程中玩一种互相攻击、往复辩难的游戏。

若遇当途[1]，恐翩翩遂逝。”当途者魏，翩翩者蝶也。文襄先知之，大笑称善。文襄又曰：“向语犹微，宜更指斥。”愔应声曰：“魏收在并[2]作一篇诗，对众读讫，云：‘打从叔季景出六百斛米[3]，亦不辨此。’远近所知，非敢妄说。”文襄喜曰：“我亦先闻。”众人皆笑。收虽自申雪，不复抗拒，终身病之。

侯景叛入梁，寇南境。文襄时在晋阳，令收为檄五十余纸，不日而就。又檄梁朝，令送侯景，初夜执笔，三更便了[4]，文过七纸。文襄善之。魏帝曾季秋大射[5]，普令赋诗，收诗末云：“尺书征建邺，折简召长安[6]。”文襄壮之，顾谓人曰：“在朝今有魏收，便是国之光采。雅俗文

① 当途：本代指三国时魏国，这里指魏收的姓。据说谶书中有“代汉者当途高”的说法，面对道路而高大的是宫阙，气象高大即称“巍”，“巍”“魏”谐音，故转称“魏”。这种隐讳、诙谐的说法在有关史籍和文学作品中较常见。 ② 并：bīng 兵。 ③ 斛米：原作“斗番”，据《北齐书·魏收传》改。 ④ 初夜、三更：古人把一夜分作五更，其中大约相当于现在7至9点称初更，也称初夜或甲夜；11点至凌晨1点称三更，也称丙夜。 ⑤ 大射：为祭祀而举行的一种射礼。 ⑥ 尺书：咫尺之书。其中咫长八寸。折简：折半之简。古人以竹简作书，简长二尺四寸，折半即一尺二寸。汉代后简长多为二尺，折半即一尺。这两句诗是不把对方放在眼里，认为只要自己随意地作封书信、只用通常一半长的简札，就能征服建邺（代指梁朝），召降长安（代指西魏）。

墨，通达纵横。我亦使子才、子昇，时有所作，至于词气，并不及之。吾或意有所怀，忘而不语，语而不尽，意有未及，收呈草，皆以周悉。此亦难有。”又敕兼主客郎，接梁使谢珽、徐陵。侯景既陷梁，梁鄱阳王范时为合州刺史①，文襄敕收以书喻之。范得书，仍率部伍西上，州刺史崔圣念入据其城。文襄谓收曰：“今定一州，卿有其力，犹恨‘尺书征建邺’未效耳。”

文襄崩，文宣如晋阳，令与黄门郎崔季舒、高德正、吏部郎中尉瑾于北第参掌机密。转秘书监，兼著作郎，又除定州大中正。时齐将受禅，杨愔奏收置之别馆，令撰禅代诏册诸文②，遣徐之才守门，不听出。

天保元年③，除中书令，仍兼著作郎，封富平县子④。二年，诏撰《魏史》。四年，除魏尹⑤，故优以禄力，专在史阁，不知郡事。初，帝令群臣各言志，收曰：“臣愿得直笔

① 鄱阳：郡名，治鄱阳，今江西鄱阳县。合州：治汝阴，今安徽合肥。 ② 诏册诸文：诏册指诏书、册书。皇帝发布一般命令称诏、敕、制等，而封拜王、太子、后妃等则称册。作为禅代，一般要准备告天下让位诏、给受位者的告册以及即位初告天、祭庙、大赦等文书。 ③ 天保元年：即北齐文宣帝即位初年，公元550年。 ④ 富平县：今山东信阳县东南。 ⑤ 魏尹：即魏郡太守。魏郡治邺城，东魏孝静帝迁都于此后，魏郡就成了京畿，其太守改称尹，以别于常郡。

东观[1]，早出《魏书》。”故帝使收专其任。又诏平原王高隆之总监之[2]，署名而已。帝敕收曰：“好直笔，我终不作魏太武，诛史官。”

始，魏初邓彦海撰《代记》十余卷，其后崔浩典史，游雅、高允、程骏、李彪、崔光、李琰之世修其业。浩为编年体，彪始分作纪、表、志、传，书犹未出。宣武时，命邢峦追撰《孝文起居注》，书至太和十四年[3]。又命崔鸿、王遵业补续焉，下讫孝明，事甚委悉。济阴王晖业撰《辨宗室录》三十卷。收于是与通直常侍房延祐、司空司马辛元植、国子博士刁柔、裴昂之、尚书郎高孝干博总斟酌，以成《魏书》。辨定名称，随条甄举。又搜采亡遗，缀续后事，备一代之史籍，表而上闻之。勒成一代大典：凡十二纪，九十二列传，合一百一十卷。五年三月，奏上之。秋，除梁州刺史。收以志未成，奏请终业，许之。十一月复奏十志：《天象》四卷，《地形》三卷，《律历》二卷，《礼乐》四卷，《食货》一卷，《刑罚》一卷，《灵征》二卷，《官氏》二卷，《释老》一卷，凡二十卷。续于纪传，合一百三十卷，分为十二帙。其史三十五例，二十五序，九十四论，

---

① 东观：东汉洛阳南宫中一观阁名，为藏书、校书、撰书之地，后泛指宫中藏书撰书之处。② 平原：郡名，治平原，今山东平原县西南。③ 太和十四年：即公元 490 年。

前后二表一启，皆独出于收。

收所引史官，恐其陵逼，唯取学流先相依附者。其房延祐、辛元植、眭仲让虽夙涉朝位，并非史才；刁柔、裴昂之以儒业见知，全不堪编辑；高孝干以左道求进。修史诸人，宗祖姻戚，多被书录，饰以美言。收颇急，不能甚平，夙有怨者，多没其善。每言："何物小子，敢共魏收作色！举之则使上天，按之当使入地。"初，收在神武时为太常少卿，修国史，得阳休之助。因谢休之曰："无以谢德，当为卿作佳传。"休之父固，魏世为北平太守①，以贪虐为中尉李平所弹获罪，载在《魏起居注》。收书云："固为北平，甚有惠政，坐公事免官。"又云："李平深相敬重。"尔朱荣于魏为贼，收以高氏出自尔朱，且纳荣子金，故减其恶而增其善，论云："若修德义之风，则韦、彭、伊、霍②，夫何足数。"

时论既言收著史不平，文宣诏收于尚书省与诸家子孙共加讨论。前后投诉，百有余人，云遗其家世职位；或云其家不见记录；或云妄有非毁。收皆随状答之。范阳

① 北平：郡名，治新昌，今河北卢龙。 ② 韦、彭：指豕韦、大彭，相传为远古两个部落，后归商，为邦国。伊霍：伊尹、霍光，分别为殷、汉的辅政贤臣。这句话大意是只要尔朱荣讲求道德仁义，那么不论是豕韦、大彭那样的一邦之主，或作伊尹、霍光那样的朝廷重臣，同类中都是无可比拟的。

卢斐父同附出族祖玄传下；顿丘李庶家传[①]，称其本是梁国蒙人[②]。斐、庶讥议，云史书不直。收性急，不胜其愤，启诬其欲加屠害。帝大怒，亲自诘责。斐曰："臣父仕魏，位至仪同[③]，功业显著，名闻天下，与收无亲，遂不立传。博陵崔绰，位止本郡功曹[④]，更无事迹，是收外亲，乃为传首。"收曰："绰虽无位，道义可嘉，所以合传。"帝曰："卿何由知其好人？"收曰："高允曾为绰赞，称有道德。"帝曰："司空才士，为人作赞，正应称扬。亦如卿为人作文章，道其好者，岂能皆实？"收无以对，战慄而已。但帝先重收才，不欲加罪。时太原王松年亦谤史，及斐、庶并获罪，各被鞭配甲坊，或因以致死。卢思道亦抵罪。然犹以群口沸腾，敕魏史且勿施行，令群官博议。听有家事者入署，不实者陈牒。于是众口喧然，号为"秽史"，投牒者相次，收无以抗之。时左仆射杨愔、右仆射高德正二人势倾朝野，与收皆亲。收遂为其家并作传，二人不欲言史不实，抑塞诉辞，终文宣世，更不重论。

---

① 顿丘：县名，今河南清风县西南。 ② 蒙：蒙县，今河南商丘东北。 ③ 仪同：官名，即仪同三司，谓仪制同三公，在北魏是从一品高官。 ④ 位止：原作"位至"，按官称"至××"，一般是最后做到高官，若终身为小吏，一般就说"位止××"。前文"仪同"是朝廷高官，此处"功曹"是地方属吏，所以前合用"至"，后当用"止"。又《北齐书·魏收传》作"止"据改。

又尚书陆操尝谓愔曰："魏收《魏书》可谓博物宏才，有大功于魏室。"愔尝谓收曰："此谓不刊之书，传之万古。但恨论及诸家枝叶亲姻，过于繁碎，与旧史体例不同耳。"收曰："往因中原丧乱，人士谱牒遗逸略尽，是以具书其枝派。望公观过知仁，以免尤责。"……

始收比温子昇、邢邵稍为后进，邵既被疏出，子昇以罪死，收遂大被任用，独步一时。议论更相訾毁，各有朋党。收每议陋邢文，邵又云："江南任昉，文体本疏，魏收非直模拟，亦大偷窃。"收闻乃曰："伊常于沈约集中作贼，何意道我偷任。"任、沈俱有重名，邢、魏各有所好。武平中①，黄门郎颜之推以二公意问仆射祖珽。珽答曰："见邢、魏之臧否②，即是任、沈之优劣。"……

其后群臣多言魏史不实，武成复敕更审。收又回换，遂为卢同立传，崔绰反更附出。杨愔家传本云"有魏以来，一门而已"，至是改此八字。又先云"弘农华阴人"，乃改"自云弘农"以配王慧龙"自云太原人"，此其失也。寻除开府、中书监。……武平三年薨，赠司空、尚书左仆射，谥文贞。有集七十集。

---

① 武平：北齐后主高纬年号，共 6 年，即 570—575 年。

② 否：pǐ 痞。

【翻译】

魏收从小聪明机智，但不注意对行为细节的修养。15岁时，已相当会写文章。而当他随父亲去边境后，就喜欢学骑马射箭，想凭武艺使自己贵显。荥阳人郑伯取笑他说："魏家儿郎玩了多少戟啦？"魏收感到很惭愧，于是改变原来想法，专心读书。夏天，他坐在树荫下的一张木板床上吟咏、背诵，随着太阳运行，树影移动，他也随着往来迁坐。这样积年累月，床板都被他磨薄了许多，但他仍专心致志，不停地刻苦攻读，终于以文才华美著称。

魏收开始走上仕途，被任命为太学博士。当尔朱荣在河阴大肆杀害朝臣时，魏收也在包围中，只因日暮天暗方得幸免于难。吏部尚书李神俊很看重魏收的才学，奏请朝廷任命他为司徒府的记室参军。永安三年，又任命他为北主客郎中。节闵帝即位，精选左右侍从官员，令魏收撰封禅书，以测试他的文才。魏收执笔一挥而就，不拟草稿，文章长近千字，最后很少改动。此时黄门侍郎贾思同伺候在节闵帝身旁，他深感魏收是个奇才，就对节闵帝说："即使是七步之内能作诗的才子，也比不上他这样的才能。"于是升任魏收为散骑侍郎，不久令他负责修起居注，并修国史，又没多久，兼任中书侍郎，这时他才26岁。

孝武帝即位之初，又令魏收掌管原来的职事，对于那些往来不断、积压成堆的公文诏令，他都处理得很合孝武帝的心意。黄门侍郎崔㥄乃是追随齐神武帝的朝臣，气焰很盛，咄咄逼人，魏收却从不登他的门。崔㥄撰孝武帝即位的赦书，其中一句说："我身为孝文帝之后裔。"魏收讥笑他太不含蓄。正员郎李慎把这事告诉了崔㥄，崔㥄十分气恼，怀恨在心。这时节闵帝死，令魏收作诏书。崔㥄于是扬言：魏收在节闵帝时出入宫禁，某天撰写诏书，对内容很考究，文字写得很漂亮，但所表彰的那些所谓举义旗的人士，尽是叛上作乱的奸贼。再说魏收的父亲年迈，他本应离任回家侍奉。御史台准备对魏收加以弹劾，全靠尚书辛雄在御史中尉綦俊面前替他说情，这才作罢。……

孝武帝曾出动大批兵士，到嵩山之南狩猎，时间长达16天。当时气候寒冷，朝廷内外的臣民都哀声叹气，心有不满。孝武帝与随从官员、嫔妃、公主等，赏玩奇巧的伎乐，身着新丽的服饰，多不符合礼法规定。魏收想进言规劝又害怕，想沉默不语又不甘心，于是作了一篇《南狩赋》呈上，其中暗寓规劝之意，这年他27岁。他的这篇《南狩赋》，虽然多描述淫声丽色，但宗旨却是典雅纯正的。孝武帝亲作诏书回报，对他给予高度赞扬。郑伯对魏收说："你要不是遇上老夫，恐怕还在追兔子玩呢。”

先前，齐神武帝一再推辞天柱大将军称号，孝武帝命魏收作诏书答应他的请求。孝武帝又想加授神武帝为相国，问魏收相国品秩高低，魏收照实回答，孝武帝就作罢了。魏收既揣摸不透皇帝、丞相内心的真实想法，就对先前作诏的事感到不安，请求离任，孝武帝同意了。过了很久，又任命他作孝武帝兄子广平王元赞开府的从事中郎，魏收不敢推辞，就作了一篇《庭竹赋》来表达自己的心意。不久他又兼任中书舍人。魏收与济阴郡人温子昇、河间郡人邢子才齐名，当世称作三才子。此时孝武帝心中对神武帝有疑忌，魏收就称病坚请离任，获得允许。他的舅舅崔孝芬感到不解，问他辞职的原因，魏收回答说："我担心晋阳方面有兴兵清君侧的举动。"不久神武帝南下进京，孝武帝西行进入关中。

魏收兼任通直散骑常侍，作为副使，与王昕一起出访梁朝。王昕风度潇洒，能言善辩，魏收富于词藻，才气横溢，梁帝和群臣都给予特别敬重的礼遇。在此之前梁朝和东魏开始通好的时候，李谐、卢元明首先出使梁朝，他两人的才识器度，都受到梁朝人的敬重。到这时，梁帝赞赏地说："卢、李是创业之始的能人，王、魏是中兴时期的高才，只不知后来的人如何了。"……出使回到京师，尚书右仆射高隆之向王昕、魏收索取南方货物，没能如愿以偿，于是就暗使御史中尉高仲密把王昕、魏收禁闭在御史台，过了很久才得到释放。……

本来魏收自恃文才，一心盼望脱颖而出，能受到朝廷赏识，而官位却不如人意，就请修撰国史。崔暹在文襄帝面前替他说话："国史事关重大，您家父子的霸王功业，都需要记载，除了魏收没人能做好这事。"文襄帝于是禀告魏帝，任命魏收兼散骑常侍，修撰国史。武定二年，任命魏收作正员散骑常侍，兼任中书侍郎，仍负责修撰国史。

魏帝宴集百官，席间问到"人日"取名的由来，百官都不知道。魏收回答说："晋朝的议郎董勋在《答问礼俗》中说：'正月一日为鸡，二日为狗，三日为猪，四日为羊，五日为牛，六日为马，七日为人。'"此时邢邵也在一旁，很是惭愧。自从东魏、梁朝和好，来往国书的最后一页总要写上："想彼境内宁静，此天下安宁和融。"梁朝后来递送国书又去掉"彼"字，自称还是署"此"，想以此表示不分彼此的意思。魏收拟定回书时，"彼此"两字都不用了，只说："想来境内清静平安，今天下安宁和融。"梁朝回书，也就按照这种体制。

后来神武帝入朝，孝静帝授予相国之位，神武帝坚持不受，令魏收代作一篇辞位的书启。启作好呈上时，文襄帝当时在一旁侍候，神武帝指着魏收对他说："这人当是又一个崔光。”武定四年，神武帝在西门豹祠堂宴集群僚时，对司马子如说：“魏收作史官，记载我等的好坏优劣，听说北伐时，那些权贵们常供给史官饮食，司马仆射也曾送过吗？”于是大家哄堂大笑，神武帝又对魏收说：“你不要看到陈元康等人在我眼前奔走，就说我认为他们很卖力。我死后的名誉地位出于你的手，莫以为我不懂。”不久，魏收又连兼著作郎。

往昔魏收在京都洛阳时，是他一生轻薄作风最为突出的时期，人们称作“魏收惊蛱蝶”。文襄帝曾游东山，召给事黄门侍郎颢等会宴。文襄帝说：“魏收恃才傲物，处事不当，大家应揭他的短处。”经过往返几个回合的舌战，魏收突然高声叫道：“杨愔理屈，已被驳倒。”杨愔从容地说：“我可辩的还绰绰有余，如山屹立，岿然不动。要是遇上当途，恐怕就翩翩飞去了。”杨愔所说的“当途”，指的是魏，而“翩翩”指的就是蝴蝶了。文襄帝先就知道魏收有“惊蛱蝶”的“雅号”，于是大笑叫绝。文襄帝又说：“刚才讲的还太轻了，应再指责。”杨愔接着他的话就说：“魏收在并州作了一首诗，当众读完后就说：‘你们就是向我的从叔魏季景出六百斛米的高价，他也作不了这样的好诗。’这是远近的人都知道的，我不敢胡乱编造。”文襄帝乐了，说：“我先前也听说这事。”众人都笑了。魏收虽然还为自己申辩，但不再与他们抗争，终身以此为耻。

当侯景反叛投奔梁朝后，又率兵侵犯东魏南部边境。此时文襄帝在晋阳，他令魏收作讨伐侯景的檄文，该文长达50多页，魏收用了不到一天的时间就完成了。又作照会梁朝的檄文，要梁朝交出侯景。魏收初夜才提笔，三更时就完成了，文有7页多。文襄帝对他的才思敏捷很赞赏。魏帝曾在秋末举行大射典礼时，遍令群臣赋诗，魏收所作的诗末尾是："尺书征建邺，折简召长安。"文襄帝赞赏诗的气势雄壮，并当着许多人说："当今在朝廷上有了魏收，便是国家的光彩。无论是典雅或通俗的文章，他都通达晓畅，随意挥洒。我也任用邢子才、温子昇，随时都有撰著，但在词采文气方面，都不及他。我有时或者是心有所想，遗忘了没讲出来，或者是话没讲完，有些想法没提到，而魏收呈上草稿，都已周密详尽。这也是难得的。"又令魏收兼任主客郎，接待梁朝使臣谢斑、徐陵。侯景攻陷梁朝都城后，当时梁朝的鄱阳王萧范任合州刺史，文襄帝令魏收作书说服他。萧范得书，继续带领部众西上，东魏刺史崔圣念进占合州城。文襄帝对魏收说："现在平定了一州，你是有功劳的，但仍感遗憾的是'尺书征建邺'还没有应验。"

文襄帝死后，文宣帝到了晋阳，令魏收与黄门侍郎崔季舒、高德正、吏部郎中尉瑾在相府的北屋参掌机密。

转任秘书监，兼任著作郎，又受任为定州大中正。此时齐国将要接受东魏的禅让，杨愔奏请将魏收安置在单独的馆阁中，令他撰写有关禅让、代位的诏令册文等，派徐之才守门，不准出入。

天保元年，任命魏收为中书令，继续兼任著作郎，封富平县子。天保二年，令魏收撰著《魏史》。天保四年，任命魏收做魏尹，这是特意给予他优厚的俸禄，使他致力于史事，并不审理魏郡政务。先前，文宣帝令群臣各言其志，魏收说："我愿能在东观直笔而书，尽快撰成《魏书》。"所以文宣帝让魏收专门从事修史的工作。他又令平原王高隆之总负责，但只是署名而已。文宣帝对魏收说："尽管直书吧，我决不会像魏太武帝那样杀害史官。"

最初，北魏初年邓彦海撰成《代记》10 多卷，后来崔浩负责修史，游雅、高允、程骏、李彪、崔光、李琰之等也继续进行修史的工作。崔浩作的是编年体，到李彪时才分作纪、表、志、传，但书还是没有最后撰成。宣武帝时，命邢峦补作《孝文起居注》，记载到太和十四年。后又命崔鸿、王遵业续补，下至孝明皇帝，记事很周详。此外又有济阴王元晖业撰《辨宗室录》30 卷。魏收于是与通直散骑常侍房延祐、司空司马辛元植、国子博士刁柔、裴昂之、尚书郎高孝干广泛收集，仔细推敲，这样就汇纂成了《魏书》。对考定出名号称谓的异同，都按条分别列举。

又搜集各书不载的遗事，补撰孝明帝以后的史实，使一代史籍得以完备，上表奏报皇帝。所撰成的这一代大典，包括本纪12篇、列传92篇，共110卷。天保五年三月，上奏进书朝廷。这年秋天，朝廷任命魏收作梁州刺史。魏收以《魏书》的“志”还没撰成，请允许继续完成这项工作，文宣帝同意了。到了十一月，魏收又奏上10篇《志》，其中《天象志》4卷，《地形志》3卷，《律历志》2卷，《礼乐志》4卷，《食货志》1卷，《刑罚志》1卷，《灵征志》2卷，《官氏志》2卷，《释老志》1卷，总计20卷。将各志附在纪传之后，合为130卷，分装12函。这部史书中的35条体例、25篇叙说、94篇史论，以及前后所上二表一启，都出于魏收一人之手。

魏收引用修史官员，唯恐受到他们胁迫干扰，所以只选用平时依附于自己的文人。其中房延祐、辛元植、眭仲让虽早登朝位，并不是修史的专门人才；刁柔、裴昂之以研究儒家经典而得赏识，又都不胜任编撰工作；高孝干更是不以正道求进取。这些修史的人，对他们的宗族祖辈和联姻之家，多加以记载，还添加一些好话。魏收性格很急躁，在编纂中不能做到很公允，对往常有仇怨的人，多抹煞别人的优点。他常声言：“哪个小子敢和我魏收翻脸！我抬举你就能使你上天，贬低你会使你入地。”先前，魏收在神武帝时任太常少卿，负责修国史，得到阳休之的支持。因而他感激地对阳休之说:“我没有什么可以报答你的恩惠,一定替你作一篇漂亮的家传。”阳休之的父亲阳固,在魏朝任北平太守,因贪婪残暴被御史中尉李平弹劾而受到处治,这事记载于《魏起居注》。魏收在《魏书》中记作:“阳固任北平郡守,多有仁爱的设施,因公事免官。”又说:“李平对阳固十分敬重。”对魏朝来说尔朱荣是个奸贼,魏收因高氏出自尔朱荣门下,并收受了尔朱荣儿子送的金子,所以少记他的丑事而添加一些好话。魏收在传论中说:“要是讲道德仁义风尚的话,那么豕韦、大彭、伊尹、霍光,与他相比又算得了什么呢?”

当时的舆论既然称魏收撰史不公允,文宣皇帝就令魏收在尚书省与各家子孙共同进行辩论。先后递上状子申诉的100多人,有的说遗漏了他家的世系、官称,有的说他家的人不见记载,有的说魏收毫无根据地对人随意贬责。魏收按他们状子上提出的问题,一一作了答复。范阳郡人卢斐的父亲叫卢同,他的传记附见于族祖卢玄的传后;顿丘县人李庶的家传,称李家本是梁国蒙县人。于是卢斐、李庶讥讽非议,都说史书记载不公正。魏收性情急躁,气愤得不能忍受,就上书文宣帝,诬告他们想杀害自己。文宣帝大怒,亲自对二人进行追究。卢斐说:“我父亲在魏朝作官,位至仪同三司,功业显著,名闻天下，只是与魏收无亲戚关系，就不给立传。博陵郡人崔绰，官位只不过本郡的功曹掾，更没有事迹可言，因是魏收母家的亲人，就把他列在一传之首。”魏收说：“崔绰虽没登高位，但道德行为值得表彰，所以应该立传。”文宣帝问：“你从什么地方了解他是好人?”魏收回答说：“高允曾经作过《崔绰赞》，称他有道德。”文宣帝说：“司空高允是个才子，给别人作歌颂文字，合该称赞表扬。也和你为别人作文章一样，叙述他好的方面，难道都是真实的吗?”这下魏收找不出话来回答，只有站在一旁浑身发抖。但文宣帝早就器重魏收的才华，也不想加罪于他。当时太原郡人王松年也讥斥《魏书》，连同卢斐、李庶一起获罪，分别处以鞭刑，并发配到造甲胄的作坊服役，其中有人因此致死。此外卢思道也因讥史而被判处。但文宣帝还是因众口沸腾，令《魏书》暂不流传，让群臣广泛地讨论，允许有家事的人进官府申报，有史书记载不实的地方可写明进呈。于是人们议论纷纭，称这部史书为“污浊之史”，投递申辩文书的人接连不断，魏收无法对付。当时左仆射杨愔、右仆射高德正二人权势极大，都与魏收关系不错。魏收于是为他们二人都作了家传，杨、高二人不愿说史书不实，就压制和阻拦他人的申诉，直到文宣帝死，没再重新讨论。

又有尚书陆操对杨愔说：“魏收能撰成《魏书》，可称是见多识广的大才，对魏朝是立有大功的。”杨愔曾经对魏收说：“这部书可说是不朽的著作，能流传万代。遗憾的只是史论和各家旁枝末叶的亲族姻戚，写得过于繁杂琐碎，与先前史籍的体例不合。”魏收说：“往昔由于中原大乱不断，记载人士家世的书籍几乎都散失完了，所以才详细记载他们的旁枝别系。盼望您能看到我的过失而了解我的美意，从而不致怪罪于我。”……

最初魏收的名位比温子昇、邢邵要稍次一些，邢邵既被疏远而出外，温子昇又因罪处死，魏收就大受重用，独步一时。他们议论间常互相诋毁，各有一帮人唱和。魏收常说邢邵的文章简陋。邢邵又说：“江南的任昉，文章体制本就松散，魏收不仅仿效造作，又还大量盗用别人的东西。”魏收听到这话后就说：“他这人常在沈约文集中作手脚，谁知竟说我剽窃任昉。”任昉、沈约都是享有盛名的人物，邢邵、魏收对他俩是各有所好。武平年间，黄门侍郎颜之推以邢、魏二人的意见问仆射祖珽，祖珽回答说：“看出邢、魏的长短，那就是任、沈的优劣。”……

后来群臣中很多人都说《魏书》记载不真实，武成帝又令重新审定。魏收又加以调整，于是给卢同立了专传，崔绰反而改为附见。杨愔的家传中原说“有魏以来，一门而已”，到这时就改了这八字。又先称“弘农华阴人”，这时就改成“自称弘农人”，以与王慧龙传中的“自称太原人”相合。这些都是魏收的过失。不久，任命魏收为开府、中书监。……武平三年，魏收去世，朝廷追赠他为司空、尚书左仆射，谥号叫文贞。魏收还著有文集70卷。

庾信传

庾信(513—581)是我国文学史上的重要人物。他从小聪慧绝伦,博览群书,15岁便做了东宫讲读,19岁又为东宫抄撰学士。侯景乱梁,他逃到江陵,在后梁政权任职。后梁灭亡时,他正出使西魏,遂被强留。历仕西魏、北周,官至开府仪同三司,世称庾开府。他的前期作品以宫体诗为代表,词采艳丽,内容空泛。当时有徐陵也擅作此体,于是世称“徐庾体”。庾信后期遭遇家破国亡的厄运,伤身世之零落,哀故国的丧亡,所以常怀乡关之思,每有愁叹之吟。现实生活的感受,使他的作品具有了较为充实的内容,表达了对故国政治腐败的愤慨,对自己屈节事敌的悔恨，对处于回天乏力、无可奈何境地的怅惘，每于哀惋中见悲壮，常在乡关之思中流露出爱国激情，确实感人肺腑，催人泪下。杜甫有诗赞叹说："庾信平生最萧瑟，暮年诗赋动江关。"又说："庾信文章老更成，凌云健笔意纵横。"庾信后期诗文的成就极高，五言、七言开唐代新体诗之先河，而骈文更是集六朝之大成而垂范于后世。有《庾开府集》传世，清人倪璠作注，改称《庾子山集注》，较为详备。

庾信字子山，南阳新野人。祖易、父肩吾，并《南史》有传。

信幼而俊迈，聪敏绝伦，博览群书，尤善《春秋左氏传》。身长八尺，腰带十围①，容止颓然，有过人者。父肩吾，为梁太子中庶子，掌管记②。东海徐摛③为右卫率④。

---

① 八尺：当时一尺相当于现在七寸左右。十围：这里当以两手拇指和食指合拢起来的长度为一围。 ② 中庶子：东宫近侍官。管记：指撰写文翰之事。 ③ 摛：chī 痴。 ④ 东海：郡名，治郯，今山东郯城北。右卫率：东宫禁卫官之一。

摛子陵及信并为抄撰学士①。父子在东宫，出入禁闼，恩礼莫与比隆。既文并绮艳，故世号为徐、庾体焉。当时后进，竞相模范，每有一文，都下莫不传诵。累迁通直散骑常侍，聘于东魏，文章辞令，盛为邺下所称。还为东宫学士，领建康令②。

侯景作乱③，梁简文帝命信率宫中文武千余人营于朱雀航④。及景至，信以众先退。台城陷后⑤，信奔于江陵⑥。

---

① 抄撰学士：负责抄录、编纂、撰述的学士。魏晋时期学士还不是常设的职官。往往是征集当时名人组建一个文人班子，皆称学士，无定员、品秩，但声望很高。 ② 建康：县名，今江苏南京市，为当时京都所在。 ③ 侯景：侯景之名屡见于前，因与本篇关系最切，故留在此处作简约介绍。侯景为怀朔镇人，后投尔朱荣，复归高欢。东魏始建，他受任河南道大行台，专制河南13州达14年。高欢死后，他先降西魏，后投梁朝。当梁武帝与东魏议和时，他举兵反叛，时公元548年。次年攻下京城，先后废杀几个傀儡皇帝，最后自立为帝，国号汉。公元552年，侯景被湘东王萧绎部下击败，死。这场导致梁朝灭亡的大乱，史称“侯景之乱”。 ④ 简文帝：名萧纲，梁武帝第三子。此时他尚为太子，是在侯景入城，废杀另一傀儡皇帝萧正德后，他才登帝位的。朱雀航：桥名。在今江苏江宁县南，为六朝都城正南门外的浮桥。 ⑤ 台城：即禁城。⑥ 江陵：县名，即今湖北江陵，为梁荆州治所。

梁元帝承制[①]，除御史中丞[②]。及即位，转右卫将军，封武康县侯[③]，加散骑侍郎，聘于西魏。属大军南讨，遂留长安。江陵平，累迁仪同三司。

周孝闵帝践阼，封临清县子[④]，除司水下大夫[⑤]。出为弘农郡守。迁骠骑大将军、开府仪同三司、司宪中大夫[⑥]，进爵义城县侯[⑦]。俄拜洛州刺史。信为政简静，吏人安之。时陈氏与周通好，南北流寓之士，各许还其旧国。陈氏乃请王褒及信等十数人。武帝唯放王克、殷不害等，信及褒并惜而不遣。寻征为司宗中大夫[⑧]。明帝、武帝并雅好文学，信特蒙恩礼。至于赵、滕诸王，周旋款至，有若布衣之交。群公碑志，多相托焉。唯王褒颇与信埒[⑨]，自余文人，莫有逮者。

---

① 梁元帝：即萧绎，时为湘东王。他在平息侯景之乱前，联络西魏铲除了自己兄弟的势力，公元552年即位，史称后梁。两年后他自己也不免被西魏所杀。 ② 御史中丞：御史台长官，北朝多称御史中尉。 ③ 武康县：今浙江德清县。 ④ 临清县：今山东临清市。 ⑤ 司水下大夫：官名。按北周仿《周礼》改官制，朝廷设六府综理百务，略相当于后代尚书六部。其六府为天官府（如后世吏部）、地官府（户部）、春官府（礼部）、夏官府（兵部）、秋官府（刑部）、冬官府（工部）。司水属冬官府。 ⑥ 司宪中大夫：属秋官府。 ⑦ 义城县：今四川广元市东南。 ⑧ 司宗中大夫：春官府属官。北周武帝时司宗改称礼部，但仍属春官府所辖的一个部门。 ⑨ 埒：liè 劣。

信虽位望通显，常作乡关之思，乃作《哀江南赋》以致其意。大象初①，以疾去职。隋开皇元年卒②。有文集二十卷。文帝悼之，赠本官，加荆、雍二州刺史。子立嗣。

【翻译】

庾信字子山，南阳郡新野县人。祖名易、父名肩吾，他们的传记都载在《南史》。

庾信从小超群出众，聪明机敏，无与伦比。他博览群书，尤其对《春秋左氏传》感兴趣。庾信身高八尺，腰带十围，容仪举止，庄重严谨，确有人所不及之处。他的父亲庾肩吾在梁朝官为太子中庶子，负责文书，东海郡人徐摛为右卫率。徐摛的儿子徐陵和庾信都担任抄撰学士。他们两家父子都在太子宫中作官，出入于禁宫之中，受到的优厚待遇，没人能和他们相比。因为他们的文笔都很华美艳丽，所以世人就称之为“徐庾体”。当时追随他们的文人都争相仿效，每作一篇文章，京邑之内无不传习背诵。庾信积官升迁至通直散骑常侍，奉命出使东魏，他的文章和应对言词，大受邺城的人士赞赏。

① 大象：北周静帝年号，共两年，即579、580年。 ② 开皇：隋文帝年号，开皇元年即581年。

出使回来后，受任为东宫学士，兼任建康县令。

侯景发动叛乱时，梁简文帝命庾信率领宫中文武千多人到朱雀航屯守。当侯景兵到，庾信率众先退。都城陷落后，他又逃奔到江陵。时后梁元帝秉承梁帝旨意代行制命，任命庾信为御史中丞。当梁元帝即位，转任他为右卫将军，封武康县侯，加授散骑侍郎，出使西魏。正当此时，西魏大军南征荆州，庾信就留在长安任职。西魏平定江陵后，庾信在西魏一朝积官升至仪同三司。

北周孝闵帝即位，封庾信为临清县子，任官为司水下大夫。后出京任弘农郡太守，升任骠骑大将军、开府仪同三司、司宪中大夫，进爵为义城县侯。不久，又任命庾信为洛州刺史。庾信治理州政力求简明，不妄兴事端，因此属下官吏民众都感到安宁。此时陈朝和北周通好，流居南北的人士各许回归故土。于是陈朝请将王褒、庾信等10多人放还。周武帝只放了王克、殷不害等人，对庾信、王褒却舍不得，仍留下不让回去。不久，就召庾信入朝任司宗中大夫。北周明帝、武帝都十分喜欢文学，所以庾信特别受到优待。至于赵、滕诸王都和他应酬往来，关系极其密切，有同平民交往一般。许多公卿的碑文、墓志，多嘱托他撰写。在所有的文士中，只有王褒大致与庾信等同，此外没人能和他相比。

庾信虽然任居高位，名声显赫，但时时怀着思念故国家乡的心情，于是写了《哀江南赋》来表达自己的心意。大象初年，庾信因病离任，隋开皇元年去世。著有文集20卷。隋文帝对庾信的死很伤感，追赠他离任前的所有官职，并加赠荆、雍二州刺史。他的儿子庾立继承爵位。

《古代文史名著选译丛书》编纂始末[①]

马樟根　安平秋

今年1月,《古代文史名著选译丛书》已经出到100种101册(其中《史记》为2册)。4月份,最后的33种也已交稿。这样,全书133种即将呈献在读者面前。[②] 一项服务当前、造福子孙的普及优秀古代文化、进行爱国教育的大工程将宣告完工了。回想

① 《古代文史名著选译丛书》由全国高校古籍整理研究工作委员会主持,古委会直接联系的18个古籍整理研究所为主要承担机构,章培恒、安平秋、马樟根任主编。本文于1992年4月,在《中国典籍与文化》杂志发表时题目是《衣带渐宽终不悔——〈古代文史名著选译丛书〉编纂始末》。这次将此文作为2011年修订版附录时,去掉原正标题,以原副标题为正式题目。 ② 至1994年4月最后定稿时,全书为135部。2011年修订版出版时,全书为134部。

这一套丛书动员18所院校,投入100余人,从1985年筹划,1986年起步,到今天已度过了六七年的岁月,个中甘辛令人难以忘怀。

一、北大·苏州·北大

——酝酿与筹划

编纂这样一套丛书,起因于1981年7月。当时陈云同志派人到北京大学召开了小型座谈会。来人告诉与会人员陈云同志最近在考虑两个问题:一个是粮食,一个是古籍整理。对古籍整理,特别讲到陈云同志说:"整理古籍,为了让更多的人看得懂,仅作标点、注释、校勘、训诂还不够,要有今译,争取做到能读报纸的人多数都能看懂。有了今译,年轻人看得懂,觉得有意思,才会有兴趣去阅读。今译要经过选择,要列出一个精选的古籍今译的目录,不要贪多。"这就是后来收入《陈云文选》的那段话。1981年9月,中共中央关于整理我国古籍的文件中一字不差地强调了这段话。1983年,教育部成立了全国高校古籍整理研究工作委员会(简称古委会)。古委会主任周林同志根据中央和陈云同志意见,提出了组织力量今译古籍。但在当时,经过"文革”后的古籍整理工作百废待兴，加之一些学者对今译重要性的认识远非今日之深，这一工作一拖便是两年。

1985年5月，全国高校古委会在苏州召开了一届二次会议。周林同志在会上作了“人才培养和古代文化遗产普及问题”的专题发言，他分析了“解放三十多年来，由于‘左’的路线干扰，特别是‘文化大革命’，几乎使我们的民族文化到了中断的边缘，出现了对古代文化知之不多，或知之甚少的状况”，要教育界的同志“做好普及古代文化知识的工作”，搞好古籍的今注今译就是其中的一项重要任务，“高校古委会要在这方面多下功夫”，“高校古籍研究所无疑应担负起这个任务”。他针对当时一些人轻视古籍的今注今译思想，呼吁“我们对于选本、今译等有利于教育普及的东西，应承认它的学术价值”，“《昭明文选》、《唐诗三百首》、《古文观止》等是地道的选本，流传几百年，发生那么大的影响，能说没有水平？”“专家们深入浅出的在对古文献研究基础上的译注，对普及古代优秀文化作出重大贡献，算不算高水平的成果呢？”“古文既要译得恰当、准确，又要通畅易懂，难度是很大的”，“为了社会主义精神文明建设，古籍整理这方面也要作出应有的贡献”。一石激浪，沉寂了几年的今译古籍的话题又重新活跃起来。会上作了一番认真讨论。

经过这样的酝酿，1985 年 7 月，全国高校古委会科研项目评审组的专家们聚集在北京大学勺园，筹划编纂一套古籍今译的精选本。初步定名为《古籍今译丛书》，议定了收书范围、内容，开列了 65 种书的选目。并决定由科研项目专家评审组召集人、复旦大学古籍所所长章培恒教授和参加过陈云同志在北大召开座谈会、当时古委会主管科研工作的副秘书长安平秋同志共同负责，与秘书处同志一起具体筹划。经几个月的筹备，决定由古委会直接联系的 18 个高校古籍研究所承担这一工作，组成编委会，并开列出 89 种书的选目，对选译的进度、规划亦作了设计。此时，几家出版社闻讯而至，表示愿意出版这套丛书。最早与我们联系的巴蜀书社的段文桂社长以其强烈的事业心和对古籍今译的高度重视感动了我们，于是决定邀请巴蜀书社编辑参加第一次编委会议。

二、从柳浪闻莺到桂子山上

——第一批书稿的产生

第一次编委会于 1986 年 5 月在杭州柳莺宾馆

召开。宾馆因位于西湖十景之一的柳浪闻莺而得名。全国高校18个研究所的24名学者和有关人员聚集在这风景胜地,无心观柳,亦无从闻莺,紧张地工作了三天。会上确定了这套普及读物的读者对象是具有中等以上文化程度的广大群众,收书范围是中国历代文史名著,在名著之中选精。所选书目,在原拟89种基础上,调整为116种,以形成系统性。书中选篇之下分提示、原文、今译、注释四部分,以译文为主,书前有一前言,书中加入必要的插图。每一种书约10—15万字。书名确定为《古代文史名著选译丛书》。即由到会的24位学者组成丛书编委会①,由章培恒、马樟根、安平秋三人任主编。于是,编委会立即分成三个工作小组,在会上分头拟出丛书《凡例》、《编写、审稿要求》和《文稿书写格式》,经讨论修改而形成了正式文字以供遵循。在

---

① 编委会成员按姓氏笔划排列为:

马樟根　平慧善　安平秋　刘烈茂　许嘉璐　李国祥
金开诚　周勋初　宗福邦　段文桂　董治安　倪其心
黄永年　章培恒　曾枣庄(以上为常务编委)
王达津　吕绍纲　刘仁清　刘乾先　李运益　杨金鼎
曹亦冰　常绍温　裴汝诚(以上为编委)

自报的前提下，会上确定了由18个研究所承担前40部书的今译任务，要求当年年底完成。古委会主任、丛书顾问周林同志对编委会的认真精神、紧张工作和显著效率十分赞赏，他说："有这样一个编委会，有这样一个阵容来做选译，使中国历史文化不成为专属于少数人的知识，使能看报纸的人都读懂自己民族的名著，从而树立爱国主义、建设有民族特色的精神文明，其意义之深远将会在今后愈益显露出来。"于是，有1000余万字的大工程便从这里开始了。

当年年底各研究所的今译书稿经作者完成后，由在该所的编委审改，到1987年5月和7月，先后在复旦大学、北京大学两次召开编委审稿会。这种审稿会，说是审稿，实际上是边审边改，字斟句酌，每部书稿必须经一位编委、一位常务编委审改把关，经过这样两道工序，汇总到主编手中，40部书稿通过了25部。其中部分书稿赶印了样稿征求意见。于是周林同志于7月6日在北大临湖轩邀请了在京十几位专家与正在审稿的编委一起研究样稿，探讨如何提高这套今译丛书的质量。

根据编委审稿发现的问题和在京专家们的意

见，从书亟需在已定体例的框架中条列细则；而出版单位巴蜀书社又希望所出版的第一批书为50种以便形成格局，需要布置各研究所承担新的今译任务。这样，1987年10月在华中师范大学再次召开了编委会，又请了詹锳、周振甫、刘乃和、郭预衡等先生到会指导。

这次编委会是在审看了40部书稿后，发现了一大批问题亟待解决，又是在需要布置下一步任务的状况下召开的，是一次承上启下的编委会。会议初期人们的心情和会上的气氛都带有一股子严峻与急切。会议从5日到8日开了三天半。但是在4日晚上开预备会的时候，主编章培恒先生尚未到会，亦无他是否已从上海出发的信息。5日上午就要开会了，主编不到怎么行呢？5日一早，我们还在沉睡之中，忽听有人敲门，进来的竟是章培恒！一向风神儒雅、衣装考究的章培恒先生，此时却是一身尘灰、满脸疲惫地站在我们面前。原来他从上海出发前，未能买到机票或船票，而上海到武汉又没有直达火车，只好先从上海坐火车到长沙，为了不误5日上午开会，他只好买了一张无座票，夜间从长沙出发一直站到武昌。一向走路辨不清方向的章培恒竟然在夜色未退之前一人从车站摸到了华中师大专家楼，也算是奇迹。

这次编委会，从体例的具体要求、书中选篇是否合适、每篇中的提示如何写、注释的繁简和语言的通俗性，到今译的信达雅如何把握，例如李白的“床前明月光，疑是地上霜，举头望明月，低头思故乡”这样通俗的诗是否要翻译，在在都有热烈的争论。感谢编委们的努力和学术判断力，最后终于形成了一个《细则》，一切争论都统一在这个《细则》之上。编委们在思想明确、分得新的任务之后，显出了少有的轻松与喜悦。会议结束正逢中秋节，华中师大的专家楼坐落在武昌桂子山上。入夜，桂子山上举行了赏月茶会，几张方桌，围坐着全体编委和特邀到会专家。天上明月如盘，清辉洒地，眼前桂树葱茏，桂花飘香，华中师大古籍研究所的青年们活跃席间，引得王达津先生即席赋诗，刘乃和先生清唱京戏。这气氛预示着《古代文史名著选译丛书》克服了当前的困难，第一批50种书稿有如母腹中的胎儿，快要降生了。

三、华清池畔的愁云与人民大会堂的欢欣

——第一批书出版的柳暗花明

1988年10月，编委们再一次聚会，审定第一批

50种中的最后十几部书稿、修改第二批50种中的大量书稿。这次审稿是在“东枕华山、西拒咸阳”的骊山脚下、华清池滨的一家招待所。这里古朴而不豪华，食宿低廉却又实惠，审稿之余，左近有风景可观，有古迹可寻，房内有43℃的温汤沐浴，编委们平日在校教学、科研工作劳累而生活清苦，如今有这样的环境与条件，感到少有的惬意。我们作为主编觉得这也是对编委们两年来辛勤编书的一点补偿。但这种适意之感很快就被两件事所驱散。一件事是书稿的质量。几十部书稿交来，一经审看，从注译到体例完全合格的只有寥寥可数的三四部，余下的，或需小改，或需大改，或根本不合格需退回重作。另一件事是出版发行成了问题。到会的巴蜀书社副社长黄葵同志向大家通报了即将印出的16本书征订情况，最多的为2000册，且只有一种，其他的只有800册、600册，甚至还有200余册。征订不佳，销路不畅，出书要赔钱，出版社为难，编委们又无计可施。此时哪还有心思去观赏“骊山云树郁苍苍，历尽周秦与汉唐”？也无心绪登上骊山，在烽火台前怀古。且正值“楼台八月凉”的节令，只有华清池畔秋雨飘零，秋风瑟瑟，落叶满地，不禁愁从中来。

愁则愁，还得面对现实。书稿质量不高，靠到会近20位编委十余天的逐字逐句修改，终于改定合格17部。至于出版发行问题，巴蜀书社的朋友费心经营，重新设计了封面，改进装帧，将第一批50种装成一个大礼品盒，成盒出售。从中又得到了国家新闻出版署、四川省出版局、国家教委有关司局和各省市教委的大力支持与帮助，发行面得以扩大，到了1990年下半年，首印的17000套书销售已尽，而问讯、索购者不绝，出版社决定再印30000套以供读者需要。中央领导了解到这套丛书受到读者欢迎，欣然为丛书题辞，江泽民总书记的题辞是“做好我国古代文史名著的传播普及工作，使其古为今用，以发扬爱国主义精神”，李鹏总理的题辞是“弘扬民族优秀文化，激励爱国主义精神”。李瑞环同志也为丛书题了辞。

1990年8月22日在北京人民大会堂召开了《古代文史名著选译丛书》出版座谈会。国家领导人李铁映、胡乔木、李德生、陈丕显、廖汉生、王汉斌、王光英出席，古委会主任周林同志主持会议，到会各阶层代表在发言中从不同角度肯定了这套书对促进青少年了解历史、了解国情、了解中华民族优秀传统文化、进行爱国主义教育的作用。时值盛夏，却逢喜雨，洗却了编委和出版社同志心中的忧虑，参加大会堂座谈会的13名常务编委会后又聚集在北京大学讨论深入认识编纂这套丛书的重大意义，研究审改好第二批书稿的具体措施。

四、从舜耕山庄耕作到乐山脚下

——第二批书稿审定之艰辛

第二批书稿50种50册，是1987年10月布置的。1988年10月在西安审改合格的17部书稿都已放入第一批中以替换原已通过的第一批中质量较差的书稿。这样，第二批书稿当时余下的已完成的有20余部，却都不合格，只能要求译注者和编委再行修改。一年之后，编委会汇总来重新改好和新译注交来的第二批书稿44部，1989年10月于济南千佛山下的舜耕山庄召开了常务编委审稿会。

这次审稿，发现的问题较多。有的选目不当，如有的史书重要人物的传不选却选入无关紧要而又无学习价值的人物传，有的名家的文章名篇不选却选入既无文学价值又无借鉴意义的篇章。有的选译所依据的底本不当，舍弃现有的精校本却用校勘不善的本子。有的虽有根据地改动正文却只在注释中说“原作……据别本改”，而不指明据何本改。有的注释过繁，不利于一般读者阅读；有的注释极简，该注释的地方不注，使广大读者看了译文仍无法理解全文的精妙；而更多的是注释不准确，对一字一词增字为训而歪曲了原意的毛病也较普遍。译文问题更多，有的语义不清，佶屈聱牙，把“三顾频烦天下计，两朝开济老臣心”译为“三顾茅庐频烦为天下大计，两朝事业开济尽老臣忠心”，有的为追求通俗生动把“君何往”中的“君”译为“老兄”。每篇的提示，有的写得很长变成了文章赏析，有的虽短却不中肯綮，用了类似“文革”期间的语言扣几顶大帽子了事。看这样的稿子都觉头痛，改这样的稿子更感艰难。审稿历时12天，参加审稿、当时63岁的黄永年先生向我们诉苦：“头发掉了一把！”有的编委说，千佛山古称历山，传说舜在这里开垦耕耘，十分艰辛，我们住在舜耕山庄，预示着我们为这套丛书垦荒笔耕，也要历尽千辛。这次审稿，经过审改之后，有10部书稿合格，有11部需会后再作小的修改方能通过，余下的均需作大的改动或另请人译注。

这次审稿还研究了所选戏曲部分的曲辞如何今译问题，如规定了念白中出现的诗句只注不译，上、下场诗只注不译，注而不译的文字在译文中应予保留以便参读。

到1990年12月，丛书常务编委在广州研究丛书如何体现批判继承精神、如何提高第二批书稿质量时，又有18部书稿完成交来。为了保证书稿质量，使1991年上半年召开的常务编委审稿会得以顺利进行，我们三个主编从广州匆匆赶到北京，用了一周时间审看了这18部书稿，通过了7部，11部退改。当我们看完最后一部书稿碰头研究时，已是12月31日。在1990年一年内，我们仅仅通过了这7部书稿。加上1989年在舜耕山庄通过的10部，也仅有17部，尚差33部方足第二批的50部。

1991年5月，常务编委来到古称嘉州的乐山市，在乐山山腰的八仙洞宾馆继续审改第二批书稿。改稿时间只有十天，要力争将50部推出，其繁重可知。我们在改稿过程中，不禁想到明万历年间嘉州知州袁子让的诗句“登临始觉浮生苦”，想到这套丛书从起步到这次审改已历时5年，当初怎么也没有想到完成这套丛书会是如此的艰辛，真是登临始觉笔耕苦啊!

这次乐山审稿,通过了13部书稿。好在余下的20部书稿只须小改即可在会后交稿,终于在1991年8月将这20部书稿全部改定交巴蜀书社。第二批50部历时近四年终于定稿了。

五、在金陵古都作光辉的一结

——第三批书稿的完成

1990年12月据出版社的要求,这套丛书出齐当为150种,到乐山会上又修正为110种至125种,最后数字的确定根据最后一次审稿结果而定,合格的即入选,不合格的不再修改选入。根据这一共识,今年4月中旬,我们一部分常务编委聚集到六朝古都南京,从已经交来的35部书稿中选择经小改合格的书稿。经过十一天的劳作,选择、改定33部,由到会的常务编委、巴蜀书社的段文桂总编和编委、巴蜀书社的刘仁清副编审带回成都,将经由他们的继续辛苦而使《古代文史名著选译丛书》以133部、1500万字之数呈献给热爱中华文化的读者。

这套丛书从1986年5月起步,历时整整六年,平日繁细工作不计,仅编委大小审稿会就开了12次之多。丛书的发起人、顾问、古委会主任周林同志先后参加了8次审稿会，每次都自始至终和大家在一起，听取审稿情况，了解遇到的问题；当我们遇到困难的时候他为我们鼓劲，当我们感到欣喜的时候他提醒我们不可大意。这次他又和我们一起来到虎踞龙蟠的石头城下，为我们督阵，看我们能否为这套丛书作出光辉的一结。

此时此刻，我们与这次会议的东道主、丛书常务编委、南京大学的周勋初先生漫步在中山陵旁，想到今译丛书已基本完成，自然感到如释重负，但理智却使我们不敢轻松，我们期待着全书133部出齐之后专家、读者的评头品足。

1992年4月26日

（原载《中国典籍与文化》1992年第1期）

古代文史名著选译丛书(修订版)总目

丛书主编:章培恒　安平秋　马樟根

书　名	译注者		审阅者		定价/元
老子注译	张玉春	金国泰	安平秋		16.00
庄子选译	马美信		章培恒		18.00
荀子选译	雪　克	王云路	董治安	许嘉璐	19.00
申鉴中论选译	张　涛	傅根清	董治安		18.00
颜氏家训选译	黄永年		许嘉璐		15.00
论语注译	孙钦善		宗福邦		28.00
孟子选译	刘聿鑫	刘晓东	黄　葵		20.00
墨子选译	刘继华		董治安		14.00
韩非子选译	刘乾先	张在义	黄　葵		19.00
新序说苑选译	曹亦冰		倪其心		25.00
论衡选译	黄中业	陈恩林	许嘉璐		22.00
管子选译	缪文远	缪　伟	董治安		18.00
列子选译	王丽萍		周勋初	倪其心	19.00
韩诗外传选译	杜泽逊	庄大钧	董治安		24.00
盐铁论选译	孙香兰	刘光胜	黄永年		13.00
诗经选译	程俊英	蒋见元	刘仁清		19.00
楚辞选译	徐建华	金舒年	金开诚		15.00
贾谊文选译	徐　超	王洲明	安平秋		17.00
司马相如文选译	费振刚	仇仲谦	安平秋		11.00
文心雕龙选译	周振甫		黄永年		17.00
庾信诗文选译	许逸民		安平秋		18.00

书　名	译注者	审阅者	定价/元
嵇康诗文选译	武秀成	倪其心	18.00
谢灵运鲍照诗选译	刘心明	周勋初	18.00
陈子昂诗文选译	王　岚	周勋初　倪其心	14.00
李白诗选译	詹　锳　等	章培恒	22.00
高适岑参诗选译	谢楚发	黄永年	23.00
元稹白居易诗选译	吴大逵　马秀娟	宗福邦	21.00
柳宗元诗文选译	王松龄　杨立扬	周勋初	18.00
李贺诗选译	冯浩菲　徐传武	刘仁清	20.00
杜牧诗文选译	吴　鸥	黄永年	14.00
李商隐诗选译	陈永正	倪其心	19.00
唐五代词选译	亦　冬	董治安	16.00
唐文粹选译	张宏生	周勋初	18.00
晚唐小品文选译	顾歆艺	平慧善	15.00
黄庭坚诗文选译	朱安群　等	倪其心	18.00
辛弃疾词选译	杨　忠	刘烈茂	24.00
元好问诗选译	郑力民	宗福邦	20.00
宋四家词选译	王晓波	倪其心	16.00
黄宗羲诗文选译	平慧善　卢敦基	马樟根	15.00
吴伟业诗选译	黄永年　马雪芹	安平秋	20.00
方苞姚鼐文选译	杨荣祥	安平秋	20.00
明代散文选译	田南池	马樟根	22.00
顾炎武诗文选译	李永祜　郭成韬	刘烈茂	23.00
张衡诗文选译	张在义　张玉春 韩格平	刘仁清	16.00
汉诗选译	张永鑫　刘桂秋	金开诚	19.00

书　名	译注者		审阅者		定价/元
阮籍诗文选译	倪其心		刘仁清		15.00
三曹诗选译	殷义祥		刘仁清		22.00
诸葛亮文选译	袁钟仁		董治安		16.00
陶渊明诗文选译	谢先俊	王勋敏	平慧善		16.00
杜甫诗选译	倪其心	吴　鸥	黄永年		17.00
王维诗选译	邓安生	等	倪其心		20.00
刘禹锡诗文选译	梁守中		倪其心		20.00
孟浩然诗选译	邓安生	孙佩君	马樟根		18.00
韩愈诗文选译	黄永年		李国祥		20.00
欧阳修诗文选译	林冠群	周济夫	曾枣庄		20.00
曾巩诗文选译	祝尚书		曾枣庄		19.00
苏轼诗文选译	曾枣庄	曾　弢	章培恒		23.00
李清照诗文词选译	平慧善		马樟根		15.00
陆游诗词选译	张永鑫	刘桂秋	黄　葵		24.00
朱熹诗文选译	黄　珅		曾枣庄		20.00
文天祥诗文选译	邓碧清		曾枣庄		20.00
袁枚诗文选译	李灵年	李泽平	倪其心		20.00
王安石诗文选译	马秀娟		刘烈茂	宗福邦	18.00
二程文选译	郭　齐		曾枣庄		25.00
范成大杨万里诗词选译	朱德才	杨　燕	董治安		26.00
萨都剌诗词选译	龙德寿		曾枣庄		28.00
王阳明诗文选译	吴　格		章培恒		18.00
徐渭诗文选译	傅　杰		许嘉璐	刘仁清	17.00
李贽文选译	陈蔚松	顾志华	李国祥	曾枣庄	17.00

书　名	译注者	审阅者	定价/元
三袁诗文选译	任巧珍	董治安	17.00
王士禛诗选译	王小舒　陈广澧	黄永年	13.00
龚自珍诗文选译	朱邦蔚　关道雄	周勋初	13.00
尚书选译	李国祥　刘韶军　谢贵安　庞子朝	宗福邦	14.00
礼记选译	朱正义　林开甲	宗福邦	22.00
左传选译	陈世铙	董治安	22.00
国语选译	高振铎　刘乾先	黄　葵	22.00
战国策选译	任　重　霍旭东	李国祥	21.00
吕氏春秋选译	刘文忠	董治安	17.00
吴越春秋选译	郁　默	倪其心	19.00
史记选译	李国祥　李长弓　张三夕	安平秋	29.00
汉书选译	张世俊　任巧珍	李国祥	22.00
后汉书选译	李国祥　杨　昶　彭益林	许嘉璐	24.00
三国志选译	刘　琳	黄　葵	18.00
晋书选译	杜宝元	许嘉璐	15.00
宋书选译	漆泽邦　孔　毅	李国祥	19.00
南齐书选译	徐克谦	周勋初	18.00
北齐书选译	黄永年	安平秋	16.00
梁书选译	于　白	周勋初	17.00
陈书选译	赵　益	周勋初	17.00
南史选译	漆泽邦	安平秋	22.00
北史选译	刁忠民	段文桂	20.00

书　名	译注者	审阅者	定价/元
周书选译	黄永年	安平秋	15.00
魏书选译	杨世文　郑　晔	周勋初	22.00
隋书选译	武秀成　赵　益	周勋初	20.00
新唐书选译	雷巧玲　李成甲	黄永年	16.00
旧唐书选译	黄永年	章培恒	16.00
新五代史选译	李国祥　王玉德 姚伟钧	周勋初	18.00
旧五代史选译	贾二强	黄永年	17.00
宋史选译	淮　沛　汤　墨	曾枣庄	20.00
辽史选译	郭　齐　吴洪泽	曾枣庄	21.00
金史选译	杨世文　祝尚书 李文泽　王晓波	曾枣庄	21.00
元史选译	樊善国　徐　梓	马樟根	25.00
明史选译	杨　昶	李国祥	20.00
清史稿选译	黄　毅	章培恒	22.00
贞观政要选译	裴汝诚　王义耀	黄永年	18.00
史通选译	侯昌吉　钱安琪	周勋初	16.00
资治通鉴选译	李　庆	黄永年	16.00
续资治通鉴选译	徐光烈	安平秋	24.00
通鉴纪事本末选译	谈蓓芳	章培恒	21.00
洛阳伽蓝记选译	韩结根	章培恒	22.00
梦溪笔谈选译	李文泽	曾枣庄	20.00
徐霞客游记选译	周晓薇　等	黄永年　马樟根	17.00
宋代笔记小说选译	朱瑞熙　程君健	金开诚等	19.00
关汉卿杂剧选译	黄仕忠	刘烈茂	24.00

书　名	译注者	审阅者	定价/元
明代文言短篇小说选译	黄　敏	章培恒	23.00
六朝志怪小说选译	肖海波　罗少卿	刘仁清	21.00
世说新语选译	柳士镇　钱南秀	周勋初	23.00
水经注选译	赵望秦　段塔丽　张艳云	许嘉璐	19.00
唐人传奇选译	周　晨	曾枣庄	24.00
唐五代笔记小说选译	严　杰	周勋初	21.00
大慈恩寺三藏法师传选译	贾二强	黄永年	18.00
宋代传奇选译	姚　松	周勋初	22.00
聊斋志异选译	刘烈茂　欧阳世昌	章培恒	22.00
阅微草堂笔记选译	黄国声	安平秋	16.00
清代文言小说选译	王火青	周勋初	23.00
历代名画记图画见闻志选译	周晓薇　赵望秦	黄永年	17.00
容斋随笔选译	罗积勇	宗福邦	20.00
唐才子传选译	张　萍　陆三强	黄永年	24.00
西厢记选译	王立言	董治安	20.00
元代散曲选译	彭久安	刘烈茂　金开诚	21.00
日知录选译	张艳云　段塔丽	黄永年	22.00
桃花扇选译	张文澍	章培恒　段文桂	15.00
牡丹亭选译	卓连营	章培恒	14.00
长生殿选译	戚海燕	董治安	20.00